新潮文庫

金春屋ゴメス

芥子の花

西條奈加著

新潮社版

8676

芥《け》子《し》の花

金春屋《こんぱるや》ゴメス

御三卿《ごさんきょう》の一、田《た》安《やす》右《う》衛門督《えもんのかみ》綱重《つなしげ》が、南北町奉行と長崎奉行を呼びつけたのは、暮れも押し迫った師走《しわす》二十七日のことだった。

「ちと厄介なことになってな」

　六十も半ばを越えてなお、血色のよい田安の丸顔が、心なしかしぼんで見える。田安は江戸建国のときより老中職にあり、五人の老中の筆頭と目される古株である。

　老中は日頃、城内の御用部屋にて政務をとるが、この日、田安が四人の奉行を呼び出したのは、御三家、御三卿の詰所である、大廊下と呼ばれる表座敷だった。

「昨日、日本の政府から、至急の探索願いが届いたんじゃが」

「また凶悪な輩《やから》でも、長崎奉行の網の目をくぐって江戸に入り込みましたか」

　田安が言葉を継がぬうちに性急に応じたのは、北町奉行、筧因幡守末森《かけいいなばのかみすえもり》だった。

「長崎奉行」と発するときに、微妙な力がこめられていたが、その正面にならぶふたりの長崎奉行は、顔の筋ひとつ動かさない。このふたりは、外見は熊《くま》と兎《うさぎ》ほどにかけ離れているが、腹の中が顔に出ないのは同様である。

馬込播磨守《まごめはりまのかみ》寿々《すず》は、身の丈六尺六寸、目方四十八貫。相撲取りでも滅多に見られぬ巨《きょ》軀《く》にくわえ、怪物めいた風貌《ふうぼう》と傍若無人なふるまいで、世間にはゴメスの異名でとおっている。その歪《いびつ》なまでに吊《つ》り上がった細い目には、人間らしい情の起伏など、ほんの欠片《かけら》も浮かばない。

対するもうひとりの長崎奉行、粟田《あわた》和泉守秀実《いずみのかみひでざね》は、小さなからだに枯れた風情《ふぜい》を漂わせ、皺《しわ》のあいだに笑みを含んでいるような飄々《ひょうひょう》とした老顔からは、やはりなにも読みとれなかった。

奉行同士の水面下のいさかいなぞ、およそ眼中にないようすで、田安が話を進めた。

「いや、今回は入ったのではなく、出た疑いがあるとの達し」

「悪人が江戸から日本へ出たと……」

田安が首を横にふり、筧の言葉をさえぎった。

「人ではない阿片《あへん》だ」

「誠にございますか」

「人であればこんな大事になりはせなんだが、阿片がもれたとなれば外交に障《さわ》る。この江戸国は、法も政《まつりごと》も日本に干渉されぬ独立国を体するとはいえ、未《いま》だ日本の属領というたよりない立場。阿片に関わったとあれば、たちまち槍玉《やりだま》にあげられるは必定《ひつじょう》」

常には下がりぎみの、ふさふさとした眉尻《まゆじり》を、田安がわずかにもち上げた。

昨年の夏から、各国で上質の阿片が出まわり、日本の芥子《けし》からつくられたものと判明した。しかし日本のものより、むしろ江戸の芥子に酷似していると、日本側のさらなる調べでわかったと、田安は事情を説いた。

「異国では、阿片の産地までわかるものにございますか」

南町奉行、真《ま》鍋《なべ》筑前《ちくぜん》守《のかみ》是也《これなり》が目を丸くし、北の寛も、なにやら腑《ふ》におちぬ顔をする。

幼少から江戸に育った南北の町奉行には、想像のつきにくい話なのだろう。

「だいぶ前からその手法はあったようだが、ここんとこ、さらに精度が上がったようだ」

口を開いたのは、ゴメスこと馬込播磨守だった。

「阿片に混じる不純物だの、種の系統なんぞを調べれば、出所やつくり方までわかるらしい」

「なるほど、やはりこの手のことは、諸外国は進んでおりますな」

朗らかにうなずいたのは南の真鍋だけで、北の寛は露骨にイヤな顔をした。

「小賢《こざか》しい知識をひけらかしている暇《いとま》があったら、投網《とあみ》のほころびでも繕っておくのだな。阿片などという大きな魚が抜けるようでは、いっそ買い替えたほうがよかろうがな」

筧の嫌味なぞ、いつもはどこ吹く風と受け流すゴメスであったが、この日は違った。

「長崎奉行《うち》の網で魚が抜けりゃあ、北の網では鯨が抜けらあ。派手な大捕物のあげくに逃した奴《やつ》を、おれたちが江《え》戸湊《どみなと》で釣り上げてやったなぁ、ついこの前だ。忘れんじゃねえや、唐変木《とうへんぼく》」

「なんだと！」

だまっていれば苦味の勝った、なかなか端正な顔立ちなのだが、その筧の頬がみるみる赤く染まる。

町奉行は、治安維持から経済にいたるまで、江戸市中のもめごとを一手に引き受ける役職であり、対する長崎奉行は、交易の監督や異人の監視など、水際《みずぎわ》にいて異国との諸事をさばく役目になる。各々《おのおの》の職務にはきっちり線引きがなされ、本来はことさら角つき合わせる間柄にはないはずが、筧とゴメスの確執は根深いものがある。

「ふたりとも、いい加減にせぬか」

田安がたしなめたが、いったん頭に血が上った筧は、老中の制止も耳に入らぬようだ。

「だいたいお主のような恥知らずが、武門を名乗ることさえ汚《けが》らわしいわ。礼を重んじ義を尊び、高い志をもってこそ誠の武士。お主を逆さにふっても、その欠片も出てこぬわ」

「肝っ玉の小せえ男に限って、武門だの武士だの、きゃんきゃんとよく吠《ほ》えらあ。なんならてめえを逆さにふって、玉があるかどうかその股《また》ぐらをたしかめてやろうかい」

　熟れた赤茄子《あかなす》のようにまっ赤であった筧の顔から、血の気が引いた。すっくと立ち上がり、廊下へつづく襖《ふすま》を音立てて開いた。

「武士に向かってなんたる物言い。もう我慢できん、今日こそ決着をつけてやるっ」

「おう、こっちもてめえの嫌味には飽きがきてらあ。のぞむところよ」

　畳がへこみそうな重い足音を響かせて、ゴメスが筧につづく。

「ひ、秀《ひで》ちゃん、どうにかならんのか！」

　田安が粟田ににじり寄る。このふたりは江戸建国前からの長のつきあいで、気心の知れた仲だった。人前では身分をわきまえた素振りでいるが、あわてた拍子に気安い調子が出てしまったものである。

「ふうむ、馬込は最近とみに機嫌が悪くての、いつかはこうなるような気もしていたが」

　粟田はさして焦《あせ》ったようすもなく、半ば面白がっているようにも見える。

　ゴメスと筧は、すでに座敷前の廊下、すなわち、松の廊下でにらみ合っている。

「そこへ直れ！　二度とその大口、たたけぬようにしてくれるわ！」

　筧が刀の柄《つか》に手をかけた。

「因幡殿、殿中でござる、殿中でござるぞっ！」

南町奉行の真鍋が、浅野内匠頭《たくみのかみ》をとめる梶川《かじかわ》殿よろしく、筧を後ろから羽交い締めにする。

「ええいっ、武士の情け、せめて一太刀、せめて一太刀、打たせてくだされい」

「いつまで遊んでやがる。そっちが来ねえなら、こっちから行くぜ」

ゴメスが大きく足を踏み出した刹那《せつな》、松の廊下が悲鳴をあげた。木のはり裂ける耳ざわりな音とともに、木片が天上まで舞い上がり、ゴメスの巨体が廊下に沈んだ。

「……は、播磨殿……」

「なんと……」

筧の両腕を押さえたまま真鍋があえぎ、田安と粟田もぽっかりと口をあけて固まった。その目方に耐えきれなかったものか、松の廊下は踏み出したゴメスの右足に、見事に踏み抜かれていた。

「なんて、ちゃちな普請《ふしん》だ」

文句をこぼしながら膝上《ひざうえ》まで廊下にめり込んだ右足をひき抜くと、ゴメスは自分があけた穴から下をのぞき込んだ。

「こりゃ白蟻《しろあり》だ。だいぶ食われてやがる。このままじゃ早晩、廊下ごと落ちちまうぜ」

知らせを受けて駆けつけた作事奉行は、田安の前に己の鼻がひしゃげるほど平伏した。

「誠にもって、拙者の不徳といたすところ。どんなお咎《とが》めもお受けいたします！」

昨年この役職についたばかりの若い作事奉行の背が、動揺のあまり細かくふるえている。

「まあ、怪我人《けがにん》が出る前にわかったのは不幸中の幸い。早急に修理を……」

「いいえ、このような不始末、私ごとき若輩者では始末のつけようもございません。かくなる上は……」

作事奉行はおもむろに立ち上がると、松の廊下から中庭へおりた。玉砂利の上に端座し、腰から脇差《わきざし》を抜いて、裃《かみしも》の前をはね上げる。田安があわててこれを制する。

「わわ、馬鹿《ばか》もんっ、なにをするつもりだ。切腹はいかん！　いかんぞ！」

「お庭を汚すことは何卒《なにとぞ》お許しください。これ以上生き恥をさらすことに耐えられません」

「この年の瀬に死なせてなるものか。皆の者、早く此奴《こやつ》をとり押さえろ！」

「後生です！　腹を召させて下さりませい。武士の情けを、武士の情けをーっ！」

ここ数年、若い武士の切腹が相次ぎ、公儀は『切腹御止書』を発布。ハラキリ死ゼロ運動を展開していた。その甲斐《かい》あってか、今年は切腹自刃《じじん》者はひとりも出ていない。公儀の威信にかけて、正月を前に城中での切腹者など出すわけにはいかないのだった。

「まったく、いまどきの若い者は……」

四人の若党にとり押さえられながらも、必死で切腹を乞《こ》う作事奉行を見下ろしながら、田安がぼやいた。

日本の中に、江戸国が建国されて三十一年。国の普請にかかった九年を入れると四十年が経《た》つ。

街並みから暮らしぶりまで、近世江戸を忠実に模したこの江戸では、武士の精神性も重んじられ、いまでは昔の武士道が現出しつつある。しかし田安や栗田のような老齢の者や、途中から江戸入りした、いわば日本人の暮らしが長い者には、切腹は納得しがたいものだった。

この後田安のはからいにより、切腹まかりならんの仰《おお》せと、今後も役目に精進するよう上様じきじきにお言葉をいただき、若い作事奉行はようやく思いとどまった。

「本来なら、お主が切腹ものだ」

一連の出来事に、すっかり毒気を抜かれた筧因幡守だったが、この顚末《てんまつ》を他人《ひと》事《ごと》のようにながめるゴメスに、嫌味を言うことだけは忘れなかった。

「他人《ひと》に腸《はらわた》見せる趣味なんざねえや」

ゴメスは事もなげに言い放ち、自分があけた大穴を尻目にさっさとその場を後にした。

「今日はまた、一段と暗いわねえ」

芝露月《ろうげつ》町『金春屋《こんぱるや》』の看板娘、お春《はる》が、店のすみを見やってため息をついた。

「外じゃからっ風が吹いてるってのに、あすこだけ茸《きのこ》でも生えてきそうだな」

お春の兄の拓一《たくいち》も苦笑いをうかべ、祖父ゆずりのひょろ長い顔をつるりとなでた。

金春屋は、安くて旨《うま》いと評判の一膳飯屋《いちぜんめしや》である。朝から晩まで客足の途絶えることはなく、とっぷりと日の落ちたいまも、卓は八割方が埋まっている。なのになぜか客のしゃべりはさえず、いつもの活気が消え失《う》せていた。皆が遠慮がちに店の片隅をちらちらと窺《うかが》っており、そこだけまるで、空気が煮凝《にこご》っているようにどんよりしている。

「どうにかならないのかしら。こう湿っぽくちゃ、店がちっともはずまないわ」

お春が何度目かのため息をついたとき、黒羽織をはおった若い侍が、暖簾《のれん》を分けて入ってきた。ふたりを認めると、人なつこい笑みを浮かべる。

「いらっしゃいまし、竹内《たけうち》の旦那《だんな》」

拓一が地獄で仏に会ったような顔になり、お春も嬉《うれ》しそうに出迎える。

「なんだか、久しぶりにさわやかなものを見たような気がするわ」

「裏のようすが気になって寄ってみたのだが……やはりな」

店のすみをながめ、顔を曇らせたのは、長崎奉行所同心、竹内朔之《さくの》介《すけ》だった。

「今日はまた、いつにも増して痛々しいな」

そこには七人の男たちが、塒《とぐろ》を巻いていた。腕を布で吊った者、片足がぐるぐる巻きの者、青痣《あおあざ》、赤痣でやたらと華やかな顔の者、と全員が軒なみ怪我を負っている。

「お城から戻った親分さんの機嫌が恐ろしく悪かったところに、誰かが張り込みでぽかをしちまったとかで、もう大荒れだったんですよ」と、お春がこそりと告げた。

金春屋の裏手には、通称『裏金春《うらこんぱる》』と呼ばれる長崎奉行所の出張所があり、長崎奉行ゴメスと、配下の小者たちが起居している。店のすみにうなだれる七人は、その小者たちだった。日頃悪党どもと切った張ったのやりとりに明け暮れ、荒事を得意とする彼らが、最近すっかり参っている。

「今日は城でひと悶着《もんちゃく》あったと粟田様から伺ったものでな、案じてはいたのだが……」

と竹内がふと、妙な顔をした。

「ところで、なんだってみんな、月を見上げて泣いてるんだ」

小者たちはどういうわけだか、店の小窓から伸びすぎた爪《つめ》のような月を仰いでは、しくしくやっているのである。

「先日、『地蔵の頭《かしら》』から便りが届きましてね、どうやらいまは、頭の妹さんがいらっしゃる月に草鞋《わらじ》を脱いでいるようなんで」

「十助《じゅうすけ》が、あの月にいるのか」

ほう、と竹内が目を見張った。

二十一世紀も半ば、科学の謳歌《おうか》される外の世界では、すでに月への移住がはじまっている。

そんな時代にあって、北関東から東北にまたがるこの江戸国だけは、別の道を歩んでいた。ちょうど日本の東京、千葉、神奈川を併せたほどの広さのこの小国は、自然との共存をとなえ、科学の恩恵を捨て、三百年前と同じ暮らしを営んでいた。

「以来あのとおり、毎夜のように竹取のかぐや姫みてえな按配《あんばい》で」

「な、なるほど……、十助恋しやと月を見上げているわけか」

地蔵の頭と呼ばれ、ゴメスの片腕であった十助が、裏金春から暇《いとま》を乞うて日本へ渡ったのは四《よ》月《つき》前、八月も末のことだった。十助がこなしていた役目は適宜わりふられたものだが、みながどうしても真似《まね》のできないことが、ひとつだけあった。それは十助の真骨頂とも言える、絶妙な間の良さと気働きである。

十助が居なくなり最初は大人しくしていたゴメスであったが、ひと月も経《た》たぬうち、堪忍袋《かんにんぶくろ》の緒が切れた。いまでは三日にあげず、大雷が落ちる始末である。

竹内は、陰鬱《いんうつ》の笠《かさ》をかぶっているような、すみの卓へ足を向けた。

「おまえたちまでやられたのか」

と、いまの裏金春では頭分にあたる、甚三《じんざ》と菰八《こもはち》を見くらべる。

甚三は左目の下に大きな青痣をこしらえ、菰八は前歯が一本折れていた。ゴメスのもとで年季を積んだふたりは、それだけその暴力から逃れる術《すべ》も身についている。ゴメスがひと度腕をふり上げれば、いっとう間近に座るふたりが、一足飛びに襖や壁際まで後退する技は、神業と評されている。その甚三と菰八でさえ、近頃のゴメスは手に負えないということだ。

「今日の親分の荒れっぷりは、尋常じゃありやせんでしたから。何かありやしたか」

しゃべると口の中が痛むのか、菰八が顔を歪《ゆが》めた。

「うん、実はな……」

竹内は、江戸城松の廊下でのゴメスと筧の一件を、かいつまんで話した。

「結局、田安様のおはからいで、筧様ともどもお叱《しか》りで済んだのだが」

「危ねえ、危ねえ、もう少しでおれたちが赤穂《あこう》浪士の二の舞を演じるところだったぜ」

「いまの話なら、親分が吉良《きら》の役所《やくどころ》じゃねえか。こっちが北町に討ち入りされちまわあ」

「さらにぞっとしねえな」

「しかしうちの親分に食ってかかるたぁ、北のお奉行も豪気なお方っすねえ」

配下たちが、口々に言い合う。

「筧様は役目にご熱心なことにかけては評判の御仁だが、ひとつだけ困ったところがあってな。そのためにあちこちで悶着を起こしておる。先だっては御膳奉行の檀《だん》様、その前は奥右筆の勝田様、添山藩主、島田様との騒動はことに有名だ」

「いま名前のあがったのはみんな、女の方々ばかりすね」

手先のひとり、松吉《まつきち》が、不思議そうに口をはさんだ。外国語が達者な松吉は、出島の長崎奉行所で通詞《つうじ》を手伝う機会が多く、公儀や藩の事柄には精通している。

「さよう、寛様はがちがちの男尊女卑でな。日頃からこちらのお奉行にも、嫌味を吐き散らしているというわけだ」

とたんに、丑三《うしみ》つ刻《どき》の墓場のような沈黙がおりた。

やがてどうしても合点のいかぬようすで、甚三が首を捻《ひね》りながら呟《つぶや》いた。

「おれは親分を女だと思ったことは、ただの一度もねえがな」

「あれで女と言われちゃあ、親分にも世の女どもにも、双方に失礼でやすからね」

と、みなが一様に大きくうなずく。怪異な容貌《ようぼう》もさることながら、気質の荒さと性根の悪さで、冷酷無比、極悪非道、厚顔無恥と噂《うわさ》の高いゴメスである。

「あの親分を女と認めるたぁ、北のお奉行も心の広い」

「まったくだ、いまどき仏様だってなかなかできやしませんぜ」

「だいたいあの親分に真っ向勝負をいどむなんざ、その男気だけでもてえしたもんだ」

そろいもそろって寛に感心することしきりの一同だが、竹内は真顔で憂慮する。

「しかし、寛様とやり合うとは日頃のお奉行らしくもない。このままではお役目にも差《さ》し支《つか》えかねん。おまえたちのためにも、やはり何か手を打たねばなるまい」

「ちきしょう、辰次郎《しんじろう》さえ戻ってくりゃ、奴《やつ》を人身御供《ひとみごくう》にして親分の世話役を仰《おお》せつけてやれるのによ。地蔵の頭が江戸を出たなぁ、奴の親父《おやじ》のせいだからな」

と、歯嚙《はが》みしたのは、甚三の横にいた木亮《もくすけ》だった。

裏金春の配下であった辰次郎が、父親とともに郷里へ引っ込んでから、すでに四月以上が経っていた。いまは地蔵の頭こと十助の弟、清造の家で、病気の父親を看病している。

「辰次郎の親父さんの具合はどうなんだ？」と、竹内は松吉に訊《たず》ねた。

松吉は辰次郎と一緒に江戸入りした日本人で、無二の親友を自負している。

「江戸の水がよほど合ったらしく、まだ持ちこたえているみたいっす」

「そいつは良かった。十助も江戸を出た甲斐があったというものだ。あれは辰次郎の親父さんへの十助の罪滅ぼしだ。辰次郎を責めるものではないぞ」

この特異な国を維持するために、江戸は鎖国を敷いている。日本人を含めた異人の入国には、数にも厳しい制限があり、また、入国は一度きりと定められていた。

日本から入国し、一度江戸を出た辰次郎の父親、辰衛《たつえい》は、二度と江戸の土を踏めないはずだった。それを、辰衛と同郷の昔馴染《なじみ》であった十助が、余命わずかな友の願いを叶《かな》えるべく、ゴメスに無理を願って江戸入りを果たさせ、その代償に自らが江戸を離れたのだった。

「わかってまさぁ、竹内の旦那。けど、辰公《しんこう》がいつまでも戻ってこねえもんだからよ

「……だいたい奴ぁ、親父が死んじまったら、江戸にいる理由なんざねえんじゃねえか？」

木亮が口を尖《とが》らせると、きいた松吉が、言葉に窮してうつむいた。

「それは……」

「あいつは日本に、じいさんばあさんを残してきてるっていうしな」

菰八に駄目を押され、松吉がくしゅんとしょげた。

「なんだい、なんだい、いつまでも鬱陶しいねえ」

梅雨どきの葬式みたいな空気に大声で活を入れたのは、拓一の女房、お駒《こま》だった。

「こんなとこで油売ってる暇に、することはいくらでもあるだろ。おまえさんたち、まだ正月を迎える仕度を何もしてないじゃないか。ほら、これを持って、とっとと大掃除でもおはじめよ」

煤《すす》払い用の篠竹《しのだけ》を押しつけられて、木亮が顔をしかめた。

「親分が気にしねえから掃除はいいんだよ。それよか傷にひびくから、でけえ声あげねえでくれ」

煤払いは師走《しわす》十三日と相場が決まっているのだが、それどころではなかったのだ。

「その程度の怪我で参ってるようじゃ、裏金春の名が泣くよ」

「おれたちゃ、お駒さんよりか、よっぽどやわにできてるてな」

もともとふくよかだったお駒は、このところ目方が増えて、さらにひとまわりも大きく見える。木亮はそれを皮肉ったのだが、お駒は少しも動じない。

「あんなお化け屋敷みたいなとこに、お正月は来やしないよ。餅《もち》つきだってまだだろう？」

「それはいい。明日にでもみなで餅つきをするが良かろう。お奉行のことはおれから粟田様に頼んでおくから、おまえたちはゆっくりと、正月をすごせば良い」

竹内が諸手《もろて》をあげて賛成し、一同はしょうことなしに重い腰を上げた。

家々に、門松の緑が彩《いろど》りをそえる。のんびりとした風情《ふぜい》はまだ残っていたが、さすがに正月十一日ともなると、江戸の町にはいつもの忙《せわ》しない活気が戻りつつあった。

「五ヶ月ぶりかあ」

辰次郎は、裏金春の木戸前で、懐《なつ》かしそうに声をあげた。

喜び勇んで玄関のがらり戸をあけ、とたんに目の前に大木《き》槌《づち》がふり降ろされる。

「うわっ！」

咄嗟《とっさ》に後ろにとび退《すさ》ったが、足の下で小石がころがり、地面に尻餅《しりもち》をつく。

「なんだよ、辰公じゃねえか！」

「辰公だと？　お、本当に辰公だ。おめえ、そんなとこでなに座り込んでんだよ」

木槌の長柄をにぎった木亮と、脇《わき》にいた寛治《かんじ》が、てんでに声をあげる。

「ひどいっすよ木兄い、そんなもんでいきなり殴りかかるなんて」

「あん？　ばあか、こいつを割ろうとしていただけだ。おめえの頭かち割ってどうすんだ」

木亮が濃い眉《まゆ》の下のぎょろ目を足許《あしもと》に向けた。そこには大きな鏡餅がある。

「……そうか、今日は鏡開きなんすね。お供え餅を割って雑煮にして食うとかって」

田舎でききかじったことを、辰次郎は思い出した。

「雑煮もいいんだがよ、油で揚げて砂糖をまぶした揚げ餅がたまらねえんだ」

丸に豆と団子で目鼻をつけた、食いすぎの鼠《ねずみ》のような寛治の顔が笑みくずれた。

「うおおおっ！　辰次郎じゃねえか！」

大仰な雄《お》叫《たけ》びは、奥から出てきた松吉だった。一足飛びに餅をとび越え、辰次郎に抱きついた。

「戻るなら戻るとなんで知らせねえ。千住宿くれえまで迎えにいってやったのによ」

「気味悪《わり》いから男同士でいちゃつくんじゃねえよ」

蟬《せみ》のように貼《は》りついている松吉の襟首を、木亮がつかんでひっぺがす。

「そういや、親父さんは……」

松吉が、あわてて笑顔を引っ込めた。辰次郎の戻りは、父親の死を意味する。

木亮と寛治が、あ、とばつの悪そうな表情になった。

「知らせてくれりゃ香典のひとつも送ったものを。まあ、なんだ、力落とすんじゃねえぜ」

「最期《さいご》におめえに死に水とってもらったんだ。親父さんも成仏できるだろうよ」

木亮と寛治が、彼らなりの悔みを口にする。

「いや、あのう、うちの親父、まだ生きてるんすけど」

「なんだとぉ！　そいつを早く言いやがれ！」

木亮が辰次郎の頭を、ぽかりと殴った。

「医者に言わせると、病がいっとき休んでくれているってことで」

辰衛はほとんど寝たきりながら、粥《かゆ》も食えるし、厠《かわや》へもどうにかひとりでいける。看病の仕《し》甲斐《がい》もあまりなく、離れを貸している十助の弟一家が、留守のあいだの面倒を見てくれることになり、辰次郎はひとまず裏金春へ戻ることにしたのだった。

「容態が変わったらすぐに知らせるって言うし、なにより当の親父がしきりに勧めるもんだから、しばらくこっちに居させてもらいます」

「お、そうか、そうとわかりゃあこっちのもんだ。まずは親分に挨拶《あいさつ》といこうぜ」

何がこっちのもんなんだか、と思いながらも、辰次郎は木亮の後について奥座敷へ向かった。廊下にも座敷にも、四《し》斗《と》樽《だる》や角樽が山積みされているために、屋内がせまく歩きづらい。

「すごい量っすね。みんな酒樽すか？」

「ああ、親分の酒好きは皆知ってるからな。年の瀬ともなると毎年この有様だ。新巻鮭《あらまきざけ》みてえな食い物も来るが、そっちはみんな表の飯屋に持ってっちまうんだ」

役人への付け届けには、もしも事が起きたときはどうぞ穏便に、との意が込められている。ゴメスが事を穏便に処理することなぞついぞないのだが、その恐ろしさが広く喧《けん》伝《でん》されているだけあって、進物の多さは町方役人をしのぐという。

「いくら親分やおれたちでも、こんなに飲みきれないっすよ」

「まあ、そのうち捌《は》けらあな」と、木亮はなぜか自信たっぷりだ。

「親分、ただいま戻りました」

奥座敷では、数人の配下がゴメスへの探索報告を行っていた。帰参の挨拶を済ませ、その場のみなと再会を喜んでいると、ひょいと木亮が言い出した。

「親分、ぜひとも親分の世話係をしてえと、この辰次郎が申し出ておりまして」

「えっ」

辰次郎は金魚のように口をぱくぱくさせながら、木亮の『こっちのもんだ』にようやく思い至った。自分を見下ろすゴメスと目が合い、全身からどっと汗がふき出す。

「まあ、いいだろ。前よりは殴り甲斐もありそうだしな」

ゴメスが表情を変えずににんまりと笑い、最後通告を受けた辰次郎が、がっくりと肩を落とす。

ここにきて、みなもようやく辰次郎の変化に気がついた。よく日に焼けている上に、腕にも脚にも筋肉がつき、以前よりがっちりとした体つきになっている。

「いいのか木亮、そんな情のないこたぁするなって、竹内様が言ってたじゃねえか」

「なに言ってやがる、親父が存命なら情もクソもあるかよ」

耳打ちした菰八を、横目でちらりとにらみ返した木亮であったが、

「お奉行、よろしいでしょうか」

すぐに廊下から竹内の声がきこえ、ひっくり返りそうになった。ほんとに間のいいお人だぜ、と木亮が顔をしかめる。障子をあけた竹内が、満面の笑みになった。

「辰次郎ではないか」

竹内に頭を下げて、だが辰次郎の目は、その背後に控える人物に吸い寄せられた。

鴇《とき》色と呼ばれる渋い薄紅の着物と柳色の袴《はかま》に、薄墨色の羽織。こぢんまりした卵形の顔に、ひと重の切れ長の目がすっきりと映え、長い髪を後ろで高く結びたらしている。黒髪に縁取られた顔や首は、抜けるように白かった。

「……女だ……」

「……女っすね」

みなは一様に、興味津々《しんしん》で若い女をながめていたが、ゴメスに追いたてられてあたふたと座敷を後にした。廊下に出た辰次郎は、隣座敷に松吉を見つけ仰天した。

「なにしてんだ、松吉！」

「しっ！　静かにしやがれ！」

松吉の横にすわる寛治が、人差し指を口の前に立てた。寛治と松吉は、ならんで襖《ふすま》に耳を押しあてている。座敷を出た他の手先たちも、当然のようにふたりの両脇に席を占める。

「甚兄いやおやじまで……。見つかったら親分に怒られますよ」

ずらりと居ならび聞き耳を立てるようすにいささか呆《あき》れて、辰次郎が小声でたしなめた。

「お駒さんやお春ちゃんの他に、女が来ることなんざ、まずねえんだぞ」

「そうっすよね！　おまけに若くて美人とくらぁ」

「あの格好は、どこぞの女役人みたいっすね」

みながそれぞれ、浮かれたひそひそ話を交わす。

「偉そうなこと言って、おめえも同罪じゃねえかよ」

木亮に肘《ひじ》で小突かれて、辰次郎がぺろりと舌を出した。

「こちらが、お奉行のお側勤めとして参られた、三芳朱緒《みよしあけお》殿です。これまでは粟田様の私邸の御用人をされておられました」

襖越しにきこえる竹内の声に、手下たちの顔に喜色があふれる。要は十助の後釜《あとがま》として、連れてきたということだ。だが、ゴメスは無情に言いわたす。

「女は駄目だ」

襖越しの一同が、一斉にがくりと首を折る。

「てめえを棚上げにして、そりゃねえだろう、親分」

ゴメスを女と思ったことはないと豪語していた甚三が、口の中で不平をもらす。

「しかし、三芳殿は粟田様のご推挙で、こちらへのご出仕が……」

「女はちまちましていて厄介だ」

竹内の能書を、憮然《ぶぜん》としたゴメスがさえぎった。きいた孤八がにやにやする。

「北町に劣らず、うちの親分が男尊女卑たぁ、恐れ入るぜ」

「なにより女相手じゃぶん殴れねえ。そんな不自由な配下はご免だぜ。とっとと……」

「私は殴られても、平気にございます」

凜《りん》とした声が、ゴメスの不平を押しとどめた。細く女らしい中に、ぴんと張りつめた透明な芯《しん》が走っているような声だ。

「お奉行様のご高名はかねてより存じあげており、今回の粟田様のお話を有難くお受けしました。何卒《なにとぞ》、お側に仕えることをお許し下さい」

「そうかい、そうまで言うなら」

ゴメスが立ち上がった気配がした。まずい、と隣座敷の手下らが身を固くしたと同時に、

「たぁーっ！」と高い掛け声が響き、みなが耳を当てていた襖がどっと倒れた。

「ぐえええっ！」

盗み聞きをしていた手下たちを、襖ごとゴメスの巨体が押し潰《つぶ》した。

「松吉！　兄い！」

いちばん端にいたために、辛うじて難をのがれた辰次郎だが、いったい何が起きたのか、咄嗟にはわかりかねていた。

「親分が……」

「投げられたのか……？」

甚三と菰八が、ひっくり返っているゴメスを茫然《ぼうぜん》とながめている。端にいた辰次郎はともかく、いち早く危険を察知し、とび退《すさ》ったふたりの頭分はさすがである。

「お奉行！　大丈夫でございますか」

竹内が襖の上に大の字になったゴメスに駆け寄り、その下でもがいている手下たちを叱咤《しった》した。

「おまえたち、こんなところで何をしておる」

「竹内様ぁ、苦しい、死んじまう」

「早《はえ》えとこ、どいてくれぇ」

手下どもの呻《うめ》き声の上で、ゴメスがむっくりと起き上がり、細い目をぱちぱちと瞬《しばた》かせた。大きなからだが破れた襖からどかされて、その下敷きで青息吐息の連中が助け出された。真ん中に陣取っていた寛治と松吉は、完全に気を失っている。

色をなくした三芳朱緒が、その場に平伏した。

「申し訳ございませんっ、つい、はずみで」

「いまのは、合気か」

己の胸ほどの小柄な女が、自分を投げとばしたことによほど驚いたものか、ゴメスは猫騙《ねこだま》しを食らったようにきょとんとしている。

「いえ、柔術です。幼い頃より番町の合田《あいだ》道場にて柔術を習っております」

気絶した松吉の両頬を打っていた辰次郎が、ふと手をとめた。その名にきき覚えがあったのだ。

「柔術が、これほど威力があるとはな」

「いえ、たぶんいまのは、お奉行のお力のためでありましょう。その……お奉行が私に殴りかかったときの力を利して、威力が出たものと……申し訳ございません」

「それが合気ってもんじゃねえのか」

重ねて訊《たず》ねるゴメスに、竹内が申し述べた。

「合気道とは、日本の大正時代に柔術から分かれて興《おこ》ったとのことで、近世江戸では柔術として扱われていたものにございます。それ故《ゆえ》、いまの江戸でも合気とは申しません」

なるほど、とゴメスが呟《つぶや》く。

「いかような処罰でも受ける所存にございますので……」

「置いてやらあ、おれが殴っても面倒はなさそうだ」

悄然《しょうぜん》とうなだれていた三芳朱緒が、はじかれたように顔を上げた。竹内が笑顔でうなずき、裏金春の手下たちが歓声をあげる。

気絶からようやく覚めた寛治と松吉が、なりゆきがのみ込めず、互いに顔を見合わせた。

「おまえ、こんなとこで何やってんだ」

「なんでぃ、おやじか。随分と早えじゃねえか」

奥座敷への渡り廊下を行きつ戻りつしていた木亮に、菰八が声をかけた。

おやじのあだ名で親しまれ、裏金春で唯一《ゆいいつ》の所帯持ちである菰八は、近くの長屋からの通いだが、近頃はやけに出仕が早くなった。

「おめえが朝からすがすがしい顔してるほうが、よっぽど珍しいや」

甚三とともに夜遊びに精を出し、この時間はもっぱら朝寝をきめ込んでいた木亮は、このところ夜の外出がめっきりへった。

と、奥座敷の障子があいて、とたんに菰八が相好《そうごう》をくずした。

「朱緒様、おはようございます。今日もいい天気でございますね」

三芳朱緒が姓ではなく名で呼ばれるようになったのは、ゴメスに倣《なら》ったものであるが、そのほうが近しい感じがする、との配下たちの総意でもあった。

「さわやかな朝でやんすね」

さわやかとは無縁なはずの木亮も、晴ればれしい表情で腰を折る。

朱緒がきて数日しか経《た》っていないが、裏金春の内は一変した。初めての女性の入所に、盆と正月がいっぺんに来たかのように、否《いや》が応にも盛り上がっている。

十助がいなくなってこの方、どこか殺伐としていた屋敷内が、みながこぞって掃除に精を出すものだから、たちまち中も外もぴかぴかに磨きあげられた。甚三を除けば洒落《しゃれ》っ気なぞ毛筋もなかった者たちが、髪結いに通うわ着物を新調するわと、身だしなみにも気をつかう。

このままいけば遠からず、無理がたたって倒れる者が出るに違いない、と表の飯屋一家が気を揉《も》むほどの豹変《ひょうへん》ぶりである。

「朝っぱらから騒々しいな」

むっつりとした寝起きの顔で、ゴメスが姿を見せた。

奉行職ならすでに役所へ出仕している刻限だが、この裏金春で執務を行い、ほとんど出島の長崎奉行所へ出向かぬゴメスは、朝寝も昼寝も思いのままだ。

「起こしちまってすいやせん。町方の阿片《あへん》探索のようすが知れましたのでお知らせに」

朝はたいがい不機嫌なゴメスの矛先を、菰八がうまくかわした。

「ほお、昨日頼んだのが、もうわかったかい」

「御公儀の探索についても調べがあがっておりやす。おやじからきいて下せえ」

木亮がすかさず続いた。朱緒にいいところを見せたい一心で、お役目にも俄然《がぜん》力が入っている。

「じゃ、朝飯前にきいとこうか」

ゴメスが朝の一服をつけ、菰八が奥座敷へ上がり込んだ。

竹の丸い枠に布を張った焙烙《ほうろく》を、朱緒が火鉢にかざした。番茶を焙《ほう》じる香ばしい香りが座敷に流れる。冬場の朝は熱い焙じ茶と、ゴメスは決めているのだった。

「報告と申しやしても、実は町方からはまだ何も出ちゃおりやせん。阿片をあつかう薬種問屋と医者を片端から洗ってみたものの、骨折り損に終わったようです。江戸で唯一、芥子《けし》畑をもつ御薬園にしても、いまのところ不審な跡はないようで。あそこは金座なみに厳しくて、外国にさばくほどの量の阿片がもち出されれば、すぐにわかるとのことです」

菰八は御薬園の阿片について、細かく申し述べた。

芥子畑の作業に従事する者は、御薬園を世襲で管理する岡田《おかだ》利左衛門《りざえもん》とその家臣を除けば、役人から下働き、警護の者まで、毎年交代するという。種をまく八月、九月と、芥子の花が咲き、その実から阿片を採取する三月から五月にかけては、芥子畑から外へ出ることも許されないのだった。

「昔、阿片をのみ込んで持ち出そうとした輩《やから》がいたとかで、阿片や種の一切を始末し終えて、さらに十日経たないと、外へ出してもらえねえそうです」

「だが、江戸の芥子の出所といえば、御薬園ぐれえだ。阿片が抜けなきゃ種か苗か……。その辺りはどうだい。たとえば芽吹いた頃に苗を持ち出すとか」

「そいつも難しいようですぜ。芽が出ると片端から岡田様みずから、数を帳面につけるそうで。芥子畑の中は細かく仕切られてやしてね、苗を畑に植え替えた後も、一本でも抜かれればすぐにわかるとのことです」

ふうむ、とゴメスが考え込んだ。

「御公儀は天領はもちろん、お大名の領地まで役人を遣わせて、芥子畑をさがす手《て》筈《はず》をととのえているようですが、なにせいま時分は、江戸の領内の半分以上が雪に埋もれてやすからねぇ。雪解けを待って、三月初めに一斉に領内を検分することになりやした」

菰八が報告を終えると、朱緒が訊ねた。

「お奉行、今後はどのように」

「長崎奉行《うち》としちゃ、江戸湊《えどみなと》の見張りを増やして、出入りする荷の検《あらた》めを厳しくするくれえしか打つ手はねえ。だが、どちらも阿片が採れる四月を待っての話だ」

それまでは町方や公儀同様、動きようがないということだ。

「やれやれ、あんな小さい芥子粒相手とは厄介だな」

「あの七味唐辛子の中の芥子粒は、阿片が採れるのと別の種類なのでしょうか」

朱緒がゴメスの前に、湯気の立つ焙じ茶をおいた。

「いや、あれも阿片が採れる芥子の種だ。種には害はねえんだ。おまけに食うための種は一度火を通してあるからな、あれをまいても芽は出ねえ」

「では、火をとおす前に横流しするとか……」

「そいつも御薬園から卸されるから、ちと難しいかもしれやせん」

菰八が遠慮がちに、朱緒の案に異をとなえた。

「とりあえず阿片探索は、ひとまず打ち切りだ」

ゴメスが言いわたし、なによりの楽しみである朝飯を運ぶよう、大声で命じた。膳出し係に復帰した辰次郎が返事をし、すぐさま飯屋へ駆けていく。朱緒の入所を誰よりも有難がっているのは、そのおかげでゴメスの世話役をまぬがれた辰次郎だった。

「朱緒様が通っている道場を、紹介して貰《もら》えませんか」

登城するゴメスを見送った朱緒を、玄関脇《わき》の座敷で辰次郎が呼びとめた。

「合田道場を？」

「はい、そこで棒術の修行をさせてもらえないかと……」

と、背中に嫌な気配があった。

「てーめーえー、抜けがけしてんじゃねーぞ！」

座敷の陰から良太《りょうた》がすごい形相でにらみつけ、横で松吉がにやにやしている。

「抜けがけって、そんなんじゃ……」

「てめえがいきなり道場通いたぁ、他にどんな理由があるってんだよ」

「田舎で棒術を教えてくれた師匠が、江戸市中なら合田道場へ行けって言ったんだ。朱緒様が親分を投げたとき、その名が出たから……。本当だって、信じてくれよ、良兄い」

頬をふくらませた良太の顔が、いつにも増して子供っぽい。歳《とし》はいくつも下になるが、半年早く裏金春に入った良太は、辰次郎と松吉にとっては兄貴分になる。

「田舎の師匠のお名前は？」

「川又平吾《かわまたへいご》郎《ろう》っていいます」

「川又様なら、十年ほど前まで合田道場にいらした方です」

「知ってますか？　髭面《ひげづら》の熊《くま》みたいなおっさんです」

「私は直《じか》に教わったことはありませんが、なんでも忍術を極めたいとおっしゃって、山の中に道場を開かれたと伺いました」

「うおお、忍術道場なんて本当にあるのかよ！」

たちまち食いついた松吉の目は、期待と羨望《せんぼう》にあふれている。ニンジャ映画がはずみとなって時代劇オタクの道を進み、それが高じて日本から江戸入りしたわけだから無理もない。

「……あれ、忍術道場だったのか。どうりで妙な修練があると思った」

いまさらながら驚いている辰次郎に、松吉が焦《じ》れる。

「なんだよ、気づいてなかったってのか？　修練て何やったんだ？　何か術は教わったのか？　火遁《かとん》か？　水遁か？　分身ならすげえぞ！」

「そんなの一切なかったよ。教わった術といえば棒術だけだ」

「忍術道場でそれだけってこたぁねえだろ。手裏剣くれえ投げなかったのか？」

「……そういえば、小柄《こづか》みたいのを板に向かって投げていたのは見たな。けど手裏剣て、歯車みたいのや十字形じゃないのか？　そんなのはなかったぞ」

「いいや、それだ！　手裏剣てのは滅法種類が多いんだ。もともとは小柄や小刀を投げることからはじまったんで、針形、釘《くぎ》形、短刀形と、小刀に似たものもたんとある。なあなあ、どんな訓練したんだよ、詳しく教えろよ」

　松吉はよだれをたらしそうな顔で、辰次郎にせがんだ。

　辰次郎が川又平吾郎の道場を訪れたのは、米作りの手伝いが一段落した十月半ばのことだった。

　父親の容態は変わりばえはせぬものの、まる一日枕辺《まくらべ》に張りつくほどのものでもなく、暇を持て余しはじめた時分、その道場の話をきき知ったのだ。

　山の中腹にある村からさらに一里、いまにも熊や狐狸《こり》が出てきそうな深い山間《やまあい》に道場はあった。道場といっても広い板敷の稽古《けいこ》場《ば》などなく、稽古はすべて戸外で行われていた。

　道場主の川又は、辰次郎をひと目見るなり、乗り気にならぬようすを見せた。

「なんて締まりのない気だ。これじゃあ何も教えることなどできはせん」

「『気』ってなんすか？」

「たとえば、こういうことだ。わかるか？」

　辰次郎が首を横にふると、背中を見てみろ、と川又が言う。ふり返った辰次郎が、あ、と声をあげた。脇に立つ川又が、辰次郎の背に触れんばかりに刃物を当てていた。

「殺気も気づかぬとは、どんな暮らしをすればこんな生っちょろい気になるんだか」と憮然《ぶぜん》とした川又が、思いついたように訊ねた。「おまえ、ひょっとして日本人か？」

「生まれは江戸ですけど、五歳から二十歳まで日本にいて、今年の二月に戻りました」

「それではほとんど日本人だ。なるほどな」と、川又がひとり得心する。

そのまま追い払われるものと思っていたが、川又は弟子のひとりに何事か言いつけて行ってしまった。辰次郎はその弟子の指示で、走ったり、跳んだり、反復横跳びをしたり、と体力測定めいたことを延々とさせられた。

「動きは悪くないようです。力やばねもあるし、ひと月、ふた月、例の修練を積めば、なんとかなるかもしれません」

すっかりばてててしまった辰次郎の傍らで、弟子は川又にそう告げた。

弟子の言った『例の修練』とは、山歩きのことだった。翌日から辰次郎は、山中の森をひたすら歩かされた。同じ入り口から、今日は南の川へ、明日は東の岩へ、と指示を受け、行って帰ることをくり返した。最初は指示された場所へたどり着くこともできなかったものが、次第に行き方を覚え、与えられた刻限までに戻ってこれるようになった。

すると今度は、北東一里、南南西半里、とだけ告げられ、森の中の木に縛りつけた布をとってくる修練となった。目印の木が毎度変わるため、道の覚えようがない。それでも猟犬よろしくくり返すうち、しだいに感覚だけで動けるようになっていった。

「これで実戦を教われますか？」

目印の赤い布を片手に、余裕で戻ってきた辰次郎が訊ねると、弟子は呵々《かか》と笑った。

「甘い、甘い、これでようやく半分だ」

弟子が無情に告げたように、翌日からは、森にはいる前に妙なものを背負わされた。二本の長い棒が、バツ印の形に紐《ひも》で結んである。これを背中にくくりつけると、ちょうど両手両足を斜めに広げた棒人形をおんぶした格好になる。

森に入ったとたん、その意味がすぐにわかった。いつもの感覚で樹間を抜けようとすると、棒が木に引っかかり、からだが後ろに引き戻される。はずみで尻餅《しりもち》をつくのは良いほうで、蜘蛛《くも》の巣に絡《から》めとられた羽虫のように、木にはさまって身動きがとれなくなることもしばしばだった。樹間を通り抜ける瞬間にからだを横にかわす必要があるのだが、背に負って見えないものをはかるというのは、意外なほど難しい。

そして仕上げが、目隠しをされての闇《やみ》稽古だった。目標は、風に揺れる小さな鈴である。手探りのへっぴり腰では、定められた刻限までに戻れない。全身の感覚を研ぎすまし、視覚を補うことが求められる。耳や鼻は無論だが、不思議なことに、やがて近づいただけで木の存在はもちろん、樹間がどの程度開いているかまでわかるようになった。

「こんなことができるようになるなんて」

目隠しを外し、半ば唖然《あぜん》として手の中の鈴をながめる辰次郎に、川又が笑った。

「人間も刀と同じだ。研がなければ、その場所はいつまでも使いものにならんのよ」

毎日のように村から通って、すでにひと月以上が過ぎていた。

「明日から体術修行を許すが、おまえは何をやる」

辰次郎は、ここが総合武術の道場だときいていた。実際、兄弟子たちの稽古を見ると、剣術や柔術はもちろん、空手に拳法《けんぽう》、短筒から鎖鎌《くさりがま》まで誠に幅広い。

「おれ、あれがいいです」

辰次郎は少し離れたところで組み打ちをしている、ふたりの弟子を指さした。

「棒術か」

川又は、ほお、といった顔をしたが、別段反対もせず、弟子に話を通してくれた。

「それからひと月ほどしか修練してないから、まだたいして使えねんだ」

良太と松吉の前で、辰次郎が頭をかいた。

「いやあ、いい話だった！　生の忍術修行なんぞ滅多にきけねえからな」

「手足にやたらと傷をこさえてたのは、そのためだったのか」

良太の疑いはようよう晴れたらしく、朱緒同伴の道場通いに重々しく許しが与えられた。

辰次郎は朱緒に連れられて、番町にある合田道場の門をくぐった。

「合田先生は、剣術、柔術をはじめ、さまざまな流派の武術を修められたお方です」

朱緒が言うとおり、ここでは剣、柔《やわら》、槍《やり》、薙刀《なぎなた》、棒、捕手《とりて》と、あらゆる武術を教えている。

「川又の門下生だったそうだな」

道場主は八十過ぎの老人だそうだが、辰次郎が引き合わされたのは、師範代をつとめる孫の合田峰雲《ほううん》だった。峰雲を前に、辰次郎が目をぱちくりさせる。

「どうした？」

「いえ、田舎のお師匠さんと、えらく雰囲気が違うもんで」

川又のいかつい風貌《ふうぼう》とは対照的に、峰雲はどちらかといえば細身で顔立ちも優しい。

「ははは、あいつは山にこもる前から山熊と呼ばれていたからな。川又とは腕も互角で年が近いこともあって、よく一緒に酒を飲んだりしたものだ」

どう見ても川又のほうが十歳は上に見えるが、ふたりとも三十半ばなのだという。

「師範代と同じくらいの腕前で、なんで忍術道場なんて開くことになったんでしょう」

「忍術は決してまがいものではない。武術をきわめたひとつの形だ」

武芸十八般を習得し、多様な特殊武器をあつかい、高い精神性も求められる。忍術は近世江戸の初期には完成されていたものだが、江戸の長い平安の中ですたれてゆき、明治以降に駆逐されてしまった。川又はそれをこの江戸で復興させたいと願ったのだ。忍術ときくと、武術の流れからはずれた絵空事のように思えていたが、峰雲の口調からは川又への尊敬の念が感じられた。

「川又のもとで棒術を習ったときいたが、己の棒は持ってこなかったのか」

「田舎の道場では、毎日違う棒で稽古をしてました」

「はじめのうちは、一本の棒を使い込んでいくほうが良いと思うがな」

　棒も剣と同じで、使い込むことにより己の身に合った武器に様変わりする。数年を経た白樫《しらかし》が、黒光りするほどになってはじめて、自在にあつかえるようになるのである。

「おれが師匠にお願いしたんです。いつも持ち歩ける棒といったら、半棒くらいだけど、その場にあるどんな棒でも使えたほうが、いざというとき便利でしょう？」

　棒術に使われる棒は、主に六尺棒、直棒、半棒の三種があり、直棒とは四尺二寸一分、直径八分の棒を言い、半棒とは六尺棒の半分、三尺以下の棒をこう呼ぶ。

　江戸の尺貫法に慣れぬ辰次郎は、概算で尺は三十センチ、寸はその十分の一、分は百分の一と覚えているが、直棒のように数字が三つもならぶともうお手上げである。

「つまり、おまえはすぐに実戦で使うつもりでおるのか。それは無謀というものだ」

「川又師匠にも同じことを言われました。生兵法《なまびょうほう》は怪我《けが》のもとだって。でも裏金春では悪党相手の荒事は茶飯事で、そこで使えなきゃ意味がないんです」

ううむ、と峰雲が考え込んだ。

「それならむしろ、剣のほうが良いのではありませんか」と言い出したのは、朱緒だった。「刃物を持った相手とやり合うには、こちらも刀を使うほうが分があるでしょう。私も柔術のほかに、三年前から剣術を教わっています」

「おれ、刃物は嫌なんです」

まるで突っぱねるような即答だった。その顔が、苦しそうに歪《ゆが》む。

「……以前、人を刺したことがあって、相手は悪党だったけど、あの場は仕方なかったけど、ものすごく嫌な感触だったんです」

辰次郎はそのことを思い出すと、いまでも吐き気に似たものが込み上げる。刃先が相手の腰骨に当たった固い震動や、鼻をつく血のにおいが、鮮烈によみがえるのだ。血のにおいは、刺した相手のものばかりではない。

「あのときおれをかばって、松吉も大怪我しちまった。もう二度とあんな思いはしたくないんだ。もし悪党とやり合うはめになったら、今度はおれが仲間の楯《たて》になりたいんだ」

辰次郎にとって、人を刺したことと松吉に怪我をさせたことは、二重の後悔となっていた。

「人を切らずに相手と戦うために、棒術を選んだというわけか」と峰雲が呟《つぶや》いた。

「棒も凶器には違わないけど、刀よりはましなように思えて。かといって、柔術や空手みたいに武器なしだと、実戦で使うには余計に時間がかかるでしょう？」

自分をじっと見詰める朱緒の眼差《まなざ》しに、辰次郎は急に気恥ずかしくなった。

「こういうの男のくせに情けないっすね。甘い考えだってのはわかってるんですけど」

「いえ、だいぶ前にきいた言葉を思い出していました」と、朱緒が微笑する。『疵《きず》つけず　人をこらして戒しむる　おしえは杖《つえ》の外にやはある』というものです」

「平野次郎国臣だな。二百年ほど前の幕末の志士で、杖術《じょうじゅつ》の達人だ」

杖を使う杖術もまた、棒術に近似したひとつの武道である。

「真剣勝負においても、相手を殺したり疵つけたりせず戒めよ、ということだ。おまえの考えは悪いことではないし、棒も修行次第で剣に勝ることも可能だ。かの宮本武蔵を倒した棒術の達人もいたのだぞ」

「そこまで上達できるとは思いませんけど、いつか甚兄いくらい強くなれればいいなって」

「甚三はそんなに強いのですか」

辰次郎がうなずいた。正確なばねのような無駄のない身ごなしに、いたく心酔しているのだ。

「甚三はなにか、武術を修練したのでしょうか」

「甚兄いには特別道場があるんすよ」

意味をとりあぐねている朱緒に、いまにわかりますよ、と辰次郎が笑った。

奈美《なみ》が金春屋を訪れたのは、それから数日後のことだった。

「あら、辰次郎ってば、いつ戻ったの？」

「その調子じゃ、おれの戻りをきいて駆けつけてくれたわけじゃあなさそうだな」

「ちょっと見ない間に、生意気な口がきけるようになったじゃん」

奈美にかかると辰次郎もかたなしだ。奈美は辰次郎と松吉とともに、同じ船で一緒に江戸入りした仲だった。

「猪牙《ちょき》は寒くなかったか？」

「ちゃんと炬燵《こたつ》舟に乗ってきたから、なかなか快適だったわよ」

炬燵舟とは炭火を入れた炬燵を真ん中に据えた小舟で、船賃は並みより張るが、寒い季節には人気が高い。下谷にほど近い神田藤堂《とうどう》町の織屋で機織《はたおり》をしている奈美にとって、金春屋までは結構な道程となる。だが、舟を使えば楽に来れると知ってから、金春屋の旨《うま》い飯に惹《ひ》かれて、たまに顔を見せるようになった。

「お、奈美、早かったじゃねえか」

まもなく店に現われたのは、にやけた顔の松吉だった。

「なんだ、デートの約束があったのか」

江戸語で言えば逢引《あいびき》となるところを、ふたりを相手にすると、するりと日本語が出てくる。

「なに馬鹿《ばか》なこと言ってんのよ、用があるのはあんた達じゃなく烏森稲荷《からすもりいなり》よ」

あっさりと肘鉄《ひじてつ》を食らって、松吉が幾分しょげる。松吉は結構本気で奈美に惚《ほ》れているのだが、この調子では前途は茨《いばら》の道だ。

「烏森神社で、何かあるのか？」

芝露月《ろうげつ》町の金春屋からなら、烏森稲荷は目と鼻の先である。

「今日はあそこで異国市が開かれるんだ。渋谷辺りの異人街から物売りが集まってきて、けっこう大きな市が立つ」

松吉の話では、烏森稲荷だけでなく、他の寺や神社でもたまに開かれるのだという。

「一度行ってみたかったんだけど、どこもせいぜい年に二、三度、しかも不定期だから、なかなか機会がなかったのよね。食べ物の屋台がたくさん出るんだって」

奈美は江戸へ来るまでに三十ヶ国近い国々をまわっていた、いわば旅にかけては兵《つわもの》である。異国市ときけば、その血が騒ぐのだろう。

「お待ちどおさん」

喜平《きへい》が奈美の前に膳《ぜん》をおいた。蓋《ふた》をした丼《どんぶり》と汁椀《しるわん》に、揚げ豆腐の甘辛煮、芽独活《うど》の胡《ご》麻和《まあ》えがのっている。丼の蓋をとると、ほっこりと湯気が上がった。針生姜《はりしょうが》と三葉をちらした、牡蠣《かき》飯だった。ぷりぷりした牡蠣を、奈美が口に入れる。

「うーん、いい香り。こんなふっくらつやつやの牡蠣は、なかなかないわね」

「牡蠣は炊《た》きあがる少し前の飯にのせて、蒸らすだけだからな。牡蠣飯というと、清《す》ましをかけて柚子《ゆず》と大根を添えた江戸風もあるが、うちはこのやり方なんだ」

金春屋の主、喜平は、いまは板場を娘婿《むすめむこ》の権七《ごんしち》にまかせ、勘定と仕入れに専念しており、こうして店に顔を出すのは、客の反応を見るためだった。妻と娘には先立たれたが、孫の拓一とお春、孫嫁のお駒と五人家族で店を切りまわしている。

「これから食い物屋に行くっていうのに、なんでここで飯を食うんだよ」

「牡蠣飯ときいて逃す手はないでしょ。屋台の食べ物は織場へのお土産にするから大丈夫」

もっぱら色気より食い気の奈美は、幸せそうに箸《はし》をはこぶ。

「よかった、ここにいたのですね」

暖簾《のれん》をわけて入ってきたのは朱緒だった。松吉を認めて、ほっと息をつく。

「出島から使いがきて、通詞がどうしてもひとり足りぬので、松吉に頼みたいと」

「えええっ、そんなあ」

奈美との外出《そとで》に水をさされた松吉が、干した大根のごとくしおしおとしょげ返る。一方の奈美は、松吉の心中など、まるで頓着《とんちゃく》していない。

「お役目じゃ仕方ないなあ。じゃ、辰次郎、荷物持ちお願い」

名誉な役目を仰《おお》せつかった辰次郎に、松吉がぐずぐずとした視線をおくる。松吉に恨まれてはかなわない。

「朱緒様も一緒に行きませんか！」

辰次郎は、咄嗟《とっさ》に口に出していた。


烏森稲荷は、まるで極彩色の衣装をまとったように、常とは趣きを異にしていた。

「まるで浅草の見世物小屋のよう。いえ、それより何倍もあざやかですね」

朱緒が、目を見張った。地面に広げられた織物や磁器、さまざまな細工物が色の洪水を織り成しており、売り子たちの着物が、さらに彩《いろど》りを加えていた。

「バ・ミーにナシゴレン、バンセオもある。あっ、生春巻だ！　懐《なつ》かしいぃ」

ずらりとならぶ食い物屋の屋台を見わたして、奈美が歓声をあげる。ひたすら目移りしている奈美の傍らで、手持ぶさたで突っ立っていた辰次郎に、威勢のいい声がかかった。

「そこの別嬪《べっぴん》ふたり連れのお兄さん、おいしい肉饅《にくまん》はいかがすか、ひとつたったの六文だよ！」

売り子が大きな蒸籠《せいろ》の蓋をあけると、まっ白な湯気が立ちのぼった。

「うまそうだなあ」

蒸籠にならぶのは、ふた口ほどで食べられそうな小ぶりの饅頭《まんじゅう》だ。

「うちの村特産の肉饅だ。そこいらの肉饅たぁひと味違うよ、味見していきねえ」

べらんべらんの江戸弁であるが、売り子の少年は派手な民族衣装を着た異人だった。

「ほんと、美味《おい》しそう。じゃあ、三つね」奈美が指を三本突き出して、

「へい、毎度ありぃ！」と少年が、小さな竹皮の皿に饅頭をのせた。

「じゃ、辰次郎よろしく」

「やっぱりおれが払うのか」

文句をつけたのは、ご愛嬌《あいきょう》のつもりだった。と、朱緒が懐《ふところ》から財布を出す。

「私が払いましょう」

「いえっ、おれが払いますっ」辰次郎が大いに面食らう。

「良いのですよ。私は辰次郎の上に立つ身ですから、私が出すのはあたりまえのことです」

「朱緒様、日本ではこういう場合、男が払うものと相場が決まってるんですよ」

奈美の口添えで、ようやく朱緒が財布を引っ込める。辰次郎は巾着から出した小銭を売り子にわたしながら、己の肩にも届かない、小柄な朱緒をながめた。

（上役かあ……）

心の内の呟きに、なにやら割り切れないもどかしさがあった。歳《とし》は朱緒がひとつ下になる。そのせいか、朱緒が武家で自分の目上になることを、これまでそうと意識していなかった。

「兄さん、不味《まず》いかい？」

売り子の少年が、不安げに辰次郎の顔をのぞき込んだ。

「中に糖蜜《とうみつ》と木の実を入れた甘い饅頭もあるんだけど、そっちを持ってくりゃ良かったかな」

辰次郎は、大急ぎで肉饅を頬張った。「いや、旨いよ、すげえ旨い」

「ほんと、豚肉が挽《ひ》いてなくて角切りなのがいいわ。香菜やニンニクもたっぷりだし」

中華饅より心持ちもっちりとした薄めの皮に、香辛料を大量にきかせた肉餡《にくあん》が旨い。昔の江戸では、四ツ足と称して敬遠された獣肉も、いまの江戸では禁忌とはされていない。食料自給十割を目指す幕府にとって、畜産は重要な産業であり、いわば江戸国の経済政策の一環なのである。

「朱緒様は、どうですか？」

「このような味は初めて食べましたが、美味しいものですね」

奈美は即決したようだ。「じゃあ、この肉饅二十個包んでちょうだい」

「二十個たぁ景気がいいや。毎度ありい！」

「その代わり、ひとつ四文ね」

「そりゃあねえや、それじゃお足が出ちまわあ。二十個で百十文でどうだい？」

「九十文！　九十文でどう？」

「奈美、そのくらいにしておけよ」

ばつが悪くなった辰次郎が止めにはいる。若い娘が大声で値切りたおす姿が目を惹いたものか、周囲の者たちが面白そうにこちらをながめている。

「なに言ってんのよ。市場で値切らないなんて、世界中で日本人くらいのものよ」

なおも食い下がる奈美に、辰次郎は閉口したが、朱緒は屈託がない。

「たしかに、江戸でも値の相談はあたりまえですよ」

「はあ、そうと知ってはいるんですが」

日本で定価に慣れている辰次郎は、未《いま》だに値切るという行為に気恥ずかしさが先に立つ。結局奈美は、百文を承知させた上、三個のおまけもつけさせたのだから凄腕《すごうで》である。

売り子の少年が竹皮に肉饅を包みはじめたとき、周囲が急にざわつきだした。

辰次郎が首を伸ばすと、買物客で立て込んだ道の向こうから、供を引き連れた立派な身なりの武士が垣間見《かいまみ》えた。両袖の屋台から、次々と売り子の異人たちが顔を出し、丁寧に挨拶《あいさつ》する様子がうかがえる。恰幅《かっぷく》のよい初老の男は、白髪混じりの頭をうなずかせ、鷹揚《おうよう》に言葉を返す。少年の後ろで、あいた蒸籠に肉饅を足していた女が走り出て、同様に深く腰を折った。

「あーあ、母ちゃんもぺこぺこしちまって」と、少年が小さくぼやいた。

間近で見る武士の顔は、えらの張った四角い輪郭と、大きな鷲鼻《わしばな》が目立った。

「あのお武家さん、誰だい？　ずいぶん偉そうだけど」

「異国市の世話役をしてる、十万保基《じゅうまんやすもと》様だ」

「おまえは、挨拶しなくていいのか？」

「異人にはやたらと敬われてるが、おれはあんまし好かねんだ」

遠慮がちに言葉を交わしている母親をながめ、少年は素っ気なく答えた。

「あれが、十万様ですか」

「朱緒様、ご存知なんすか？」

「いえ、お名前をきき及んでいるだけです」

答えた朱緒は、なぜかひどく狼狽《ろうばい》している。少年が、竹皮包みを奈美にさし出した。

「待たせてすまなかったな、姉さん」

当然のように包みを辰次郎に持たせた奈美が、ふた重の大きな目で少年をじっと見詰める。

「な、なんだよ、おいらの顔、そんなに珍しいかよ」

少年の顔は、江戸人とくらべてもそう大差はない。いくぶん色が黒く扁平《へんぺい》な顔立ちで、上を向いた鼻に愛嬌があった。藍色《あいいろ》の長袖《ながそで》の上着に膝《ひざ》までの腰布をまとい、下は股引《ももひき》である。

「藍に女郎花《おみなえし》、牡丹《ぼたん》に松葉か。織も珍しいけど、この刺繍《ししゅう》は見事ね」

奈美が口にしたのは、少年の上着と腰布に施された、太い縞柄《しまがら》の刺繍の色目だった。さすがに機織を生業《なりわい》にしているだけのことはある。

「袖や襟もとについた飾り石もきれいですね」

朱緒も一緒になって、少年をながめている。

飾り石は着物だけでなく、耳や首からも下がり、草鞋《わらじ》の鼻緒にもつけられていた。

「姉さんたちみてえな別嬪にそんなに見られると、おいら、困っちまうよ」

少年が恥ずかしそうに下を向いた。売り子の口調は生意気でも、まだあどけない顔から、十三、四くらいと思われた。朱緒が名を訊《たず》ねると、照れくさそうに答えた。

「おいら、麻衣椰《マイヤ》村のサクってんだ」

「麻衣椰村？」

「おれたち麻衣椰の民が暮らすから麻衣椰村だ。目黒にある小っこい村だ」

「どこの国の出だ？」

「ビルマだよ。村があったのは中国との国境《くにざかい》ら辺で、おいらは江戸生まれだから、どんなとこか知らねえけど」

「ビルマって、ミャンマーのことね。あの辺りの国境近くは、少数民族の宝庫だったものね。いまじゃすっかり開発が進んで、他所《よそ》の土地へ追い立てられたりで、ほとんど残っていないようだけど。こういう民族衣装も、観光客相手の見世物でしかお目にかからないわね」

　麻衣椰の民もそのような民族のひとつだろう、と奈美が言った。

「そんな遠くから来てるのか」

「なんてこたねえよ。どこにいたって、麻衣椰の観音様が守ってくれるしな」

「麻衣椰の観音様？」

「おれたち麻衣椰の守り神を、江戸語でそう呼ぶんだ。ほら、これさ」

　サクが首に下げていた紐《ひも》を引っ張ると、上着の中から小さな木彫が顔を出した。観音像に似た長い衣をまとい、腕には蓮《はす》のような長い茎の束を携えている。

「そういや、姉さん、よく見ると麻衣椰観音にそっくりだぁ」

　サクは朱緒の顔をのぞき込んでいる。

「これに？　朱緒様が？」

　辰次郎が、木彫と朱緒の顔を見くらべる。

「これは小さすぎて顔がよくわかんねえけど、村の家々にある大きな観音様によく似てるんだ。見たら一発でわかってもらえるのになあ。今度見にきてくれよ」

機会があったらな、と受け流した辰次郎は、まさかその翌日に目黒へ出張《でば》ることになろうとは、夢にも思っていなかった。

その後三人は、たっぷり夕方まで屋台まわりを堪能《たんのう》し、奈美の風呂《ふろ》敷《しき》包みは、ひと抱えほどにもふくらんだ。包みと奈美を乗せた舟を見送り、辰次郎が、やれやれ、と声に出した。

「お役目、大儀でした」

荷物持ちから解放された辰次郎を、朱緒がおかしそうにねぎらった。

「おれのせいで、ほんとにすいません」

「そんなに気にしなくていいのですよ」

朱緒の横で、辰次郎が肩を落とした。同じやりとりは、この日すでに何度目かになる。

「そうだよ、いつまでもぐじぐじすることねえやな。天気はいいし、たまの遠出だ。おまけに朱緒様も一緒とくりゃあ、申し分ねえや」

にこにこ顔で、寛治がふり返った。

三人は、目黒へと向かっていた。こうも早く、あのサクという少年を訪ねる羽目になろうとは。辰次郎は、己の浅はかさをひたすら責めた。

「おれがあんなに、肉饅をほめたばっかりに」

よせばいいのに辰次郎は、食べた肉饅がどんなに旨《うま》かったかを、たっぷりとゴメスに吹聴《ふいちょう》したものである。ほかの屋台でも色々と口に入れてみたが、あの肉饅が一番旨かったと、辰次郎は断言した。これが、食い物への執着にかけては奈美の比ではないゴメスの興味を大いにそそり、ただちに目黒への買出し命令が下ったのである。

「それで親分の機嫌が浮くなら、なにより重い役目じゃねえか。今年の正月なんざ、権さんのおかげで無事に過ごせたようなもんよ」

権さんとは、金春屋の板長、権七のことである。

ゴメスが裏金春をいまの場所に開いたのも、権七の腕の良さに惚《ほ》れ込んでのことだから、権七の飯は、ゴメスを黙らせる唯一《ゆいいつ》の切り札として大いに敬重されていた。

正月といえば御節《おせち》料理が相場だが、御節は総じて甘い味付けが多い。甘味を好まぬゴメスのために、権七は正月返上でせっせと好みの飯や酒肴《しゅこう》をととのえた。おかげで無事が危ぶまれていた今年の正月を、乗り切ることができたのだった。

「で、目黒のなんてえ村だ」

ゴメスとは対極に、べたべたの甘党である寛治は、糖蜜饅《とうみつまん》の話に惹《ひ》かれ、ふたつ返事で目黒への道案内を買って出た。

「麻衣椰村って言ってました」

「麻衣椰だと。ほんとか？」

平穏を絵に描いたような寛治の人相が、にわかに曇る。

「おめえ、その売り子とやらに、てめえらが長崎奉行の者だって明かしたか？」

「いや、そのあたりはなにも……」

「そうか、じゃあ伏せておいたほうがいいかもしれねえな」

「どういうことです、寛治」

「いや、その、あの辺の異人街の一帯は、長崎奉行の持ち場だから。おれたちがそうと知れれば、向こうがよけいな気い使うんじゃねえかと、それだけでさあ」

馬鹿《ばか》正直で嘘《うそ》のつけぬ寛治の顔には、何かあると書いてある。朱緒が重ねて訊ねる素振りを見せたとき、背後からいきなり怒鳴り声がとんだ。

「てめえら、いつまで油売ってやがる！」

紛れもないゴメスの声に、三人は総毛立った。

「すいません、親分！　肉饅百個は大至急……、あれ？」

ふり向くと、目の前でにやにや笑っているのは、甚三と良太であった。ゴメスの影も形も見えない。良太が得意そうに、鼻の下をこすった。

「……いまの、良兄い、すか？」

辰次郎の心臓は、ばくばくと脈打っている。

「てんめえ、このやろ、脅かしやがって！」

「うへえ、寛兄い、勘弁してくれよ。ようやく会得《えとく》したもんで、使ってみたかったんだよぉ」

日頃滅多に怒ることのない寛治が、頬をふくらませ、拳固《げんこ》を何発もお見舞いする。

「すいやせん、朱緒様。半人前のくせして、妙に器用な奴《やつ》で」

まだ青い顔の朱緒に、甚三が代わって頭を下げる。良太はまだ十七であるが、身軽な上に、何をやらせても器用にこなした。長張り込みのために路肩の職人に化けさせると、ほどなくその手職を覚え込んでしまう。往来の物売りをさせれば、売り口上や呼び声は本職顔負けである。口真似《くちまね》や指笛のうまさも、そんな良太の得意技のひとつだった。

「ふたりはこれからどこへ？」と気をとり直して、朱緒が訊ねた。

「ちょいと高輪《たかなわ》まで……おっ！」

朱緒の頭越しに、通りを見やった甚三の目がかがやいた。

一行が立つ辻から西に入ったところで、鳶職《とびしょく》の一団がにらみ合っている。印半纏《しるしばんてん》の色目の違いで、ふた組の鳶職一家の諍《いさか》いと思われた。先頭で言い争っていた片方の男が相手を殴り、たちまち双方の男たちが、雪崩《なだれ》をうったように団子になって殴り合いをはじめた。

「鳶同士の喧嘩《けんか》たぁ申し分ねえや！　今日は滅法ついてやがる」

言うなり甚三は、着物の裾《すそ》を帯に手挟みながら猛然と駆けていく。

朱緒が辰次郎を仰いだ。「喧嘩の仲裁に行ったのですか？」

「まあ、ある意味そうなんすけど……」

土埃《つちぼこり》を巻き上げる鳶の団子にたどり着いた甚三が、いちばん手前で組み合っていた男たちをひっぺがし、両方に右の拳《こぶし》と左の肘《ひじ》をお見舞いする。脇《わき》にいた別のふたりが甚三にとびかかったが、たちまちまわし蹴《げ》りを食らい地面に伸びた。

「しかし、楽しそうだな、甚兄い」

良太の襟首をつかんだまま、寛治は半ば呆《あき》れている。

「あーあ、高輪へはおれひとりで行くっきゃねえな、こりゃ」

と、良太もあきらめ口調だ。

「と、止めなくて、よいのですか。怪我《けが》でもしたら……」

「止めても無駄っすよ。あれは兄いの道楽すから」

「そうそう、三度の飯より喧嘩が好きで、売られた喧嘩は大喜びで買い、あのとおり売りにこなくとも買いに走るってえ始末で」

「兄いに言わせりゃ、喧嘩は参加することに意義があるんだそうで」

三人が、訳知り顔に説明する。顔よし、姿よし、気風《きっぷ》よし、と三拍子そろっている甚三に素人《しろうと》女が寄りつかないのは、ひとえにこの喧嘩癖が原因だと言われている。

「前に言いましたよね。あれが甚兄いの道場なんです。ああした日々の鍛錬のおかげで、悪党相手の大立回りは、誰も兄いにかなわないんすよ」

「自前の道場とは、このことでしたか……」

甚三の足許《あしもと》に、倒れた鳶が累々《るいるい》と重なるのをながめて、朱緒がため息をついた。


甚三をあきらめた一行は、金杉橋をわたり、東海道を品川の方角へ向かった。

茶店が立ちならぶにぎやかな高輪大木戸で良太と別れ、三人は道を西へ折れた。ここを抜けると、白金村へはいる。白金村は武家屋敷も多いが、ここまで来ると、辺りはぐっとひなびた風景に変わる。

目黒川にかかる太鼓橋が見えてきた頃、左手の川沿いに立つひときわ大きな屋敷が、三人の目を引いた。十万保基の別邸だと、寛治が告げた。

「永田町の本屋敷はあの何倍もでかくて、十万屋敷と呼ばれてるんだ」

「異国市で見たときも、えらく羽振りが良さそうだったな。よほどの大身すか」

「うちの親分とおっつかっつってとこだが、十万家が豊かなのは、異人たちのおかげらしいな」

渋谷村から目黒村にかけての一帯は、異人の街や村があつまっている。渋谷村の唐人街、蘭人《らんじん》街、朝鮮街の三つはとりわけ大きく、繁華なことで評判だった。街の名は、昔の江戸に倣《なら》ったものに過ぎず、唐人街には中国人や蒙古《もうこ》人、台湾人が居住し、蘭人街は和蘭《オランダ》人だけでなく、欧米各国の白人が住んでいる、と寛治が話してきかせた。

「江戸の伝統にこだわってる割に、結構外人が多いんすね」

「ほとんどが鎖国前、つまりは建国前に江戸へ来て、住みついちまったもんらしい。当時は江戸情緒が異人の興を惹いて、物見遊山《ゆさん》の者たちが大勢詰めかけたそうだ」

「昔風な暮らしを営んでさえいれば、各々《おのおの》の伝統や慣わしが許されているようです」

「着物でちょん髷《まげ》の外人も、見たことあるけどなあ」

「そういう野郎は江戸風の生活《くらし》をしたがってる奴だ。その手合いは並の江戸人とまるきり同じあつかいで、住むとこなんかも特に限られてねえ。ただし江戸言葉がわからねえといけねえから、日本人以外は初めのうちは難儀らしいがな」

「宗教とかはどうなんすか？　昔の江戸ではキリスト教とか禁止でしたよね」

　辰次郎は、サクが言っていた、麻衣椰観音の話を思い出していた。

「信仰も、それぞれが拝む分には構わないそうですよ。ただし布教はご法度《はっと》で、宗門の違いによる諍いも厳しく罰せられます。そういえば、何年か前にそういう騒ぎがありましたね？」

「あ、ええ、そういや、なんかありやしたね」と、寛治の歯切れが急に悪くなり、「えっと、ああ、十万様の話だった」と、逸《そ》れた話をもとへ戻した。

「昔、いまの出島にあった異人街が焼けたことは知ってるか？」

　辰次郎が、首を横にふる。

「二十年ほど前までは、異人は皆、出島に住んでいたんだ。それが火事で焼けちまってな」

　江戸時代の長崎にあった出島は、和蘭人の居留区域のことで、最初はそれに倣い出島に異人を置いた。その焼け跡に建てられたのが、長崎奉行所なのだった。

「十万様は火事の後、己の知行地を出島代地にさし出したんだ。それがいまの異人街で、渋谷村の三街のほかに、十八の小っさな街や村がある。江戸へはいる舶来ものの七割方は、ここにあつまるんだ。これの旨味はたいした額になるらしくてな、毎年の地代や上納金に加えて、その何倍もの金が十万様にころがり込むって寸法よ」

「つまり、異人街の名主ってわけすか」

「まあそうだ。おかげでたいした役目につかなくとも、豪勢な暮らしができるってわけよ」

「御公儀のお役目は何なんすか」

「保基様はもう引退してな。二年前だったか、娘婿《むすめむこ》に跡目をゆずったが、その婿はまだそれほど出世してねえはずだ。ええと、なんの組頭だっけな」

「大番組頭」

鞠《まり》がはねるように朱緒が答え、びっくりしているふたりから、あわてて視線を外す。

「さすがにお武家だと、公儀のお役目なんぞにも詳しいすね」

寛治はにこやかに褒めたが、朱緒はどこか苦しげな微笑を返しただけだった。


「あれえ、ほんとに来てくれたのか」

辰次郎と朱緒を見つけて走り寄ってきたサクが、目を丸くする。

目黒川にかかる太鼓橋をわたれば、やがて目黒不動へ出るのだが、寛治は橋の手前で、十万家の別邸とは逆に道を折れた。麻衣椰村は、そこから目黒川を少し遡《さかのぼ》ったところにあって、行き逢《あ》った村人に訊ねると、サクの家はすぐにわかった。

「サクのおじいさんは、この村の長老なんだってな」

「長老って言っても、別に金持でもなんでもねえけどな」

「けど、大きくて立派な家じゃねえか」

「麻衣椰の家はみんなそうさ。中は案外せまいんだ」

サクの家は、一辺が十三、四間はありそうな、真四角をした木造の平屋だった。四隅だけが太い梁《はり》を置いたように外側へ突き出しており窓や扉があるが、四辺の部分は、まるで塀のようにのっぺりと何もついていない。サクが言うように、田畑の中に点在する家々は、どれもまったく同じ造り、同じような大きさだった。村の一画を横切るように目黒川が流れ、サクの家は、川からほど近い場所にあった。

寛治の忠告を守り、長崎奉行の配下とは名乗らずに、さる旗本の用人と小者ということにして、サクに肉饅の話を切り出した。とりあえず、嘘ではないから気も楽だ。サクが長老の孫だときくと、寛治の顔は夕立前の空のようにまっ暗になり、重ねて念を押されたものだ。

「百個かあ。兄さんたち、よほど大きなお屋敷にいるんだな」

サクが感心するが、まさか百個全部がひとりの主《あるじ》のためだとも言えぬ。裏と表の金春屋の面々のためには、肉饅と糖蜜饅を五十ずつ、別に頼んだ。

いったん家の中に走り込み、間もなく戻ってきたサクは、なんとかなりそうだ、と言った。

「饅頭は女衆《おんなし》がつくるんだ。この辺りの何軒かはみんな親類だから、そこの女衆に頼めることになった。それでもふた刻《とき》近くはかかると思うけど、かまわねえかい？」

この申し出を承知して、饅頭ができるまではサクの家で待つことになった。

サクは三人を招き入れ、祖父の長老を紹介した。

「どうぞごゆっくりしていって下さい」

話す言葉に、訛《なま》りがあった。江戸語に不自由はないようだが、江戸生まれのサクのような流暢《りゅうちょう》さはない。深い皺《しわ》に両目が埋もれたような浅黒い顔の中で、口許だけが頑固そうに固く引き結ばれている。辰次郎は自分の祖父を思い出し、心の内でくすりと笑った。祖父も、一度言い出したら後へは引かない性分だった。母親とサクは同じ藍《あい》の上着と腰布だが、長老は白い衣をまとっている。鮮やかな刺繍《ししゅう》だけは、どちらも同じだった。この長老と母親との三人暮らしでは、畑仕事の人手がなく、それで時々饅頭を売りにいくという。

香辛料のたっぷり効いた茶を馳走《ちそう》になると、サクが家の中を案内してくれた。

「こんだけでかいのに、部屋は少ないんだな」

長い廊下は、片側にだけ明かり採りが設けられ、外に面した側は板壁だけが続く。

「だから言ったろ、たいして広くねえって」

この家で部屋らしいものは、四隅に突き出した梁状の部分だけだった。この四部屋を長い廊下がつないでいるために、外から見ると大きく見えたのだ。家の北辺にあたる廊下の内側に、小さな扉がついており、サクがあけると、暗い廊下にまぶしい光がさし込んだ。

「また無駄にでかい中庭だな。おまけに殺風景だ」

寛治が呆れ返るのも無理はなく、四本の廊下に囲まれたところはすべて庭なのだった。庭といっても植木の一本もなく、一面、低い雑草に覆《おお》われている。そのまん中に、大人の背丈を優に越すくらいの、円柱形の石灯籠《いしどうろう》のようなものがにょっきりと立っている。

「そう言うなよ、これでもここは家の中の聖地なんだぜ。ほら、あれをあんたたちに見せたかったんだ」と、サクは石灯籠へと三人を誘《いざな》った。

灰色の石柱は、上から三分の一ほどがくり抜かれ、その中に木像が立っていた。

「これが麻衣椰の観音様だ。な、お武家の姉さんに似てるだろ？」

像は足まで届く薄衣をまとい、長い髪を高く結い上げている。わずかに伏せられた切れ長の目や、かすかに開いたふっくりとした唇が、たしかに朱緒に似ているように思われた。

「そう……でしょうか」

自分と木像を見くらべる三人に困惑しながら、朱緒がふと、何かに気づいた。吸い寄せられるように顔を近付け、女神が抱える蓮《はす》の束のようなものを見詰めている。

「これはもしや、芥子坊主《けしぼうず》ではありませんか？」

「芥子坊主っていやあ、ガキの頭のことでやすか？」と、寛治がきょとんとする。

江戸の子供は、天辺《てっぺん》にだけ毛をのこし頭の周囲を丸く剃《そ》った、芥子坊主と呼ぶ髪型が多い。

「いいえ、芥子の実のことです。阿片《あへん》はこの芥子坊主から採るのだと、お奉行がご覧になっていた書物の中にありました。子供の頭も、これにちなんで名がつけられたのです」

芥子坊主が未熟なうちに殻に傷をつけると、乳状の液がでる。これを乾燥させ丸めたものが、阿片なのだと朱緒が説いた。

「ほんとに芥子なのかなあ、蓮の蕾《つぼみ》のようにも見えるけど」

辰次郎が目を凝らした。香木に彫ったものだろうか、顔を寄せると、きついにおいが鼻を刺す。

「いや、そいつは、芥子坊主に間違いねえよ」と、サクはあっさり肯定した。「麻衣椰観音は芥子の神さんで、芥子観音ともいうんだ。この広い庭は、芥子を植えるための庭なんだ」

「それでは、春になればここに芥子が咲いて、芥子坊主ができるのですか？」

「まさか。それは江戸にはいる前の話だ。麻衣椰にとって芥子は信心のためのもんだから、村ができたときに、じいちゃんたちが御上に頼んだらしいけど、お許しがでなかったんだ」

その代わり、いまは毎年白いヒナゲシを植えているという。庭を覆った雑草のように見えたのは、すべてヒナゲシだとサクが言った。

「これ、タンポポじゃなかったのか」

地面にへばりつくように放射状に広がった葉で、花音痴の辰次郎はそう思い込んでいたが、言われてみればタンポポは、葉の先がもっと尖《とが》っている。

「花が咲いたら見事だぜ。三月か四月になったら、また遊びにきてくれよ」

サクは別れぎわ、そう言って三人を送り出した。しめて二百個の饅頭をふたつの風呂《ふろ》敷《しき》包みに携えて、帰りは渋谷川から下り舟に乗り、日暮れる頃には裏金春へ着いた。

「この饅頭は、麻衣椰村のもんだったのか」

表の飯屋で蒸《ふか》してもらい、うっすらと湯気のたつ肉饅を、ゴメスがぽいぽいと口に放り込む。大皿に天こ盛りにした肉饅が、みるみるへっていくさまは、見ていて恐いようだ。

「お奉行も、あの村をご存知でしたか」

朱緒は暗に、寛治がとうとう口にしなかった、長崎奉行との関わりを訊《たず》ねたが、ゴメスもやはり何も言わなかった。その代わり、朱緒が話題にした村の芥子信仰には興味を持ったらしく、あれこれと訊ね、最後に思いついたように言った。

「その坊主ってのは、長老の孫だと言ってたな」

「はい、サクっていって、気のいい奴《やつ》っすよ」

辰次郎が答えると、ゴメスはふうんと鼻で返事をし、茶碗《ちゃわん》酒をがぶりと飲んだ。

ゴメスの前の大皿は、とっくに空になっていた。

飛脚問屋から出てきた辰次郎が、外で待っていた松吉に、ほっとした笑顔をみせた。

「なんだかでかい仕事をひとつ終えた気分だよ」

「実際、なにより大事なことじゃねえか。けど、自分で持っていかなくて本当にいいのか？」

「ああ、親父《おやじ》がそうしろって言うんだから大丈夫だよ」

正月二十四日のこの日、辰次郎は松吉と一緒に本所亀戸《かめいど》天神の鷽替《うそか》えへ行ってきたのだった。鷽とは、鳥の鷽を象《かたど》った天神様のお守りで、前の年に買った鷽を奉納し、新しいものと替えることで、凶事を嘘《うそ》に替えるとされる。

辰次郎はその日買い求めた鷽を、飛脚便で田舎の父親へ送る手《て》筈《はず》をつけてきたのだ。

「本当は、こいつを奉納しないと、鷽替えとは言わねえけど……」

辰次郎が、年季の入った木鷽を懐《ふところ》からとりだした。十六年前、辰次郎と両親が亀戸天神に詣《もう》でたときのものだった。翌年鷽替えに来ることを楽しみにしていたものが、辰次郎の病のために江戸を出ざるを得なくなり、それは果たせなかった。

「そいつは、おまえのおっかさんの形見だもんな」と、松吉がしんみりとする。

江戸を出た後、両親は不仲になり離縁してしまったが、この木鷽は母親が大事に持っていたのである。母親は五年前に事故で亡《な》くなり、残された木鷽は、幸せだった頃の家族の象徴となった。

「いつか親父と一緒に亀戸天神に行くまでは、こいつを持ってることにしたんだ」

父にそんな体力がもどる見込みは極めて薄い。よくわかってはいたが、口にはしなかった。

「きっと行けるさ」

辰次郎の胸中を察するように、松吉は応《こた》えた。

ふたりが裏金春へ戻ってみると、なにやら玄関先が騒がしかった。

「また親分が暴れてんのかな」

「いや、あの声は……」と、辰次郎は木戸の内へ走り込んだ。

玄関土間で小さなからだを仁王立ちにさせているのは、やはり見覚えた民族衣装の少年だった。

「あのクソ奉行はどこだっ！　とっとと出しやがれっ！」

みな探索で出払っているらしく、無人の土間にむなしく声がこだまする。

「サクじゃねえか！　いったいどうしたんだ」

ふり向いたサクの顔が固まった。

「なんで兄さんが、ここにいるんだ」

寛治の忠告を思い出し、辰次郎がはっとした。さらに奥から出てきた朱緒を認めて、サクが奥歯をかみしめた。

「あんたたち、長崎奉行所のもんだったのか……なんの魂胆があっておれに近付いた」

「違う、サク。おれたちは本当に饅頭を買いにいっただけだ！」

「信用できるもんか！　さっさと奴を連れてこいよ。たしかめてやらあ」

「お奉行は、まだ御城からお戻りではありませんが、そろそろ……」

朱緒が言いかけたとき、小さな木戸門の向こうに、ゴメスの巨体が現れた。辰次郎を押し退《の》けたサクが、止める隙《ひま》もなく木戸をとび出し、ゴメスの前に立ちふさがった。

「久しぶりだな、クソ奉行。今日こそてめえを、ぶっ殺してやる」

物騒なことを言い出したサクを、ゴメスは無表情で見下ろしている。

「あんときのチビか。ちったぁでかくなったようだな」

「てめえのほうは、相変わらずのまずい面《つら》だがな」

「サク、おやめなさい！」

にらみ合うふたりの傍らに駆け寄って、朱緒が叱咤《しった》した。主をかばってというよりも、サクがゴメスの逆鱗《げきりん》に触れるのを恐れているようだ。だがサクは、まるで怯《ひる》むようすがない。

「父ちゃんの仇《かたき》、討たせてもらう」

「どういうことだ」

「父ちゃんは……死んじまったよ」

突き上げる悲しみを堪《こら》えるように、サクの鼻《び》腔《こう》がふくらみ、くっと唇が引き結ばれた。

「父ちゃんが死んだのは、てめえのせいだ。なんの咎《とが》もねえ父ちゃんを、てめえが島送りにしやがったせいだっ」

「そうかい、てめえの親父は、島でくたばったかい」

嘲笑《あざわら》うようなそのひと言に、サクの目に青い火がともった。

獣のような唸《うな》り声とともに、サクのからだが高く宙をとんだ。ゴメスの顔面目がけて、サクの膝《ひざ》がはいる。ゴメスが眼前でこれを払いのけ、サクは地面に叩《たた》きつけられる直前に、猫のようにくるりとまわって着地した。

「すげえ……」

鮮やかな身のこなしに、松吉が目を見張る。サクは躊躇《ちゅうちょ》なく次の攻めに移った。今度は先刻より低くとび、脇腹《わきばら》に向けて蹴《け》りを出す。

「サク！　駄目です！」

とび出した朱緒が、ゴメスとサクのあいだに立ちふさがった。サクが、あ、と小さく叫び、からだをひねって方向を変えたが間に合わなかった。サクの足の先が、朱緒の額をかすめた。

「朱緒様！」

白い額には、一寸ほどの血の筋が浮いている。

「大丈夫、心配いりません」

「姉さん……」

さすがに気を削《そ》がれたらしく、サクが力を抜いた。その襟首を、ゴメスが犬猫のようにつまむ。

「てめえっ、放せっ！　放しやがれ！」

じたばたするがどうにもならない。そのまま地面に叩きつけられたサクは、したたかに腹を打ち、動けなくなった。ゴメスが小脇に抱え上げ、木戸をくぐって玄関にはいる。サクは叫びながら懸命に脱出を試みるが、両腕ごと胴を締められては何もできない。辰次郎が後を追った。

「親分、サクをどうするつもりだ！」

「牢《ろう》にぶち込むだけだ。役人を傷つけたんだ、当然だろう。裁きは後でつける」

「私なら平気です！　お願いです、放してあげて下さい！」

朱緒の嘆願も効を奏さず、ゴメスは長廊下を奥へ進むと、屋敷の北側にある座敷牢にサクを放り込んだ。扉を閉めようとするゴメスに、辰次郎が食らいつく。

「サクはまだ子供じゃねえか、親分、頼むから勘弁してやってくれ」

「そうまで言うなら、てめえも一緒に入ってろ！　ひと晩頭を冷やしやがれ！」

ゴメスに蹴りとばされて、辰次郎のからだが牢内の壁に叩きつけられた。ゴメスは扉を乱暴に閉めると、足音に怒りをにじませながら牢部屋を出ていった。

座敷牢は、裏金春の北詰にある。六畳ほどの板間を半分に区切るように格子《こうし》がはまり、その奥が牢となっていた。小さな天窓がひとつあるきりで、夏は暑く冬は寒い。日はすでに暮れていて、板敷の床を通して、早春の寒さが忍び寄る。辰次郎は、自分の羽織を脱いだ。

「サク、寒いだろ。これ着ろよ」

サクは何も答えない。牢に入ってからずっと、サクは黙ったままだった。牢内は灯りひとつない。反対の隅にうずくまる黒い影に、手探りで近寄って、辰次郎は羽織を着せかけた。

「いらねえ」

怒ったように小さく呟《つぶや》いたが、辰次郎は構わずサクの背を羽織で包んだ。

「いらねえって！」

乱暴に羽織を払い落としたとき、サクの腹がぐうと鳴った。

「腹、へったな」と笑いかけても、やはり何も答えない。

「長崎奉行の配下だってこと、黙ってて悪かったよ。けど騙《だま》そうとしたわけじゃないんだ」

辰次郎はサクに謝り、寛治に口止めされていた旨《むね》を話した。

「寛兄いはたぶん、おまえたちに嫌なことを蒸し返させたくなかったんだ。朱緒様とおれは、その理由も経緯《いきさつ》もきいてない」

朱緒の名が出ると、サクは急に尻《しり》をもじもじさせた。

「あの姉さん……朱緒様か、怪我《けが》させちまったのはまずかったな。あれ、痛かったろうな」

「朱緒様なら大丈夫さ。ああ見えて柔術の達人でさ、ここへ来た初日に、あの親分を投げとばしちまったんだ」

「そいつはすげえや」

「サクもすごかったよ。あの飛び蹴りなんか、むちゃくちゃ格好良かった」

「あれは村に伝わるビルマ拳法《けんぽう》だ」とサクは、ぶっきらぼうながらも少し得意そうだ。

「ビルマ拳法って初めてきくな。タイの格闘技なら知ってるけど」

タイのムエタイなら、日本にいた頃見たことがある。足技中心の格闘技だ。

「そのタイ拳法のもとになってるのが、ビルマ拳法だ。外ではいまの国名からミャンマーラウェイって呼んでるらしいけど。ラウェイのラが拳《こぶし》のことで、ウェイが闘いって意味だ」

話すうちに気詰まりがとんだものか、技の説明に勢いがつく。布を巻いた拳で殴り合うのが基本だが、ほかに蹴り、膝、肘《ひじ》に、頭突きと投げがあるという。

「教えてくれた父ちゃんの癖で、おれも飛び蹴りが得手なんだ」と、サクが急に声を落とした。「父ちゃんは村いちばんの使い手だったんだ。なのに……」

病に伏せる父親を持つ辰次郎には、サクの痛みが胸にせまる。

「なあ、サク、教えてくれないか。おまえの親父さんと親分のあいだに何があった」

赤裸の皮膚にそっと触れるように切り出すと、サクはようやく重い口を開いた。

「事の起こりは、駆け落ち騒ぎだったんだ。ちょうど二年前になるかな、麻衣椰村から村ひとつはさんだ渋谷寄りに、来本《ライホン》村ってのがあってさ、そこの娘と麻衣椰の男が駆け落ちしたんだ。来本はおれたちと同郷の部族だけど、信心も暮らし向きも違ってて、昔からあまり仲が良くねんだ」

来本の娘は自分の村に許婚《いいなずけ》がおり、この男がふたりを見つけて麻衣椰の男を殺してしまった。

「まるでシェークスピアみたいだな」

きいた辰次郎は、サクにきこえぬように呟いた。

怒った麻衣椰の若者たちは、徒党を組んでその許婚の襲撃を企てた。来本側では非は相手にあるとして、やはり当の許婚以下、若い連中が決起して、このふたつがぶつかり、近年まれに見る大暴動となった。

「麻衣椰と来本、併せて十一人も死人が出た。御上は宗門違いによる諍《いさか》いと決めつけて、麻衣椰と来本に厳しい罰を下そうとした」

　厳罰とは、暴動を起こした数十人の処刑と、両村民の江戸所払い、すなわち国外退去である。

「なんでそんなことに」

「知るもんか。大方、村同士の不仲を楯《たて》にして、異人たちへの見せしめにしたんだろうよ」

「けど、その刑は免れたってことだよな」

　サクがうなずいた。理由はわからぬが、結局、両村併せて十人が処刑され、他の村人へは過料で済んだという。

「その裁きがついてから、あのクソ奉行は父ちゃんを槍玉《やりだま》にあげて流罪《るざい》にしやがった。父ちゃんはたしかにその場にいたけれど、皆をあおったわけでもねえし、人殺しにも関わっちゃねえ。なのに、次の長老の立場で騒ぎに加わるのはけしからんって、それだけで島送りに……」

　どん、と鈍い音が、真っ暗な牢にこだました。サクが両の拳で、床を打ったのだ。

「おれはどうにも我慢がならなかった。だからここに怒鳴り込んで、野郎に文句をつけた」

「今日みたいに、親分に食ってかかったってのか」

「ああ、でも、あんときはおれも小っさくて、拳も蹴りもちっとも効きゃあしなかった。たちまち投げとばされて目ぇまわしちまった。けど、二年経《た》ったいまでも、まるで歯が立たねえのは一緒だな。死んだ父ちゃんの仇も討てねえとは情けねえ、情けねえよ」

流人島での暮らしがよほどきつかったものか、サクの父親は、年が明けてすぐに亡《な》くなったと、今日、知らせがきたという。父を亡くした慟哭《どうこく》を、無理やり怒りに変えて、ゴメスの前まで引きずってきたのだろう。棘《とげ》の鎧《よろい》を失ったサクが、剝《む》き出しの悲しみから身を守るようにからだを丸め、やがて嗚咽《おえつ》がもれた。

辰次郎は、黙ってサクを羽織でくるみ、その背をなでた。

まだ少年らしい痩《や》せた背中は、小鳥のように温かく、小さく震えていた。

どのくらいそうしていたものか、辰次郎はいつの間にか眠っていたらしい。板戸が小さく鳴る音に、びくりと目を覚ました。

「遅くなっちまって、すまなかったな」

板戸が開いて、行灯《あんどん》の淡い光とともに、松吉が顔を出した。その後ろに、皿と土瓶を両手に持った寛治と、綿入れ半纏《ばんてん》を抱えた良太が続く。辰次郎が、思わず苦笑する。

「まるで笠地蔵《かさじぞう》だな。でも親分に見つかったら叱《しか》られるぞ」

「その心配はねえよ。ほら、きこえるだろ」

耳をすますと、遠くはなれた奥座敷から、ゴメスの大鼾《おおいびき》がかすかに響いてくる。

「さぞ腹がへっただろ」と寛治が牢格子の前に、握り飯ののった皿をおいた。

泣き疲れて眠りこんでいたサクが、蚊に刺されたように腫《は》れあがった目を瞬《またた》かせた。

「おれと松吉が膳出《ぜんだ》しの合間に握ってやったんだ、ありがたく食え」

ごつい岩のように不《ぶ》恰好《かっこう》な塩結びを前にして、良太がふんぞり返る。

「ちゃんと手洗ったんでしょうね」

憎まれ口を叩きながらも、辰次郎が皿に手を伸ばし、サクにもひとつ手渡した。

「うまい！」

本当に、涙が出るほどうまい握り飯だった。

「だろお。実はな、塩加減は権さんがやってくれたんだ」と松吉が種を明かす。

旨《うま》そうに食べる辰次郎とサクを、三人が嬉《うれ》しそうに見守っている。握り飯はまたたく間に腹におさまり、ふたりの手がふたたび皿に伸びる。

「あわてると喉《のど》に詰まらすぜ」と寛治が、筒型の茶碗《ちゃわん》を格子の中に入れた。

「ほんとは布団《ふとん》がはいりゃあ、いいんだがな」

良太が格子の隙間《すきま》に詰め込むようにして、綿入れを牢に入れた。

「朝になったらおめえの村に知らせが走る。迎えが来るまで辛抱しろよ」

「おれ、父ちゃんみてえに島送りになるのかな……」

「心配すんな。うちの親分にゃ慈悲は望めねえが、面倒くさがりも折り紙つきだ。おめえひとりのためにお白州なんぞ開きっこねえ」と、寛治が妙な太鼓判を押す。

やがて三人が出ていくと、前も見えぬほどの暗闇に戻った。

この闇の中で父親の死と向き合うのは辛かろうと、辰次郎は静かに話しかけた。

「……ヒナゲシが咲く頃、またサクの村に行ってもいいか」

「……うん、いいぜ。いまの兄さんたちやあの姉さんも連れて、みんなで来いよ。花が咲いたら、あの庭は乳色の海みたいに真っ白になって、ほんとにきれいなんだ」

サクは、四月に行われるという芥子《けし》祭のことを、ひとしきり話した。

「去年は祭はやらなかったけど、うんときれいに咲いたんだ。白い波みてえに花が像の足許まで届いて、まるで観音様が白い海に浮かんでるみてえだった。白い花が月の光に映えて……」

サクの声はそこで途切れ、やがて健やかな寝息が辰次郎の耳に届いた。

翌朝、ゴメスは辰次郎だけを牢から出すよう命じた。

伝えにきた朱緒に、辰次郎は色良い返事をしなかった。「おれだけ出るわけにいきません」とサクを見やる。あけ放した板戸からはいる陽射《ひざ》しに、サクが眠い目をこすり起き上がった。

「サクはご赦免にしてくれると、お奉行が請け合いました」

昨晩、頃合を見計らって、朱緒が口添えしたものらしい。

「いまサクの村へ知らせをやりました。迎えが来たら、すぐに牢から出られます」

サクの顔に安堵《あんど》の色が浮かんだが、朱緒の額についた赤い跡に気づくと、肩をすぼめてうつむいた。

「……悪かったな、姉さん……、朱緒様だっけ。痛えか？」

「いいえ、このくらいは怪我のうちにはいりません」

「けど、嫁入り前の娘さんの顔に、傷をつけちまったのはまずかったな。おれが引き受けて嫁にするわけにもいかねえし」

朱緒が思わず微笑《ほほえ》んだ。「私はお嫁には行きませんから、その心配はいりません」

「なんでだい？　それだけ別嬪《べっぴん》なら、貰《もら》い手の口はたんとあるだろうに」

「私は家を継ぐためにお役目に就きましたから、嫁に行くわけにいかないのです」

辰次郎がまじまじと朱緒の顔を見る。

「だったら、婿《むこ》養子をとれば済む話じゃないすか」

朱緒は少しだけ困ったような顔で、首を横にふった。

「私は甥《おい》に家督をゆずりたいのです。甥が成人するまでの中継ぎのつもりですので、婿をとるわけにはいきません。甥はまだ七つですから、元服までに相応の年月がかかりましょう。その頃には、お嫁に行くには薹《とう》が立ち過ぎてますからね」

「朱緒様ならきっと、年食っても充分きれいだと思うぜ」

サクに真顔で言われて、朱緒が初めて声をたてて笑い、礼を述べた。照れたように下を向いた拍子に、サクが大きなくさめをした。ぶるりとひとつ、胴震いをする。

「サク、風邪ひいたんじゃねえのか？　ひと晩中寒かったからな」

「なに、へいちゃらだ」

見栄《みえ》を張りながら、鼻水をすすりあげる。朱緒が袂《たもと》から、鼻紙の入った紙入れをとり出した。

「あれ？」

白地に銀糸模様の紙入れに、サクが目をとめた。

「この紙入れが、どうかしましたか？」

「その貝の上の鳥……」

サクが見ているのは、紙入れの留め紐《ひも》についた、柘植《つげ》の根付《ねつけ》だった。閉じた二枚貝の右寄りに、二羽の海鳥が休んでいる意匠である。根付とは、主に印籠《いんろう》や煙草《たばこ》入れなどに結わえる飾りで、帯にはさんで持ちあるくとき、すべり留めの役目をする。いわば携帯電話のストラップのようなものだが、木や石を精緻《せいち》な技で彫った根付は、芸術の域に達するものが多い。

「おれ、それと同じもの持ってる」

「えっ！」

朱緒の顔は、まさか、と言っている。

ほら、とサクは上着の脇についたかくしから、刺繍《ししゅう》の施された巾着《きんちゃく》をとり出した。

「ほんとだ、おそろいだ」

巾着の紐についた根付を、辰次郎が見くらべる。唯一《ゆいいつ》、二羽の鳥の立つ位置だけが、こちらは二枚貝の左寄りになっている。サクから巾着を受けとって、朱緒が訊《たず》ねた。

「これを、どこで」

「水道橋のそばの川っ縁で拾ったんだ、もうだいぶ前だけどな」

眉間《みけん》にかすかな皺《しわ》を寄せ、じっと根付に見入る朱緒の姿に、サクは不安になったらしい。

「やっぱり、番屋に届けなかったのはまずかったかな」

「これをしばらく貸してもらえませんか」

朱緒は恐いくらいに真剣な表情だ。何か咎《とが》めを受けるのだろうかと、サクは心配していたが、朱緒が町方に届けるつもりがないと知ると、巾着から根付を外してさし出した。

「私はお奉行の御用で出島へ参りますので、後を頼みます」

言いおいて、朱緒が立ち上がった。辰次郎は根付の経緯《いきさつ》を訊ねることができずにいた。

朱緒の横顔は、きっぱりとそれを拒んでいた。

　辰次郎と松吉が朝餉《あさげ》の膳を運ぶと、ゴメスは何事もなかったかのように、奥座敷に胡坐《あぐら》をかいていた。辰次郎に対しても常の愛想のなさで、昨日の騒ぎを蒸し返すこともなかったが、ひとつだけ訊ねた。

「あの坊主《ぼうず》から、芥子の祭祀《さいし》について、何かきかなかったか」

「毎年四月に、芥子祭があるとはききました。草で編んだ小舟に入れた花を、川に流すって」

「そいつは知ってる。去年の話だ、去年の祭で、何か変わったことはなかったか」

　辰次郎は答えの代わりに、ゴメスに怪訝《けげん》な目を向けた。

「裏からこっそり探るつもりでいたが、こうなっちまったら用心されてやり辛え。あとはおめえからききだしてもらうより仕方ねえだろ」

「そのために、おれをサクと一緒に牢に入れたんすね」

　責めるような眼差《まなざ》しを無視して、ゴメスはふっくらと脂の乗った焼き鮭をつつく。

「親分は麻衣椰村を、阿片《あへん》の出所と疑ってるんすか」

「連中の故郷は、あの悪名高い『黄金の三角地帯』だからな」

　松吉が首をひねった。

「それって、『黄金の三日月地帯』じゃあ、ありやせんでしたか？」

「そりゃ中東のほうだ。どっちも阿片の一大拠点だったってなぁ同じだがな」

中国の南に位置する、タイ、ビルマ、ラオスにまたがる地域は、通称、黄金の三角地帯と呼ばれ、古くから大がかりな芥子栽培が行われていた。

「もっとも、それも昔の話だ。実状はわからねえが、三角地帯のほうは表向き、阿片撲滅に成功したってことになってる」

「ひょっとして今回の阿片騒ぎって、そういう手合いが江戸ではじめたものじゃあ……」

「あのサクたちが、そんなこと絶対するもんか」

「そう怒るなよ。たとえば来本村の衆も、その辺りから来たんだろ。だったらそっちの連中かもしれねえじゃねえか」

松吉も一昨年《おととし》の暴動の顚末《てんまつ》を、きき知ったものらしい。

「いや、来本村には芥子信仰はねえ。おれがひっかかってんなぁ、麻衣椰の信心だ」

三膳目を平らげたゴメスに、不在の朱緒に代わり、辰次郎が給仕をする。

「芥子信仰ってなぁ大昔からあちこちにあってな。おめえらが麻衣椰で見たってえ像によく似た、芥子坊主を抱く女神は、西洋の彫刻や浮彫りなんぞに残ってる。芥子の実を図柄にした硬貨や壺《つぼ》なんぞも、案外多いんだ」

古代エジプトやギリシャからはじまり、欧州、中東、アジアにかけて、その劇的な鎮痛効果故《ゆえ》に、芥子は広く賛美の対象になっていた、とゴメスは説いた。

「しかも麻衣椰の連中にとっちゃ、信心の上に生きる糧《かて》でもあったはずだ。三角地帯の辺りは貧しい村が多くてな。その点芥子は、栽培に手間がかからぬ上に金になる。だが、大国は麻薬にうるせえからな。あの辺の政府にも圧力がかかって、軍を使って芥子畑を焼き払った国もあった」

暮らしに困った人々は、各々《おのおの》の伝統を捨て、散り散りになって他所《よそ》の土地へ流れたり、近代の波に呑《の》まれてしまったのである。

麻衣椰や来本も、そういう民族のひとつだったのか、と辰次郎は、長老の固く引き結ばれた唇を思い出した。あれは数々の苦難を乗り越えてきた、その証《あか》しだったのかもしれない。

「いまんとこ他にやれることがねえからな。調べて何もなきゃ、それでいいだろうが」

ゴメスの言い分は的を射ていた。しぶしぶながら辰次郎は、サクからきいた話を伝えた。

「去年は祭はやらなかったそうです。そのう……一昨年の暴動で何人も死んだんで、喪に服すってことで」

そうか、去年はやらなかったのか、とゴメスが独り言《ご》ちる。

「でも、ヒナゲシはきれいに咲いてたそうです。庭にある観音像の足許《あしもと》まで花が届いて、白い海のようだったって」

「その像は、地面から二尺五寸ほどのとこに立ってるってわけか」

辰次郎が一瞬答えに詰まる。しばし考えて、辰次郎は答えた。

「いえ、その倍近くも高いところにありました」

「なんだと」ゴメスが身を乗り出した。「地面からどのくらいの高さだ。正確に思い出せ」

辰次郎は石灯籠《いしどうろう》のような石柱を思い描きながら頭をめぐらせた。石柱の上から三分の一は石がくり抜かれ、その空洞に観音像が置かれていた。

「像の足許はたしかおれの胸くらいだったから、だいたい百三十五として、えーと」

「それなら四尺五寸ってとこだな」

松吉が助け舟を出す。時代劇オタクの威力は伊達《だて》ではなく、尺貫法もお手のものだ。

「四尺五寸だと」

ゴメスの細い目が、ぎらぎらと光を帯びた。分厚い唇が、わずかに右に吊《つ》り上がる。

「芥子の園芸種に、四尺五寸も育つものはねえ。そいつは間違えなく阿片の採れる芥子だ」

「まさか！　そんなはずはねえ。だってサクは、毎年植木屋から、白い花を咲かせるヒナゲシの種だけを買っていると……」

「ヒナゲシならなおさらだ。高くとも二尺六寸くらいしかねえ。江戸で作られる園芸種のうち一番丈の高いのは鬼芥子だが、それでも三尺そこそこ、おまけに鬼芥子には白はねえ。おそらく像の台座は、連中が江戸へ来る前から寸法が決まっていたんだろう。阿片の採れる芥子の高さに、合わせてあるに違いねえ」

「そんな、だって、いったいなんのために……」

「もしかすっと、御上や長崎奉行への復讐《ふくしゅう》かもしれねえぞ」

辰次郎の顔色をうかがいながらも、松吉がそう口にする。

溶けた飴《あめ》のように入り乱れていた頭の中に、サクの顔がぽっとうかび、とたんに霧が晴れた。

「サクは今年の花が咲いたら、おれたちに見にこいと言っていた。もし危険な芥子を作っているなら、そんなことは言わねえはずだ」

「じゃあ、その、去年の芥子の話はどうなんだ」と、松吉が気遣わし気に訊ねる。

「あれは……たぶん、サクの夢だと……」

「おいおい」

「サクがそう言ったのは、寝入りばなだったんだ。夢じゃなくても、たとえば江戸入りする前の風景を年寄からきいていて、それを口走ったとか……」

だがゴメスの胸にわいた疑念は、少しも晴れていないようだ。

「親分、麻衣椰から長老と母親が参りやした」

廊下に姿を見せたのは、配下のひとり、韋駄天《いだてん》だった。字《あざな》のとおりの駿足《しゅんそく》は、裏金春でも一目おかれているが、それを鼻にかけることもなく、いつも寡黙《かもく》で淡々としている。

韋駄天は、ゴメスの命で麻衣椰村までひとっ走りしてきたのだ。

「ちょうどいい、じかに長老に訊《き》いてみるさ。通しな」

ゴメスは隣座敷を顎《あご》でしゃくり、残りの飯をがつがつと平らげた。

隣座敷の襖《ふすま》をあけると、長老とサクの母親が膝《ひざ》をそろえていた。夫の死に息子の心配が重なり、ひと晩中眠れなかったのだろう。母親の後ろで束ねた髪はほつれがひどく、目は真っ赤だった。一方の長老は、平素と変わらぬ静かな佇《たたず》まいだった。

「長老、久しぶりだな」

長老がゆっくりと頭を下げた。

「その節は、お世話をかけました」

「お願いです。サクをどうぞお許しください。私には、もうあの子しか……」

母親の目から、涙が吹きこぼれる。ゴメスは母親の訴えを無視して、長老に顔を向けた。

「ちょいと訊きてえことがある」

「なんなりと」

「おめえんとこのヒナゲシの話だ。おめえの庭では、なんだって四尺五寸にも育つんだ？」

長老は顔の皺ひとつ動かさなかったが、母親のからだが一瞬こわばった。

「いったいどんな育て方をすれば倍近くも大きくなるものか、ひとつ教えちゃくれねえか」

「村のヒナゲシは、他所《よそ》さまと同じ背丈しかありません」

「去年は観音像の足許まで届いたって言うじゃねえか。それなら四尺五寸なんだろう」

「どこできいたものか知りませんが、いいかげんな風聞にすぎません。お疑いなら今年の花が咲く頃に、どうぞ村にお出《い》でください」

「おれは去年の芥子の話をしてるんだがな」

「去年も一昨年もその前も、もちろん今年の花も、植えたのは同じヒナゲシです」

梃子《てこ》でも動かぬ堅い巌《いわお》のような長老の態度に、ゴメスが業《ごう》をにやした。

「連れてこい」

ゴメスのひと声で、韋駄天がサクを連れてきた。

「母ちゃん！　じいちゃん！」

走り寄ろうとしたサクの二の腕を、ゴメスの大きな左手が、がつりとつかんだ。

「長老、おめえはおれがどういう奴《やつ》かよくわかっているはずだ」と、ゴメスが左手に力をこめた。

「いてえっ！」

サクが悲鳴をあげて、母親の顔から血の気が失《う》せる。

「もう一度訊く。去年の芥子は、本当にヒナゲシだったのか」

「紛れもなく」

皺にふさがれていた両目がのぞき、ゴメスの糸のような細い目に据えられた。

「なるほど、決してばれねえ自信があるのか。なら、これならどうだ」

ゴメスがサクの腕を後ろにひねり上げ、さらに右手を添えた。ポキリ、と骨が鳴り、サクが火を吹いたように絶叫した。

「言います！　言いますから！」

叫んだ母親を、長老が右腕をかざして押しとどめる。

「また、出直して参ります。それまでその子をお願いします」

「お舅《とう》さん！」

長老は、とり乱したサクの母親を引きずるようにして、座敷を辞した。

ゴメスが不満げに鼻を鳴らした。「やれやれ、手強いじじいだ」

長老と母親の姿が消えると、脇《わき》でじっとこらえていた韋駄天が、サクの傍へ寄った。

「坊主、大丈夫か」

「馬鹿《ばか》野郎！　早く医者へ連れていけ」

べそをかきながらもサクは、精一杯の負けん気を見せる。

「んな必要はねえよ」ゴメスはサクの腕をねじると、肘《ひじ》をかくんと曲げさせた。「おら、もう痛くねえだろ。折れちゃいねえよ、肘を外しただけだ」

サクが鼻をすすりながら、目をぱちぱちと瞬《またた》かせた。何度も腕をふってたしかめている。

「さっきは、すげえ痛かったぞ」

「二の腕の辺りに痛みのツボがある。そいつを押しただけだ」

韋駄天がため息をついた。

「相変わらず無茶なことを。親分が辰公を追っ払ったのも道理だぜ」

「さて、あのジジイ、どう出るか」

半ば楽しみにでもするように、ゴメスが呟《つぶや》いた。

その日の晩、良太が血相を変えて奥座敷にとび込んできた。

「て、て、て、大変《てえへん》す！　あのガキの迎えが来やした」

「公方様《くぼう》でも迎えに来たのですか」

そのあわてぶりに、朱緒がつい冗談を口にする。

「そこまでとはいきやせんが、かなりの大物で」

「どなたです？」

「北町奉行、筧因幡守様で」

ゴメスの煙管《きせる》を持った指が、ぴくりと動いた。さすがのゴメスも予想だにしなかった相手である。奥へ招じ入れられた筧は、身につけている糊《のり》のきいた麻裃《あさがみしも》のように、筋目の通った武家らしい態度でゴメスの前に腰をおろした。その脇に長老が、白い長衣の膝をそろえたが、サクの母親はいなかった。

「この老人の孫が、なにやら不届を働いたとか。裁きはこちらでつける故、引きとりに参った」

「あの小僧に怪我《けが》をさせられたのは、うちの役人だ。なにより異人は皆、うちの支配だろうが」

町方がしゃしゃりでる幕はねえと、ゴメスが突っぱねた。

年がら年中愛用している、くすんだどてらをだらしなく羽織ったゴメスは、長火鉢に肘をつき煙管をくゆらしている。どう見てもごろつきの親分にしか見えぬ姿に、筧が癇《かん》性《しょう》なようすで右眉《まゆ》を吊《つ》り上げたが、今日は喧嘩《けんか》をする気はないようだ。

「事が起きたのは、屋敷の門を出た往来だというではないか。ならば我ら町奉行の領分。よって此度《こたび》のことはこちらであつかうことに相成った。これはすでに掛かる筋には通してある」

町奉行は、寺社、勘定とともに三奉行と呼ばれ、この三職は奉行職中で最も高位にあたる。町奉行にここまで言われては、その下に位する長崎奉行は手出しができない。

まもなく朱緒がサクを牢《ろう》から出し、筧に引きわたした。

「筧様が出てこられるとは。いったいあの長老と、どのような繋《つな》がりがあるのでしょう」

「そいつはおめえらが調べることだ」と、ゴメスがにやりと笑う。

宿敵である筧にあっさりと負けて、さぞむかっ腹が立っていそうなものだが、ゴメスは面白い遊びを見つけた子供のように上機嫌だった。

二日もすると菰八は、筧と麻衣椰の長老との関わりを洗い出してきた。

「あの長老は昔、三年ばかり筧家の下働きをしていやした」

ふたりの前に酒肴《しゅこう》をならべ、辰次郎がきき耳を立てた。

朱緒は別の座敷で、抜け荷探索の報告を受けており、奥座敷にはいなかった。

「昔の使用人のために、あの高慢ちきな野郎が出張るとはな」

「長老は妻子とともに江戸に渡ってすぐに、夫婦そろって筧家の下働きに納まりやした。もちろんその頃の当主は、いまの筧末森様のお父上ですが、長老夫婦は幼かった筧様をたいそう可《か》愛《わい》がり、筧様のほうもえらくなついていたようです」

出島に異人の集落ができはじめた頃、親類縁者や同族の衆を数十人ほど呼び寄せて、いまの麻衣椰村の礎《いしずえ》を築いたのも長老だった。

二十年前の火事で代地へ移ったときに村と認められたのも、やはり筧が後ろ盾になっていた。以来、村はうまく運び、村人もいまの七百人ばかりに増えたという。

「ただし表向きは、ことさら親密に行き来している節はありやせん。これは長老の側が遠慮しているようで」

「一昨年《おととし》の裁きの際もおかしいとは思ったが、そういうわけか」

「どういうことですか」と、思わず辰次郎が訊《たず》ねた。

「あんときの暴動で減刑が計られたなぁ、筧が横から口を出したんだ」

「町奉行って、そんなに偉いんすか」

麻衣椰村と来本村の一件は、御上じきじきに厳罰が言いわたされた。それをくつがえすほどの権限が、たとえ高位とはいえ、一奉行にあるとは驚きである。

「いや、筧の野郎はあの一件を、長老はじめ麻衣椰の衆から微に入り細にわたり口書きをとったんだ。それを評定所に上げて減刑を嘆願した。こっちの調べじゃどうしても口を割らなかった連中が、北町にだけべらべらと唄《うた》ったのは、筧と長老が繫がっていたせいか」

「村の連中は、仲間を罪人としてさし出すことを恐れて、おれたち長崎奉行には、詳しいことを話そうとしなかった。結局、騒ぎが起きて誰それが死んだ、といった調べ書きしか作れなかったんだ」

　菰八が、弁解ぎみに補足する。筧はいわば、調べに当たった長崎奉行所の面目を潰《つぶ》したことになる。他の奉行の管轄《かんかつ》へ嘴《くちばし》をはさむは法度《はっと》という不文律は、奉行間での暗黙の了解であった。

「あのときも妙だとは思ったが、いつものおれへの嫌がらせだと見過ごしちまってた。筧が他所《よそ》に悶着《もんちゃく》を持ち込むのは、よくあることだからな」

「おかげでお旗本のあいだでは、もっぱら評判が悪い」と、菰八が苦笑いする。

「でも、下々にとっては、有難いんじゃないですか」

「そいつがそうでもねえのよ。筧様ってのは、とにかくお調べのねちこさじゃ有名でな。奉行が立つ白州はたいがい一度きりだが、筧様は二度も三度も開くことがある。町の者にはありがた迷惑と不評なんだ」

　白州へは訴人の側も訴えられた側も、名主や差配が付き添わねばならない。その日一日を棒に振ることになるので、何度も白州へ呼びつけられてはかなわぬということらしい。

辰次郎の口許《くちもと》がゆるんだ。同輩の不興を買っても、下々に煙たがられても、己の信念を通そうとする筧の姿は、どこかゴメスに通じるもののように思えたのだ。

「なんかちょっと、親分に似てますね」

うっかりとそうもらした辰次郎は、たちまち頭の横に張り手をくらった。

「もうちっと考えてから口に出せ」

菰八の忠告はもっともだが、護身術だけでも身につけないと、からだがもたない。廊下にころがった辰次郎は、三日に一度の棒術稽古《けいこ》を一日おきにしようと心に決めた。


翌朝、辰次郎は、遅めの朝餉《あさげ》を食いに金春屋の暖簾《のれん》をくぐった。

店の奥には、ひと足先に飯を終えた甚三と木亮がいて、面白そうに談笑している。

「なんの話すか？」

「ああ、親分の武家試験の話よ」と、煙管を手にして甚三が答えた。

「武家試験て、侍になるために受けなきゃならないっていう、あれすか？」

「ああ、今年の試験の話をきいたもんで、ちょいと親分の話を思い出したのよ」

武家試験とは、いまの江戸国独自の制度で、侍になるためには、つまり武士として職を得るためには、農民や町人はもちろん武家の子弟でさえも、必ず受けねばならない仕組だった。これに通らなければ家督も継げぬため、武家では特に幼少のみぎりから、せっせと試験対策に励むことになる。毎年一月に実施され、二月のいま時分に結果が出るという。

「親分がこの試験を受けたなぁ九年前だから、おれたちは当然、親分の面も拝んでねえ頃だが、あの当時市中の話題をさらってな。よみうりにまで書かれたくれえだ」

甚三の投げた餌《えさ》に食いついて、辰次郎が話をせがむ。棹《さお》を持ち上げたのは木亮だ。

「親分は、前人未到の五段飛びをやらかしたんだ。武家試験てのは結構しんどいもんらしく、何年かに一度試験を受けて、一段ずつ上がっていくのが相場だ。二段や三段をまたいだ話はあったが、五段飛びたぁ頭抜けてらあな」

武家試験には一段目から五段目までの等級があり、この等級によって石高が決められ、就ける役目も家禄も左右されるのだった。

「試験は『武の段』『文の段』『心の段』の三つがあってな」

「じゃあ、三つ全部の点数が良くないと、受からないんすか」

「いや、それは三つ合わせた出来栄えで決まるらしいぜ」

このため各人の資質によって、文官になったり武官になったりするものらしい。

「親分は三つともできが良かったらしいがな」

「文武はともかく、心の段が好成績ってのは解《げ》せませんね」

あのでかいからだの中には、武士の精神性など、ヘソの胡麻《ごま》ほども見当たらない。

「その心の段てのが、とりわけ傑作な話でよ」

「まあた、おめえの講談かよ」

甚三が苦笑したが、木亮は俄《が》然《ぜん》興が乗ったようだ。

「武家試験心の段てなあ一番の曲者《くせもの》でな、どこぞの山伏か修行僧みてえな按配《あんばい》よ。丸二日滝に打たれる、高いとこから水にとび込むなんざぁ序の口で、真《ま》っ暗闇《くらやみ》の穴蔵で蝙蝠《こうもり》と一緒に寝起きすること五日、人食い熊《くま》の住む山中に放り出されること十日、てな具合だ」

「なんか、自衛隊の訓練みたいだな」

お春が運んでくれた鶉《うずら》団子のはいった粥《かゆ》をぱくつきながら、辰次郎は呟いた。

「どん尻《じり》五段目、とどめの一発が、併せて二十一人の坊主《ぼうず》相手に三日三晩の問答だ。坊主の輪ん中に座らされ、弱えところをちくちくと、のべつまくなし責められる。気持ちの裏までぺろりとめくられ、その赤剝《あかむ》けに塩とカラシ。スネに傷持つ奴ぁもちろん、清《せい》廉《れん》潔白な野郎に限って、一日ともたずに泣くわ喚《わめ》くわ逃げだすわ」

「それは、たしかに、きついっすね」

「ここに乗り込んだなぁ、我らが親分と思いねえ。坊主たちの説教は、皮一枚も通らねえ。頼みの徳も信心も、暖簾に腕押し糠《ぬか》に釘《くぎ》。意地の悪さも毒舌も、二枚、三枚こちらが上手。二十一人の坊主はすべて、片っ端から揚げ足とられ、三枚おろしから短冊《たんざく》にされ、揚句はたたきのできあがりよ。試験場所の本堂は、坊主どもの阿鼻叫喚《あびきょうかん》の坩堝《るつぼ》と化したってえ具合だ」

木亮がさらに披露した後日談によれば、二十一人のうち十八人の坊主が寝込んだばかりか、そのうち五人は還俗《げんぞく》を願い出、九人は山へ修行にこもってしまったらしい。

「おかげでしばらくのあいだ、市中は坊主不足に陥っちまってな。そりゃ大変な騒ぎだった」と、甚三が思いだし笑いをする。

「それで親分は、三千石になったんすか」

「いや、五段目でとれるのは一千石だ。そこから先は働き具合で加減される。親分は長崎奉行になってから一度、その前にも一度加増されて、いまの石高になったらしい」

甚三が煙管の雁首《がんくび》を鳴らし、その音に尻を押されたように、辰次郎があわてだした。

「いっけねえ、そろそろ道場へ行く時間だ。朱緒様を待たせちまう」

木亮の講談で、思いのほか長居をしていたようだ。

「てめえが朱緒様と一緒に道場通いたぁ、むかっ腹の立つ話だ」

「朱緒様とは稽古の日がずれているから、一緒になることはそうないんすよ」

「ちったぁ、腕は上がったかい」と甚三が訊ねた。

「まだまだっすけど……」辰次郎が下を向く。「けど、きっと役に立つようにするから、待っててくれよ、甚兄い。このままなんの取柄もないんじゃ情けねえからな」

残りの粥を腹にかっこみ、辰次郎は元気良く店をとび出していった。

「きいたかい、取柄がねえとよ。てめえのことは、てめえじゃ案外わかんねえもんだな」

「ありゃ、取柄って言うんですかねえ……」と木亮は、首をひねっている。

「少なくとも裏金春《うち》じゃ、あいつ以外の誰もできねえよ」

辰次郎の肩にあおられた暖簾をながめて、甚三は薄い笑いを浮かべた。


その日、辰次郎の稽古には、ひときわ熱が入っていた。半刻《はんとき》の素振りの後、兄弟子にたっぷり相手をしてもらい、頭から水をかぶったように汗がしたたるまで没頭した。

最近ようやく、棒が手の中で自在に滑るようになっていた。手の中で前後に滑らせることにより、棒の長さが思いのままに変わる。相手にとっては、間合いのとり方が難しくなるのだ。棒術の要《かなめ》はここにあり、剣術とのいちばんの違いでもあった。

「精が出るな」

気がつくと、師範代の合田峰雲が立っていた。合田は師弟数の多い剣と柔《やわら》の稽古に時間を割かれることが多いが、棒術の稽古場にも日に何度か必ず足をはこぶ。

「はい、具体的な目標ができましたから」

「それはいい、どんな的《まと》だ？」

「駄目もとで、いつかうちの親分に、ひと泡吹かせてやりたいんです」

みみっちい目標ですいません、と首をすくめる辰次郎に、峰雲が意外なことを告げた。

「それなら私と同じだな。私もいつか、馬込播磨守《まごめはりまのかみ》様に勝ちたいと思うておるよ」

「ええっ、師範代が！」

「以前手合わせしたときは、負けてしまったからな」

辰次郎はいまさらながら、ゴメスの恐ろしさに慄然《りつぜん》とした。峰雲は、この江戸でも五指にはいる腕前だときいていた。その峰雲を破ったというなら、ゴメスの強さは計り知れない。

「いつ、どこで、どういう勝負をしたんすか」

「播磨守様の武家試験のときだ。私は試験官のひとりであった」

先刻、木亮から試験の模様を講釈されたばかりだが、峰雲が武の段の試験官だったときき、否応《いやおう》なく興味がそそられる。

「うちの親分て、そんなすごい使い手だったんすか」

「あの方は技よりもいわば『気』の力だ。武家試験を受けられた当時は、武術らしいものは何も身につけていらっしゃらなかったように思う」

「そういえば親分は、登城するとき以外は刀も持っていきませんし、抜いたところも見たことないなあ。朱緒様みたいに、刀の手入れもしてないすね」

「播磨守様にはつまり、得物なぞ無用ということだろう。試験の際は、双方木刀での勝負となるが」と峰雲は、そのときのようすを語ってくれた。

武の段最終五段目は、市中の主だった道場から五人がえらばれ試験官となる。この五人とひとりずつ対峙《たいじ》し、勝敗や立合いぶりで評価を受けるという。その年初めて、祖父に代わって試験官となった峰雲は、ゴメスにとって五段目最初の相手であった。

立合には慣れているはずの峰雲が、ゴメスを前にして、ごくりと唾《つば》をのみ込んだ。相手の図抜けた体格を畏怖《いふ》したのではなく、からだ中から発散される怒気に気圧《けお》されたものである。少し前に三、四段目の試験を受けたゴメスは、一見、満身創痍《そうい》の体であった。全身にかすり傷や打ち身らしい痣《あざ》があり、泥にまみれた着物と袴《はかま》には破れが見えた。

武の段三、四段目は、複数の相手との打ち合いである。三の段で三人、四の段で五人ずつ、数回行われるが、ゴメスはこれを面倒がって、総勢三十人ほどの剣士を一度に相手にしたものである。皆、結構な腕前があり、さらにその前には、一、二段目の試験も受けている。峰雲はゴメスの怒気が、これまでの試験で蓄積された、疲労によるものだと思った。ここで相手の気に呑《の》まれてはならない。己の気を落ち着かせ、腹が据わったところで打ち込んだつもりだった。

だが踏み込んでみて初めて、ゴメスの気の力の、その厚みに気がついた。わずかな怯《ひる》みが一瞬の躊躇《ちゅうちょ》を招いた。峰雲の木刀は、相手の左の胴に入ったが浅かった。たちまちゴメスの棍棒《こんぼう》のような右腕が、峰雲の左の耳から頬を打った。

「張り手がまともに当たってな、目から火花が散って、頭の中が激しく揺さぶられたようにに感じた。私は地面に叩《たた》きつけられ、そのまま動けなくなった」

日頃同じような目に遭っているだけに、峰雲の受けた感覚は、容易に理解できる。

「素手ってところが親分らしいすね」

「ああ、播磨守様は、右手に持っていた木刀は、その後もほとんど使わなかった。次の者たちも、私と同様、素手で倒された。木刀での打ち合いは、唯一《ゆいいつ》、五人目の相手の時くらいか。当時江戸最高の剣豪とうたわれたお方でな」

「その方は、親分に勝ったんすか」

「いや、引き分けであった。互いにとどめが刺せず、というより、本来ならとどめになるはずの決まり手も、播磨守様には通じなくてな。長い打ち合いが続き、やがて双方とも腕も上げられぬほど疲れきり、引き分けと相成った」

あのからだは砲弾だって通しやしねえ、とは木亮の台詞《せりふ》だが、満更冗談ではないようだ。

「後日きいた話では、あのとき播磨守様がひどく立腹しておられたのは、腹が空いていたためらしい。試験中は食事がとれぬゆえ、五段飛びの長丁場で空腹の極みだったようだ」

辰次郎の腰が、がくりと砕けた。「な、なるほど、親分らしいや」

「裏金春への出仕が決まった際、三芳にこの話をしたところ、たいそう感心し、素晴らしい方にお仕えできると喜んでおったのだが……」と峰雲がふと口を閉ざした。

「朱緒様の理想は、もろくもくずれたというわけですね。親分くらい武家のたしなみに欠ける侍も珍しいすからね」

「いや、播磨守様のことは、ことさら言っておらなんだが、今日のようすがおかしかった故《ゆえ》」

武家試験に話題が逸《そ》れたが、峰雲は朱緒のことを辰次郎に訊《たず》ねにきたものらしい。

「どうもひどく気が乱れていてな。三芳は滅多にそのようなことがないから気にかかったのだ。本人も気づいているものか、半刻ほどで稽古を終えて帰っていった」

「そんな早くに」

一緒に道場へ来ても、帰りが必ずしも同じに終わるわけではないので、朱緒とともに帰途につくことは案外ないのだが、いつもなら遅くまで稽古に励むのは、むしろ朱緒の方だ。

思い当たることがなければ別にいい、と峰雲が稽古をつけてくれたが、集中力が切れてしまったものか、辰次郎のからだの切れが悪くなった。
「余計な話をし過ぎたようだな」と苦笑して、峰雲は早々に稽古を切り上げた。

井戸端で汗を拭い、禿小路《かむろこうじ》に面した道場の門を出ると、日没の一刻前を知らせる、七つの鐘が鳴った。御厩谷《おうまやだに》の坂を下り、麹町《こうじまち》を突っ切って、平河天神の前を過ぎる。ここから永田町を抜け、幸橋御門から芝へ出るのが、裏金春への道程だった。

その途中、汐見《しおみ》坂《ざか》の手前にきて、辰次郎は足をとめた。

何事か言い争っている男女が見える。女は朱緒で、相手は辰次郎の知らぬ若い侍だった。侍が乱暴に、朱緒の腕をつかんだ。
「その根付は、私のものだ！」

痛そうに顔をしかめた朱緒に向かい、辰次郎は声を張り上げていた。
「朱緒様！」
「……辰次郎」

ふり返った侍は、突然の邪魔者を不快そうにながめたが、黙って朱緒の手をはなした。
「辰次郎、参りましょう」

侍の次の言葉をさえぎるように、朱緒が踵《きびす》を返す。返事をした辰次郎が、朱緒のもとへ駆けつけた。脇《わき》を抜けるとき、若い侍と目が合った。鼻筋がとおり口許《くちもと》の引きしまった、ととのった顔立ちだが、小さな顎《あご》が線の細さを感じさせる。侍は追ってこなかった。

ひと言も言わず、早足で進む朱緒に、辰次郎《しんじろう》も黙ってつき従った。

やがて幸橋御門を出たところで、朱緒はようやく歩調をゆるめた。きつめに張った弦を外すように、肩のあたりが急速に弛緩《しかん》する。

往来から、独特の節をつけた声が流れてきた。

「甘酒やぁ、三国一の富士の甘酒、甘酒やぁ、甘酒」

天秤棒《てんびんぼう》の前の荷台に七輪と釜《かま》を据えた、甘酒売りだった。

「喉《のど》、かわきましたね」

朱緒の返事を待たず、辰次郎は甘酒売りを呼びとめた。

陽が陰ってきやしたから、お熱くしときますか、と訊ねる男に辰次郎がうなずく。十六文を払い、湯気の立ちのぼる茶碗をふたつ受けとって、ひとつを朱緒にわたした。胡《こ》椒《しょう》をかけるものもあるが、これはほんのりと生姜《しょうが》の香りがする。常なら閉口しそうなねっとりとした甘さが、稽古で疲れたからだに染《し》みわたるようで旨《うま》かった。

「亡《な》くなった父は甘いものが好きで、この甘酒も大好物でした。武家の男が甘党とはきまりが悪かったのでしょう。子供の頃は、代わりに買いにいかされたものです」

朱緒の口許にようやく笑みが浮かび、甘酒売りが立ち去ると、ふたりは堀端に腰をおろした。

「先ほどの御仁は、十万左内《さない》殿とおっしゃるお方です」

辰次郎が何も訊ねぬうちに、朱緒がそう切り出した。

「十万様ってたしか、烏森稲荷で見かけた、異人の世話役をしてるという……」

「そうです。左内殿は、あの保基様の娘婿《むすめむこ》にあたります。私は先ほど、永田町にある十万家の本屋敷へ伺いました。これを、お返ししようと思ったのです」

朱緒が懐《ふところ》からとり出したのは、サクが持っていた根付だった。

「それは、あの左内様の物なんですか」

朱緒がうなずいた。

「これは亡き父上と懇意にしていたお方が、三年前に作ってくださったものです。侍でありながら根付にかけては名手と評判の方で、左内殿と私へのお祝にと」

「お祝？」

「左内殿はかつて、私の許婚《いいなずけ》でした」

蚊の鳴くような声で言うと、そのまま下を向いた。辰次郎は、後ろに倒れそうになったからだを、どうにか支えていた。朱緒が明かした事実より、思いのほか動揺している自分に驚いていた。口を開いたまま、声ひとつ発しない辰次郎に、朱緒がばつの悪い顔で言い足した。

「それからすぐに破談になり、左内殿は間もなく、十万家へ婿に入られたのです」

　朱緒が手の中の根付を、大事そうに握りなおした。二枚貝とつがいらしき二羽の鳥には、ふたりが末永く添い遂げられるようにとの、願いがこめられていたのだろう。

「屋敷に伺ったところ、左内殿はご不在でしたが」

　門を出たところで、折りよく他出から戻った左内と出会ったという。

「どうして、根付を返さなかったんですか」

「左内殿が言うには、根付は落としたのではなく、祭で掏摸《すり》とられた印籠《いんろう》につけていたというのです。それだけなら良かったのですが、サクが拾ってくれたことを話すと、印籠を掏《す》ったのはサクではないかと左内殿が言い出したもので」

「そりゃひでえや。サクは絶対そんなことしねえよ」

「私も頭に血が上って、ついそのまま帰ってきてしまいました。左内殿が追ってこられましたが、わだかまりが消えなかったもので私も意地になって……」

　さっきのやりとりは、そういうことだったのか、と辰次郎は合点した。

「あのような心ないことを、おっしゃる方ではなかったのですが……」

　朱緒は、長い睫毛《まつげ》を伏せた。日暮れを告げる、六つの鐘が鳴った。

「その根付、どうするんですか」

「……どうしたら良いでしょうね」

　日没の名残の空を背景に、朱緒の泣き笑いのような顔が浮かんでいた。

朱緒と左内が破談になった経緯《いきさつ》は、無理にきき出すこともはばかられ、朱緒もとうとう話さなかったが、辰次郎は次の稽古《けいこ》のときに知ることができた。棒術の稽古を終えて、兄弟子たちとともに井戸端で諸肌《もろはだ》脱ぎになり、汗を拭いていたときだった。

「そういえば秋月《あきづき》殿も、あれ以来一度も顔を見せないな」

「三芳殿との一件があるのだから、仕方なかろう。十万家に婿入りしてからは大した羽振りで、うらやましい限りだがな」

快活に言い合うのは、虎谷《とらたに》と片山《かたやま》という、ふたりの若い御家人だった。

「いまの話は、朱緒様の許婚だった左内様のことですか」

「ああ、そうだ」

当時はまだ秋月だった左内と朱緒は、この道場で知り合い恋仲になったと、虎谷が屈託なく答えた。

「破談になった理由ってご存知ありませんか。あの、誓って誰にも言いませんから」

「あの頃ここに出入りしていた者なら、誰でも知っているさ」

朱緒が三芳家を継ぐことになり、それが破談のきっかけだった。

「三芳家は朱緒殿の兄上がご当主であったが、急な病で身罷《みまか》られてな。兄上のご嫡男《ちゃくなん》はまだ幼いために家督は相続できず、やむなく朱緒殿がお家を継がれたんだ」

親族のしかるべき者を後見に、幼い当主の擁立を認めていたのは昔の江戸の話で、いまの江戸では、実際に役目に就かねば家禄は没収される。役目を持たない、いわゆる小《こ》普《ぶ》請《しん》と呼ばれた非役の者たちを抱えぬための手段で、いまの幕府の経費削減政策のひとつである。

「一方の秋月家も、左内殿がただひとりの男子であったため、当主である左内殿のお父上が養子には出せぬと言い張ってな。どうやら左内殿の父君に、三芳家への意地と面子《めんつ》があったようで、話がこじれてしまった」と、虎谷は後の話を片山に促した。

「両家とも旗本家の用人という立場で身分は一緒なのだが、三芳家が仕えるのは九千九百石の大身粟田家。対する秋月家は二百石の旗本に仕える身。扶持《ふち》にも大きな開きがあってな、父君は縁談が持ち上がった当初から、この点に拘泥《こうでい》していたようだ」

「粟田様って、そんなにすごい大身だったんすか」

迂闊《うかつ》なことだが、とり分け興味もないせいで、辰次郎は知らなかった。万石以上は大名なのだから、粟田はたしかに旗本中いちばんの大身である。

万石未満で将軍への御目見《おめみえ》が許される格式を旗本、それより下を御家人というが、三芳家や秋月家のような旗本家に仕える身は、格式はさらに下ということになる。だが粟田家家臣ともなれば、むしろ御家人よりも内証は豊かだろう、と貧乏御家人を自称するふたりが笑う。ちなみに、昔の江戸に倣《なら》い、石や俵で家禄や役料を表してはいるが、いまの江戸は貨幣経済であるから、年貢《ねんぐ》も俸給もすべて米ではなく金であった。

「三芳家の跡目話には、朱緒殿はよほど困ったとみえて、左内殿を婿養子にとる話をほのめかしたようだが、これが秋月の父君の逆鱗《げきりん》に触れてな、たちまち破談と相成った。朱緒殿は、己が至らぬことを口にしたためと、後々まで悔いておられた」

虎谷は気の毒そうに視線を落とすと、肌脱ぎしていた着物に袖《そで》を通した。

「それがなんだって、十万家には養子に行ったんですか」

「それそれ、そこなんだ」と片山が、意味深な顔になる。「十万家の御用人と左内殿の父君が知己にあり舞い込んだ話だが、破談から間もないうちに、あっさり承諾したのには、三芳家や朱緒殿への意趣返しのつもりがあったのではないかと、あの折はもっぱらの噂《うわさ》になった」

「なんてケツの穴の小さい親父《おやじ》だ」

「無論、金のためでもあろうがな。秋月家は左内殿の妹御が婿をとったが、十万家の後ろ盾を受けて左団扇《ひだりうちわ》でお暮らしのようだ」

嫁には行かぬ、とサクにもらした時には明るくふるまっていただけに、朱緒がこの破談で受けた傷を思うと、辰次郎は無性に腹が立った。十万左内のととのった顔を思い出し、今度会ったら一発殴ってやろうと、辰次郎は心にきめた。

「今日はちょっと寄りたいところがあるのですが、一緒に行ってもらえませんか」

稽古を終えた朱緒が、めずらしく棒術の稽古場まで辰次郎を迎えにきた。

「永田町ですか？」

先読みした辰次郎に朱緒は小さく笑って、小石川の伝通院だと告げた。

「そういえば今日は、伝通院で異国市があるんでしたね」

サクの父親の葬儀が行われたのは、数日前のことだった。

流人《るにん》島で死んだ者は、遺体も戻らない。それでも村では葬いが営まれるときいて、辰次郎と朱緒は麻衣椰村まで足を運んだが、サクはおろか、長老や母親にさえ会えなかった。

異教の者は葬儀へ参列できないのだと、応対に立った近所の者は、申し訳なさそうに頭を下げて、伝通院の異国市から商いをはじめるようだと、教えてくれたのだった。

「サクにこれを返そうと思いまして」と朱緒が、件《くだん》の根付をとり出した。

「いいんですか？」

十万左内の根付をサクに与えることと、おそらく長崎奉行を恨んでいるだろう彼らに会いにいくことの、二重の意味で辰次郎は訊ねた。

「あれからずっと考えていましたが、私はできれば、サクにこれを持っていて欲しいのです」と朱緒は微笑《ほほえ》んだ。

寺に着いたのは、市の人出が引いた夕刻だった。

伝通院は、徳川家康の生母、伝通院殿の菩提所《ぼだいしょ》とされる寺である。境内できょろきょろと首《こうべ》をめぐらせていたふたりに、元気な声がとんだ。

「辰次郎、朱緒様」

ふり返ると、サクが嬉《うれ》しそうに手をふっている。屈託のない笑顔に、心の底からほっとした。

「元気そうで良かった。その、いろいろ、もう済んだのか」

「父ちゃんの葬式に、わざわざ村まで来てくれたんだってな。悪かったな、あいさつもできなくて。葬式んときは、身内は聖地の庭から出られねんだ……」

明るく見せているが、やはりまだ辛《つら》いのだろう。大人ふたりの気遣わしげな眼差《まなざ》しをふり切るように、サクは勢いをつけて話を転じた。

「わざわざ伝通院まで出張ってくれたのは有難いけど、今日はみんな売れちまったぜ」

気の早い何軒かの屋台同様、サクも店仕舞いをはじめていたようだ。

「いえ、今日は……」

言いかけた朱緒に、サクの母親の視線が刺さった。母親は黙って頭を下げたが、その目には明らかな非難が浮いていた。気づいたサクが、屋台の途切れた辺りまでふたりを引っ張っていく。

「悪いな、母ちゃん、この前のことまだ怒ってんだ」

「怒るのはあたりまえです。サクには本当に申し訳ないことをしました」

朱緒《あけお》に深々とお辞儀をされて、よせよ、とサクが広げた両手を顔の前でふった。

「正直なとこ、サクもおれたちに会ってくれねえかと思ってた」

「そんな小せえ男じゃねえや。あのクソ奉行より他は、みんな親切にしてくれたじゃねえか」

「クソ奉行には、いつか必ず仕返ししてやるよ」と辰次郎が笑って請け合う。

「あの後、筧《かけい》様はすぐにサクを帰してくれましたか」

「とんでもねえや。あの野郎、きっちりおれを罰しやがって敲《たたき》二十だぜ。死ぬかと思った」

敲刑は刑罰の一で、笞《むち》や竹で肩、背、尻《しり》などを叩《たた》くもので、五十打ちの軽敲と百打ちの重敲がある。サクは子供だということで、二十で済んだものらしい。

「丸二日も尻が痛くて、腰をおろせなかった」

「それでも八十は儲《もう》かったぞ。うちの親分なら百は間違いねえからな」

尻をさすりながら顔をしかめていたサクが、それもそうだと真顔でうなずいた。

朱緒が根付をさし出した。「今日はこれを返しにきました」

「これ、おいらが持ってていいのか？」

「もちろんです。私とおそろいでは不服ですか？」

「いや、そうじゃねんだけど」と一瞬ためらってから、申し訳なさそうに首をすくめた。

「拾ったのは本当だけど、実は、その前に見かけたお侍が落としたものじゃねえかとも思ったんだ。こいつを拾ったときにはお侍は行っちまった後で、それで、捨てるのもなんだからと……」

「その侍の顔は見ましたか？」

「いや、もう日が落ちてたし、後姿をちらりと見ただけだから……」

「拾ったのがいつだったか覚えてないか？」

「それはわかるよ。今日と同じに伝通院に異国市が立った日だ。一昨年《おととし》の二度目の市んときだから……八月十七日だ」

サクは正確な日付を言った。落とした侍は、秋月左内ではないのか。同じ考えにたどりつき、辰次郎と朱緒が顔を見合わせる。まずかったかな、と言いたげなサクに、朱緒が笑顔を返した。

「心配はいりません。これはサクのものですよ」

ほっとしたサクが、嬉しそうに根付を巾着《きんちゃく》に結びつけた。

「サク」

ふいに優しい女の声が呼んだ。藍《あい》の着物に茶の道行という地味な出立《いでた》ちの武家の女が、店ふたつほどへだてた辺りに立っていた。

「津和《つわ》様」とひと声叫ぶと、サクは親しげなようすで駆け寄った。

辰次郎の横で、朱緒が、あっ、と小さく叫んだ。

「知ってるお方ですか？」

「左内殿の奥方、十万津和様です」

「ええっ」今度は辰次郎が仰天する。

「良かった、まだ居たのですね。所用で近くまで来たものですから、これをわたそうと思って」

サクの手に紙袋をのせた。サクが頬をふくらます。

「津和様、おれ、もう子供じゃねえんだぜ」

「でも、金平糖は好きでしょう？」

まあ、そうだけど、ともごもご言いながら、結局サクは嬉しそうだ。

「お父様のお弔いに伺わず、ごめんなさいね。信心が違うとお参りできないと知っていたので、遠慮させていただきました。でも、元気そうで良かったこと」

津和が、サクの頭をなでた。子供扱いされたサクが、照れくさそうに頭をふって、その拍子に津和がこちらに顔を向けた。朱緒が丁寧に会釈《えしゃく》すると、相手も思い当たる顔になった。歩み寄った朱緒は、もう一度深く頭を下げた。

「先日は、大変失礼いたしました」

辰次郎は、朱緒の後ろで曖昧《あいまい》に頭を下げながら、左内の妻女を観察した。勝山髷《かつやままげ》をきっちりと結っているところが、いかにも大身旗本家の妻女らしい。どこといって難のない顔だが、地味な印象とともに、なにがしかの影があった。左内は二十四だときいていたが、それと同じくらいの年格好に見える。

「ちょうど主人とお会いになったと伺いました。折が良くてよろしゅうございました」

皮肉にもとれそうな言葉だが、津和の顔には朱緒に対する屈託は見られない。

「おふたりが知り合いだったなんて、世間は狭えや」とサクが大人びた口をきく。

やがて津和が女中とともに去っていくと、朱緒が訊《たず》ねた。

「津和様も、異国市にはよくお出《い》でになるのですか？」

「いや、今日みたくおれに会いにきてくれる他には、顔を見せることはねえよ」

サクが得意そうに、上を向いた鼻をうごめかした。生《なま》言ってやがる、と辰次郎がサクのおでこを人差し指で小突く。

「津和様は婿さんが来るまで、目黒の別邸にいたんだ。そんときからの知り合いさ」

「じゃあ、麻衣椰村にもよく来たのか？」

「いや、津和様は滅多に邸を出られなかった。だからおれの方からたびたび訪ねていったんだ」

辰次郎はふと、烏森稲荷での出来事を思い出した。

「そういやサクは、十万様のこと、あまり好いちゃいないだろ。娘の津和様とはあんなに仲良しなのに……どうしてだ？」

サクは急にふてくされたような顔になり、視線を落とした。

「津和様のことがあるから、おれは十万の殿様が嫌いなんだ」

「どういうことです？」

「……あまりいい話じゃねえから、ここだけのことにしてくれな」

朱緒に促されたサクが、そう断わってからためらいがちに口を開いた。

サクが初めて津和を見たのは、八歳のときだという。

「上納金を納めるじいちゃんにくっついて別邸を訪ねたとき、女の悲鳴がきこえたんだ」

勘定方に金を納め、門へとつづく敷石をもどる途中、声は高い生け垣の向こう、前庭の方角からきこえた。生け垣の隙間《すきま》からのぞくと、若い侍が女を打擲《ちょうちゃく》しているのが見えた。女は泣きながら許しを乞《こ》うているが、侍は手をゆるめない。さらにサクの背筋を凍りつかせたのは、その傍らに十万保基が、冷笑をうかべて立っていたことだった。

「いつもおれたちに向けるつくり笑いとはまるで違う、見ているこっちがぞっとなるような酷《むご》い笑みでよ。あんときぁ、本当にからだ中に鳥肌が立っちまった」

生け垣を破って助けに入ろうとしたサクを、後ろから長老が抱きすくめ、そのまま引きずられるようにして門を出た。いま見たことは忘れるようにと固く祖父に戒められたが、女の哀れな姿も、侍が叫んでいた女の名も、サクの頭から消えなかった。

「それが津和様だったんだ。どうにも気になっちまって、また別邸に足が向いた。もちろん門前払いを食ったけど、道々摘んでいった花を渡してくれって頼んだら、門番の爺《じい》さんは承知してくれた」

数日後、また花を持っていくと、今度は門前の老爺《ろうや》は、黙ってサクを中へ案内した。津和はサクの来訪をたいそう喜び、花の礼だと言って、食べきれないほどの菓子をならべた。

「おれはてっきりお女中が粗相をして叱《しか》られたもんだと思ってたから、十万家のお嬢様だときいてびっくりした。おまけに津和様を殴っていたのは、兄の保意《やすい》様だったんだ」

「じゃあ津和様は、兄さんに殴られて、それを父親が黙って見てたってのか」

「そうだ。だからおれはあの十万の殿様が、保基様が嫌いなんだ」

それからサクは、たびたび別邸を訪ねるようになった。津和は時折、顔を腫《は》らしていたり、手に布を巻いていたりして、兄の保意の暴力が一度や二度ではないことが察せられた。サクはそのたびにいたたまれない心持ちがしたが、当の津和は、サクの前ではいつも笑顔だった。

「津和様が婿《むこ》取りして永田町のお屋敷に移っちまってからは、おいらが訪ねることもできなくなって、代わりに今日みてえに津和様が時々、市まで来てくださるんだ」

長話に焦《じ》れたものか、顔を出した母親が、いい加減におし、とサクを呼ぶ。

「いけねえ、じゃあおれいくよ。また来てくれな」

母親のもとに戻ったサクが、小言をもらっている。風呂敷《ふろしき》にまとめた大きな荷を、親子がそれぞれ背に負った。ふたりの姿が夕闇《ゆうやみ》に紛れていくさまは、しごく懐《なつ》かしい一幅の絵のようだった。

朱緒がしんみりとため息をついた。

「津和様が……あのようなご大身のお嬢様が、そんなご苦労をなさっていたなんて」

「おれ、わかんないことがあるんすけど」辰次郎が腑《ふ》に落ちない顔をする。「兄上がいるのに、なんだって津和様は、婿取りしなきゃならなかったんですか」

「ご長男の保意様は、行状に不心得があったとのことで廃嫡《はいちゃく》されたらしいのです。才気に走った優秀なお方だったそうですが、癇《かん》のお強いところがあって、なにやら悶着《もんちゃく》を起こされたそうです」

だから急な婿取りが必要になったものかと、辰次郎が納得する。

「それと津和様は、保基様の実子ではないとききました。後添えに入られた方の連れ子だとか」

兄の保意は先妻とのあいだの一粒種だときいて、思わず辰次郎が右の拳《こぶし》をふり上げる。

「血の繋《つな》がらない妹をいじめるなんて、よけいむかつくぜ」

「でもサクのおかげで、津和様はどんなに慰められたことか」

「ほんとにあいつ、いい奴《やつ》だな」

サクが商う小さな饅頭《まんじゅう》が胸に仕舞われたみたいに、辰次郎の胸がほっこりと温かくなった。

あら、と朱緒が足許《あしもと》に目を向けた。地面に落ちていた物を拾い上げ、目の高さにかかげる。鉤型《かぎがた》の金属の先に、色とりどりの飾り石がいくつもぶら下がっている。

「それ、サクの耳飾りじゃありませんか」

「そのようですね。先ほど津和様になでられていたときに無闇に頭をふってましたから、そのときに落としたのでしょう」と朱緒がくすりと笑う。

「神田川から舟に乗るって言ってたから、走れば間に合うかもしれません」

茜空《あかねぞら》に藍《あい》の蓋《ふた》をかぶせたように宵闇がおりてくる中を、ふたりは一緒に駆け出した。

神田上水を過ぎ町屋が切れると、辺りの喧騒《けんそう》がぱったりと途絶えた。ここいらは武家屋敷ばかりで、人気《ひとけ》のない暗い道に、辰次郎と朱緒の軽い足音だけがひびく。

「てめえら、何しやがる！」

ふいに脇道《わきみち》から、覚えのある怒鳴り声がした。足をとめたふたりが、顔を見合わせる。

「あれは、サクの声です」

あわてて声のした右へ折れると、やがて残照を受けた白壁の前に、人影が見えた。

背に負った荷で、サクと母親の姿は見てとれたが、その奥に別の三つの影が立っていた。影の右手には、かすかに光る刀があった。

「サク！」

走り寄った辰次郎と朱緒が、親子を背にして立ちはだかる。

「武士が町人に刃《やいば》を向けるとは、何事ですか」

朱緒が叱咤《しった》した。ともに頭巾《ずきん》をかぶり面体を隠しているが、三人とも羽織袴《はおりはかま》をつけた歴とした武士だった。荷を降ろしながら、サクが訴えた。

「こいつら、ここへおれたちを引きずり込んで、いきなり刀を抜きやがったんだ」

「仕方がない。まとめて始末しろ」

他のふたりから一歩下がった場所に立つ、親玉らしき侍が、頭巾の下からくぐもった声で命じた。辰次郎が腰にさした半棒を抜き、その横でサクが拳の構えをとった。

「サクは下がっていなさい」

「冗談じゃねえや、もともとおれが売られた喧嘩《けんか》だ。おまけに朱緒様には借りがあらあ。額の傷の分は、きっちり働かせてもらうぜ」

サクの生意気な台詞《せりふ》に、親玉がにわかに動揺を見せた。

「おまえたちは、男と子供をやれ。あの女は、おまえたちには無理だ」

辰次郎が親玉へ目を転じると同時に、ひとりが辰次郎へ打ちかかってきた。棒ではね除《の》けるつもりが、刃風に気圧《けお》されて、考えるより先にからだが動いた。刀は辰次郎の左腕をなでるようにふり下ろされ、再び上段に構えられた。立てられた薄刃は、こちらからは線のようにしか見えず、残照を受けて硬質な光を放った。

鍛え抜かれた日本刀を相手にするのは、辰次郎には初めてのことだった。まるで吸い寄せられるように、その輝きから目をはなすことができない。

棒をふりまわすからくり人形のように、辰次郎は相手の攻撃をただ避けた。頭の中が真っ白なまま、からだが勝手に殺気に応じてしまうのだ。足許から次第に這《は》い上がってくるものは、震えるほどの恐怖だった。触れる前に皮膚が切れてしまいそうな怖さと、妖《あや》しいまでの美しさに、辰次郎はとらわれていた。

「辰次郎！　刀に魅入られてはなりません！」

冴《さ》えた声が、辰次郎の眼前の霧を一瞬で吹き払った。それまで不気味な生き物のように映じていた剣が、急に焦点を結んだかのようにはっきりと見えた。ふり下ろされた刀をはね上げて、そのまま棒先を相手の鳩尾《みぞおち》にたたき込む。息の詰まった侍がよろよろと後退し、地に片手をついた。

相手にとどめを刺すより前に、辰次郎はサクの助っ人にまわった。サクの藍の上着は、大きく斬《き》り裂かれていたが、怪我《けが》はしていないようだ。辰次郎の棒に気が行った侍の顔面に、サクの拳がたたき込まれ、がくりとその腰が折れた。

それまでずっと朱緒と牽制《けんせい》し合っていた親玉が、不利な形勢を見てとって退却を命じた。後退《あとずさ》りしながら親玉が、地面から何かを拾いあげ、手負いのふたりとともに逃げ去った。朱緒は大きく息をつき、深追いせぬよう釘《くぎ》をさした。

「あの頭巾のおかげで、命拾いをしたようですね。あのようなものが顔のまわりにあると、どうしても気になって、動きが遅くなりがちですから」

「おかげさまで助かりました」とサクの母親が、深々と頭を下げた。その顔からは、最前までのわだかまりは消えていた。

「あれ？」

侍に切られたらしい上着の端切れを手にとったサクが、きょろきょろと辺りを見わたした。

「おれの巾着がねえぞ」

「そういや、連中が逃げるとき、親玉が何か拾っていたぞ」

「なんだよ、あいつら物取りだったのかよ。せっかくのそろいの根付がとられちまった」

落胆したサクは、情けなさそうに朱緒を仰いだ。

麻衣椰村まで送るつもりでいたが、船着場まで来ると、異国市から目黒にもどる異人たちの一行がおり、村までの道連れが何人も見つかった。決してふたりきりにならぬよう忠告し、川縁から親子を乗せた舟を見送った。

「妙ですね。物取りなら脅《おど》しで充分なはずですが、あれは間違いなく殺気でした」

御城の西を突っ切るように、静まり返った武家地を歩きながら朱緒が呟《つぶや》いた。

「連中は、サクの口を封じにきたんじゃないでしょうか……あの根付に関わることで」

先ほどからずっと考えていたことを、辰次郎は口にした。朱緒が歩調を落とした。

「……どういうことです」

「あんな派手な刺繍《ししゅう》のついた巾着を、いくら暗がりでも、自分たちの物と間違えるはずがない。だいいちあの身なりは、貧乏浪人とはほど遠い。金目当てじゃないとしたら、狙《ねら》いはあの根付だったんじゃないでしょうか」

朱緒の横顔に、疑念の影がさした。追い詰めるように、辰次郎が畳みかける。

「親玉は朱緒様の名をきいて、自分が相手をすると言い出した。朱緒様の腕前を、知ってたってことだ。朱緒様を知っていて、根付を欲しがる人物というと……」

「左内殿ということですか」

半蔵門の見える堀端で、朱緒の足が止まった。

「……断言はできませんけど……朱緒様には、あの親玉に心当たりはありますか」

「いいえ、あの剣さばきは、合田道場のものでもありませんし……」

「根付を拾ったのがサクだと、この前左内様に話しましたよね。十万家にいるなら、異人を調べるのもわけないし」

「サクに根付を渡したのは、つい先刻のことなのですよ。それを知っているはずが……」

「あのとき、左内様の奥方は、見てましたよね」

「まさか……あの津和様が、サクを危ない目に遭わせるとはとても思えません」

津和とサクの情のこもった間柄を思うと、辰次郎とてこれは考え辛《づら》い。

「だったら……あいつらはサクが根付を持っているいないに関わらず、サクを殺すつもりでいた。そしてたまたま根付を見つけて持ち去った……」

「もし左内殿が本当に根付を返してほしいなら、私のところに来るはずです。なにより、サクの命を狙う理由が、どこにあるというのです」

責めるような口調が癇《かん》にさわり、知らず知らず声高な調子になった。

「サクの前で根付を落とした侍が左内様だったとしたら、祭りで掏《す》られたというのは、左内様の嘘《うそ》ということになります。何故嘘をつかなければならなかったのか。答えはやましいことがあったから。人が嘘をつくのは、そういうときでしょう」

「左内殿は昔から真《ま》っ直《す》ぐなご気性でした。決して卑劣なことをされる方ではありません」

もやもやと凝《こ》り固まった辰次郎の疑惑ごと、一刀両断にするかのように、朱緒がきっぱりと言い切った。その目には、揺るぎのない信念が見てとれる。

辰次郎が、ぷいと横を向き、大股《おおまた》で歩き出した。

込み上げるやり場のない怒りの正体が、左内への強烈な反発であり、つまらぬ嫉妬《しっと》だということを、ねじ込むように腹の底に落として、そこから無理に目を背けた。

辰次郎を追うように、朱緒も暗い道にふみ出した。

裏金春への道すがら、ふたりはひと言も口をきかなかった。


それから数日後のことだった。廊下をばたばたと走り込んでくる足音が、裏金春にひびいた。

「てえへんだ、てえへんだ、てえへんだあい！」

「なんだ、良太かと思えば松吉か。てえへんだが多すぎると、うるさくってしようがねえな」

汗みずくの松吉をふり返り、ゴメスが苦言をもらす。

「で、どうしたい、粟田《あわた》のじじいが卒中でも起こしたかい」

「お奉行、そのような縁起の悪いことを」

満更なくもない話を、朱緒が真顔でたしなめる。

「いや、大変なのはうちじゃなくて北町の方で」

「北町がどうしたい」

「お奉行の筧様が、今朝早く捕縛されやした」

「なんですって！」

年に似合わず、いつも落ち着き払った風情《ふぜい》の朱緒が、この知らせには仰天した。

「いったい、どうしてそのようなことに」

「目安箱に投げ文があったんでさあ。筧様が阿片を抜け荷させた張本人だと」

「どういうことか、詳しく言ってみろ」

さすがのゴメスも度肝を抜かれたらしく、表情のない面相の中で、そこだけらんらんと輝いて見える両目を、松吉に据えた。

「へい、なんでも文には、赤坂にある筧様の私邸を調べろと書いてあったそうなんす」

町奉行は奉行所と廊下で繋がる役宅に起居しているが、筧因幡守《いなばのかみ》は別に、赤坂氷川《ひかわ》神社傍に私邸があった。

「ご老中の命で、目付の配下が私邸を改めたところ、文に書かれた隠し場所から、芥子《けし》の種が出てきたんでさあ。もちろん筧様は、知らぬ存ぜぬを通しやしたが、それで済むわけもなく、御用となったそうなんで」

「でたのは種か。阿片じゃあねえんだな」と、ゴメスが念を押す。

「へい、ですが、小石川御薬園の役人が調べたところ、煎《い》ってねえ種だそうで」

「そいつを蒔《ま》けば阿片は採れるというわけか。で、肝心の芥子畑はどこだ？」

「それが……」

松吉が言いさしたところに、黒羽織の裾《すそ》をひるがえし、出島の竹内がとび込んできた。

「お奉行、御公儀から麻衣椰村村民を、即刻捕縛せよとの命が下りました」

ゴメスの吊《つ》り上がった両目が、ぎらりと光った。


サクの家に土足でふみ込んできた強面の侍を見て、辰次郎が目を丸くした。

「佐久間《さくま》様じゃないすか。いったいどうしたんすか」

栗田配下の長崎奉行所同心、佐久間源之助《げんのすけ》だった。この壮年の同心は、いつも苦いものを口に含んでいるような渋面をくずさぬが、顔に似合わぬ人情派であると知っている辰次郎は、この無骨な武士に案外なついていた。

佐久間は目の前の辰次郎に、つと辛そうな視線を送ってから、奥へと声を張り上げた。

「長崎奉行所である。阿片栽培の咎《とが》により、これよりとり調べいたす」

はっとなった辰次郎がふり返った。居間の奥には長老が端座し、その脇にサクと母親が固まっている。辰次郎はこの数日、サクの護衛として、この家に寝泊りしていた。

佐久間の背後から現れた同心の中には、竹内の姿もあった。ばたばたと家の奥へと消えた一団が、また戻ってくるまでのあいだ、佐久間はひと言も口をきかなかった。

戻ってきた竹内が、出ました、と短く言って、佐久間が長老に歩み寄った。

「待ってくれ、佐久間様、いったいどういうことだよ！」

辰次郎が、佐久間と長老のあいだに立ち塞《ふさ》がった。

「諦《あきら》めろ、辰次郎。証《あか》しが出たんだ」

「竹内様……」

「庭の観音像の口の中に、わずかな量だが阿片があった」

辰次郎が、あっ、と叫んだ。観音の手許《てもと》をよく見ようと像に近づいたとき、きついにおいがあった。あれは香木なぞではなく、阿片臭だったのだ。

ゆっくりと立ち上がった長老が、辰次郎の脇《わき》をすり抜けて、佐久間の前に両手を出した。

震える声で、辰次郎が訊《たず》ねた。「……村の者たちは……どうなるんすか」

「長老以下、村の主だった者数名は、捕縛の上出島の役所に送られる。残りの者は見張りを立てて村内に留めおき、お裁きが下るのを待つことになろう」

厳しい顔で佐久間は答え、やがて同心たちは見張りをふたり残し、長老を連れて出ていった。

「辰次郎……」

いつも気丈なサクが、逃げ場を失った野兎《のうさぎ》のように怯《おび》えきっている。

「おれたち、どうなるんだ？　じいちゃんは、拷問《ごうもん》されるのか？　おれたちみんな、鈴ヶ森にさらされるのか？」と、辰次郎の両腕に縋《すが》りつく。

「心配すんな、そんな酷《ひど》い目には絶対遭わせねえよ」

気休めではあったが、いまの辰次郎にはそれしか言えない。

「サク……おまえたち本当に、阿片を作ってたのか？」

サクへの問いを、傍らの母親が奪いとった。

「この子は何も知らないんです。成人してない村の子供は、何もきかされちゃいないんです。阿片に関わった私らは、どんな罰でも受けます。その代わり、子供たちの命だけはお助け下さい」

「母ちゃん、もういいよ」

「おまえは黙っといで！」

「仕方ねえよ。おれも去年の庭を見ちまったんだから。庭への扉は、去年は夏まで鍵《かぎ》がかけられていた。でも夜中に目が覚めたとき、扉が開いてたんだ。じいちゃんと母ちゃんが芥子坊主を抱いて出てきて、他の大人たちと一緒に、川に流すところも見たんだ」

母親が止めるのもきかず、サクが続けた。

「女神像のにおいが、去年から変わったこともわかってた。おれだけじゃねえ、おれより下の子供でも、気づいてた奴《やつ》は何人もいるんだ」

母親の肩から力が抜けた。その目から、ぽたぽたと涙がこぼれ落ちる。

「子供らはみんな知ってて、何も言わずにいたんだね。悪かったね、辛い思いをさせちまったね」

「サク、教えてくれ。全部わかれば、きっとおまえたちを助ける方法があるはずだ」

辰次郎を見上げるサクの目に、こんもりと涙が盛り上がった。

「けど、阿片に関わっちまった以上、どんなに良くても江戸所払いだろ」

「サク……」

「江戸を出されたら、おれたちはもう、麻衣椰の民として生きていけねえ。おれたちに残された場所は、江戸以外、もうどこにもないんだ！」

辰次郎の胸に顔を埋《うず》めて、サクはおいおいと泣き出した。

「もう、いいのか」

沈痛《ちんつう》な面持ちで出てきた辰次郎を、家の外で佐久間と竹内が待ち受けていた。

「なんとか麻衣椰村を助ける方法は、ないんですか」

答えに窮したふたりの同心が、顔を見合わせる。

「せめて芥子作りに関わりのない、サクみたいな子供たちだけでも……」

佐久間が渋い顔をさらにしかめる。「子供らだけ放免しても、暮らしが立つまい」

「なんで、あいつばっかりこんな目に遭うんだ」

胸にふり落ちたサクへの憐憫《れんびん》の情が、次第に憤りに形を変えて立ち上がる。

「あいつの親父《おやじ》は、言ってみりゃ、長崎奉行所が殺したようなもんだろう。なのに今度はこの仕打ちだ。地面に倒れてる奴を、足でふみつけにするようなもんじゃねえか」

「辰次郎、落ち着け」

竹内の制止も耳にはいらず、噴き上げる怒りの矛先が、一直線にゴメスに向かう。

「いちばんひでえのは、理の通らねえ裁きをつけた親分だ！　無実の罪で島送りにするなんて、無茶苦茶じゃねえかっ」

「あのお裁きは、馬込様ではないっ」

佐久間が一喝した。

「白州に立たれたのは馬込様だが、あれは、栗田様の裁量だ」

「……だって、栗田様はそんな方じゃあ……」

「あの子の父親が、自ら願い出たのだ。死罪を賜わりたいと言ってな」

「そんな馬鹿《ばか》な！」

「あの長老の倅《せがれ》は、麻衣椰と来本の釣合をはかるために、どうしてもと言ってきかなんだ……」

　暴動での死人は、来本村のほうが多かった。そして処刑を申しわたされた者も、これまた来本村がふたり勝っていた。裁きに文句をつけるわけにもいかず、勢いその矛先は麻衣椰村に向かったのだ。来本側は憤懣《ふんまん》やる方なしといった体で、麻衣椰への憎しみは、募る一方だったという。

「次の長老である己が死罪になれば、来本の衆も少しは溜飲《りゅういん》が下がろうと、そう考えたものらしい。粟田様はその意を汲《く》まれたが、さすがに死罪は酷《むご》いとおっしゃって流罪《るざい》と相成った。頃合を見はからって赦免するおつもりだったようだが……残念なことをした」

　だが、この犠牲は無駄ではなかった。来本側はサクの父親の心意気を認め、火事場の火薬のようだった両村の間柄は、ひとまずの落ち着きを見たのだった。

　鉄砲玉のようにとび出した怒りが、当たる的を失ってみるみる失速する。

「儂《わし》はな、馬込様には感服しておるよ」

　不思議なものを見るような目をして、辰次郎は佐久間をながめた。

「身に覚えのないものまで、人の怒りや恨みを満身に背負って、何事もないような顔でおられるあのお方は、世人がどう言おうと、誠の武士の魂をお持ちだと、儂は思っておる」

　長崎奉行所で温情が下れば粟田の、苛烈《かれつ》な裁きならゴメスと、世間は勝手に判断する。当のふたりはそれもひとつの役目と心得て、ゴメスは黙って負の側を引き受けている、と佐久間は言っているのだった。

「たしかに気難しく破天荒なお方だが、長崎奉行所がいまの姿になったのは、まぎれもなく粟田様と馬込様の尽力によるものだ」

「いまの姿って、どういうことですか」

「以前の長崎奉行は、抜け荷に対して甘くてな。御公儀もほとほと頭を痛めておった」

「私の父が同心だった頃は、ずいぶんとひどい有様だったそうにございますな」

　と、竹内が応じた。父親から同心を継いで年月の浅い竹内は、最初からゴメスと粟田についているが、同心歴二十七年の佐久間は、長崎奉行所の歴史を、具《つぶさ》に見てきたひとりであった。

「さよう、一時は国益を損ねるほどの額にのぼったと言うからな」

　幕府が外交上、最も神経を使ったのが、交易の均衡をはかること、つまり黒字も赤字も出さぬまま交易を続けることだった。これはひとえに、海外との摩擦を避けるためである。この二十一世紀にあって、歴史に逆らうような政策をとる小国が生きながらえるには、揉《も》め事《ごと》をさけて目立たぬことが最善とされてきた。食料や日用の品々を原則自給自足としているのも、交易高を抑え、外国のつけ入る隙《すき》を与えぬためである。

「抜け荷という、御公儀の目の届かぬ交易が増えれば、知らぬ間に思わぬ火種となるやもしれぬ。一方で長崎奉行は、とかく旨味《うまみ》の多い役目でな、これまでのお奉行は皆、そろいもそろって賂《まいない》まみれであった」

交易が莫大《ばくだい》な利を産むのは、昔もいまも同じである。近世江戸においても、長崎奉行はひと財産築くことのできる役職であり、そこで蓄えた財を元手に、さらに上の位を目指したのである。

「賂と抜け荷をへらすべく、御公儀は融通のきかぬ堅物を据えてもみたが、逆に商人どもから反発を買ったりしてうまくいかなくてな。最後に白羽の矢を立てたのが、酸《す》いも甘いもかみ分けた粟田様だ」

このとき粟田は、役目を引き受ける条件として、もうひとりの長崎奉行にゴメスを推挙したのである。粟田の目論見《もくろみ》は効を奏し、ふたりの飴《あめ》と鞭《むち》の方策により抜け荷は激減、どこかゆるみのあった奉行所内も引き締まった、としかつめらしい顔で佐久間は話を終えた。

辰次郎が、くすっと笑った。佐久間を笑ったのではなく、話に乗せられているうちに、先刻までの憤りがすっかり消えてしまっていることに気がついたのだ。

察した竹内が笑い返してきたが、一方の佐久間は、やはりにこりともしなかった。

翌日、ゴメスは出島の役所に赴き、麻衣椰村長老の吟味にとりかかった。

「よう、じいさん、昨夜《ゆんべ》はよく眠れたかい」

麻裃《あさがみしも》の皺《しわ》を気にする風もなく、ゴメスが長老の前に、どっかと胡座《あぐら》をかいた。

「おかげさまで」と答えたきり、長老はまた頑迷そうな口許を引きしめた。

「なに、難しい話じゃねえ。この前おめえに訊ねたと、同じことをきいてえだけよ」

口振りだけは気楽そうだが、その両眼は瞬《まばた》きひとつも見落としそうにない。

「その前に、お願いがあります」

「ほう、なんでぃ」

「筧様は、我らの芥子作りとは一切関わりありません。どうか、一日も早く牢《ろう》から出してあげてください」

「あいにく野郎の裁きをつけるなぁ、目付どもだ」

「では、お奉行様から目付の方々に、どうかお伝えください」

「そいつはおめえの話をきいてからだ。そうだろう?」

「わかりました。すべてお話しします」

ゴメスを真正面から見詰める長老は、観念した罪人というよりも、高い崖《がけ》からとび降りようとする大鹿《おおじか》のように、威厳さえ感じられた。

「一昨年《おととし》のあの騒ぎで、亡《な》くなった麻衣椰の民の数を覚えておられますか」

「……九人か」

ひい、ふうとゴメスが指を折って答え、長老がうなずいた。最初に殺された駆け落ちした青年と、暴動で殺された者が他に四人、さらに死罪となった者が四人いた。

「麻衣椰では九は凶数なのです。病や災いで九のつく数の死者が出たときは、鎮魂《たましずめ》の儀式を行う習わしがあります」

「どんな習わしだい」

「次の年の春に、芥子《けし》坊主を九艘《そう》の笹船《ささぶね》に乗せて、九夜のあいだ川送りするというものです。そして麻衣椰観音に阿片《あへん》をささげ、許しを乞うのです」

「なるほど、それを去年やったというわけか。だが、肝心の種はどこで手に入れた」

「ふたり連れの侍が、村に持ってきました。一昨年の八月です」

「ちょうど芥子の蒔《ま》きどきだな。で、その侍ってなぁ、誰だい」

長老は、二度、首を横にふった。「いまとなっては、わかりません」

「どういうことだ」

「いま思えば、はめられました」

「侍なら名前くらい言ったろう。なんて名乗ったんだ」

「……覚様のご家来だと」

長老の口から絞りだされるまでには、たっぷりと間があった。

「寛様が、先の騒ぎのことでは心を痛めている。九の厄を流す、麻衣椰の習わしも知っている。この種を蒔き、次の春に祭祀《さいし》を行うようにと言いました」

ふたりの武士はご丁寧にも、騒ぎにならぬよう、流した芥子坊主を下流で回収することをほのめかした。芥子を流す日には、村の入口の木蓮《もくれん》の木に白布を結ぶよう指示も与えた。ただし、ご定法に触れる行為だけに、この件で寛に会いにいくのは控えるよう、その点だけは念を押された。

「それならやっぱり、寛が仕組んだんじゃねえか」

「いいえ、いまならはっきりわかります。あれは騙《かた》りです。偽《にせ》の家来が寛様の名を騙った。種を受けとったときも、そうかもしれぬと考えました」

「だったら、なんであっさり姦計《かんけい》に乗った？　老練なおめえらしくねえ所行だろう」

「憎しみの芽を、摘むためです」

瞑《つむ》っていた両目を開いたように、皺に埋もれた長老の目が光を帯びた。

「そいつはてめえの息子がからだを張って、片がついたんじゃねえのかい」

「それは来本側の話。麻衣椰の側にも同じ痼《しこり》はありました」

「なるほど」

「あの騒ぎで、村人の心の中に、来本村と公儀に対する恨みが残った。小さな棘《とげ》のような恨みも、そのままおけば、治らぬ傷から膿《う》みくずれるように、いつかはさらに大きな揉め事の火種となる。儂はそれが、なにより恐かった」

長老にしてみれば、息子が命を賭《と》して消した火を、また燻《くすぶ》らせるわけにはいかなかった。

「公儀はともかく、麻衣椰と来本は、ずっと前から仲が悪かったんだろ」

「それは江戸にはいる前の話。来本の長老とは、一緒に江戸に村を造ろうと誓った仲です」

長老は三十三年前、妻子とともにまだ独立前の江戸にわたり、やはり江戸入りしていたいまの来本の長老と再会したという。当時若かったふたりは、同郷の者同士が争うのは無益なことだと考えていた。遠い異国の地での心細さも手伝い、互いの村を造るために力を合わせた。

「私たちは、二度と村同士の諍《いさか》いなぞ起こさぬと、固く約束しました。ですが、江戸へ招いた村人の中には古い考えの者もいて、過去の憎しみを子に伝えたために、あのようなことに……」

心底口惜しいのだろう。長老の唇が、大きく歪《ゆが》んだ。

芥子を川に流す行為には、厄を流す、ひいては恨み辛《つら》みを流す意味がある。阿片の禁忌を犯したことも、その後ろめたさ故《ゆえ》、村内の結束を高め、引きずっていた負の感情を散らしてくれた。長老はそう語った。

傍らの若い書役が、長老に同情めいた視線を投げたが、氷山のようなゴメスの佇《たたず》まいは少しも変わらなかった。


数日が過ぎた頃、宵の深まった遅い刻限に、裏金春を来訪する者があった。

もうひとりの長崎奉行、粟田和泉守と、南町奉行、真鍋筑前守である。

真鍋はむろん、裏金春は初めてであり、終日出島の役所に詰めている粟田も、年に数えるほどしか顔を見せない。

「ふたりそろってのお出ましたぁ、仰々しいこったな」

人払いを済ませたゴメスが、我流の挨拶《あいさつ》をする。客の前には、茶と桜餅《さくらもち》がおかれていた。わざわざ寛治が向島まで足をのばして買いもとめた、長命寺《ちょうみょうじ》の桜餅だった。

「実は昨日、因幡殿に会いに伝馬町へ出向き申した」と真鍋が口火を切った。

麻衣椰村の芥子栽培の報告を受けて、寛にたしかめに行ったものらしい。

真鍋と寛は役目以外にことさらのつきあいはないが、歳《とし》も近く、互いに仕事はしやすい間柄にあったようだ。寛はとかく敵の多い男であるが、良く言えば温厚、悪く言えば凡庸な真鍋とは、角突き合わすこともなく、一方の真鍋も、寛の仕事ぶりには一目おいていた。

「へえ、で、筧のようすはどうだ」

「揚り座敷で神妙になされていた」

筧は捕縛後、小伝馬町の牢屋敷にこめられていた。武家は他の囚人とは違い、揚り屋と呼ばれる牢へはいる。特に旗本がはいる牢は揚り座敷といい、一人ひと部屋があてがわれ、食事などの待遇も悪くなかった。

「だが、阿片《あへん》への関《かか》わりについては、はっきり否《いな》と申された。無論、麻衣椰村に芥子の種を届けたこともないとのこと。麻衣椰村のことは、ずいぶんとお心を痛めておられた。せめて一度でも、種を蒔く前に己を訪ねてくれればと、たいそう悔んでおられた」

「いくら潔白を言い立てたところで、どうにもなるめえ。投げ文どおり屋敷から種が出て、筧に繋《つな》がる麻衣椰から阿片が出たんだ」

「因幡殿は、誰ぞの謀《はかりごと》に相違ないと申しておられる」

「誰ぞって、誰だい。心当たりでもあるのか」

「因幡殿は北町奉行として、大店《おおだな》や目明しなどにも手加減をしなかった。さらに北町に来る前は、大目付として大名や高禄の旗本を厳しく取締りもした。その中に此度《こたび》の悪巧みを考えた奴がいるはずなのだが、心当たりがあまりに多過ぎて見当もつかぬと」

「締まらねえ話だな」とゴメスが鼻で笑う。

「因幡殿はたしかに灰汁《あく》の強いご気性なれど、国を窮地に陥れるような真似《まね》をされるお方ではない。無実の者をこのまま見殺しにするのは忍びない」と真鍋が畳に手をついた。

「播磨殿、力を貸して下さらんか。知恵者のそなたであれば、きっと真の咎人《とがにん》をあぶり出すことができよう。無論、我ら南北町奉行所も尽力いたすが、そなたの力をぜひとも拝借したい」

寛が捕縛されたため、次の奉行が決まるまでのあいだ、北町奉行は真鍋が兼務することとなった。数ある奉行職の中でも、町奉行はもっとも御用繁多なお役目である。両町ともにとなれば尚更《なおさら》、日々の激務に追われ、寛のことばかりにかかずらう訳にもいかぬ。それを見越して、真鍋はゴメスを頼ることにしたのだった。

「寛の野郎は、おれにとっても目の上のでかいたんこぶだ。いなくなって清々したってのが本音なんだがな」

ちっとも乗り気にならぬようすのゴメスに、真鍋はさらに膝《ひざ》を詰めたが、そこへ栗田の茫洋《ぼうよう》な声が割り込んだ。

「ところでな、本日のご老中との席で、おまえさん妙な顔をしていたが、なんぞ気にかかることでもあるのか」

栗田の問いに、まあな、とゴメスが応じ、煙管《きせる》の先を煙草盆《たばこぼん》の火入れに突っ込んだ。

その日の昼間、この三人は大目付とともに、田安右衛門督《うえもんのかみ》からの呼び出しを受けた。また新たに江戸産と思われる阿片がいくつも見つかり、日本側から重ねて究明の催促があった。咎人《とがにん》が捕縛されたとはいえ、一日も早く事を詳《つまび》らかにするよう、田安に発破をかけられたのだ。

「ちょいと計算が合わねえように思ってな」

「何が合わぬのじゃ」

「無論、阿片だ。これまでに外国で押さえられた阿片の量は、合わせて四貫を越える。ってこたぁ、その何十倍、何百倍もの阿片が出まわっているはず。麻衣椰《マイヤ》村の芥子だけじゃ、どう考えても足りねえんだ」

　ゴメスは麻衣椰村の芥子の作付面積から、採れる阿片の量を手早く計算した。

「芥子を植えていた中庭の大きさが約三十坪。村の個数が八十七戸だから、総じて二千六百十坪。江戸の芥子は一貫種だから一反、つまり三百坪あたりに阿片が一貫とれるとすると八貫七百匁《もんめ》だ」

　算術が得意とは言えぬ真鍋が、目を白黒させる。

　一貫種とは、日本産の芥子の品種で、一反あたりの阿片の収量が一貫であることからこの名がついた。世界単位で言えば、一貫は三・七五キログラム、一匁はその千分の一であるから、八貫七百匁は、約三十二・六キログラムに相当する。

「なるほど。おまけにあの長老の話では、川を通じて外へ出した芥子は、その一部というからな」

長老は、九夜にかけて川に流した芥子以外はすべて、栽培の痕跡《こんせき》を消すために、種ができる前に根本から抜き、乾燥させて焼いてしまったと申し述べた。

「ではおまえさんは、麻衣椰村の他に、別の芥子畑があると言うんじゃな」

胴にめり込んだような短いゴメスの首が、縦にふられた。

「そう考えりゃ、わざわざこの時期をねらって投げ文を入れたのも合点がいく」

「どういうことかの」

「筧への恨みだけなら、麻衣椰に芥子坊主があった頃のほうが良かねえか？　現物がありゃ、外で抜け荷騒ぎが起きる前でも、筧に罪をおっかぶせることは容易にできる。おれだったら、意趣返しは一刻も早くと考える。それをしなかったなぁ、二月半ばというこの時期に、何かあるんじゃねえかと思ったんだ」

真鍋が思わず身を乗り出した。「その何かとは」

「筧の捕縛で、公儀の芥子探索は筋書きが変わった」

「三月はじめに行われるはずであった、領内一斉の芥子畑探索のことか」

ゴメスが黙ってうなずいた。筧の捕縛を受けて、予定されていた領内一斉検《あらた》めは据えおきとなった。さらに麻衣椰村という栽培地が見つかったいまとなっては、沙汰《さた》止《や》みの色合いが濃い。

「連中の狙《ねら》い目は、本当の芥子畑からおれたちの目をできるだけ遠ざけること。つまり連中は今年も芥子を栽培し、阿片を抜け荷する算段をしてるってわけだ」

自信たっぷりのゴメスに、粟田が、ほう、と少し驚いてみせる。

「ということは、因幡殿はやはり、此度の件の黒幕ではないということか」

ふむふむと納得してみせる粟田に、ゴメスがむっとする。

「じゃが、黒幕ではないにせよ、寛殿が関わった疑いは消えぬがな」

「和泉殿、何を申されるか」と真鍋がつい、責め口調になる。

「種が屋敷から出たのも、麻衣椰村の芥子畑も、まぎれもない事実。身の証《あか》しを立てるのは難しかろう」

ゴメスは舌打ちして、くそ面白くない顔で、粟田をちらりと見やった。その視線を気にする風もなく、粟田はゆっくりと菓子皿に手を伸ばした。三枚の桜の葉をはがすと、薄桃色の柏餅《かしわもち》のような独特の形をした桜餅が顔を出す。

ふたりの無言のやりとりにはまったく気づかずに、真鍋がどうっと深いため息をついた。

「まことに、それさえ覆《くつがえ》すことができれば良いのだが……何か打つ手はないものか」

桜餅をひと欠け、小さな口にはこんだ粟田が、旨《うま》そうに舌鼓《したつづみ》をうつ。茶をすする音が座敷に響いた。ゴメスが苛々《いらいら》と二度目の刻みを詰めて、真鍋を見やった。親の小言を神妙に待つ子供のような邪気のない姿に、ゴメスが諦《あきら》めたように口を開いた。

「筧の屋敷に、種を入れた者を探しゃあいい話じゃねえか」

「……探すといっても……」

「まさか三文芝居みてえに、忍びやこそ泥が置いてったなんて考えてんじゃねえだろうな。主《あるじ》不在の私邸なら、奉公人も少ねえし、出入りの者も限られる。しらみつぶしに当たっても、案外早くたどり着けるかもしれねえ」

　真鍋の表情が輝いた。

「早速、北の同心たちに申しつけよう。北町の汚名をそそぐためなら、探索にも精が出よう」

「あとはどうにかして芥子畑を探さなきゃならねえが……」

「それも筧殿を恨んでいる輩《やから》を手繰るほうが、早くたどり着くやもしれぬ。のう、筑前殿」

「さようでござるな」

　真鍋が明るく応じると、ゴメスが煙管の雁首《がんくび》を灰吹きにたたきつけた。

　カンッと響いた竹の音に何かを察したものか、それを汐《しお》に粟田が腰を浮かせ、まだ何か言いたそうな真鍋を促して座敷を後にした。

「見事なお手並みでございました、和泉殿」

　裏金春の木戸を抜けると、真鍋が感服したように頭を下げた。

ふふ、と粟田が声をもらす。

「だから言ったであろう。あれは案外へそまがりじゃからな、反目していた因幡殿を助けてくれと、真っ向から頼んだところで無駄なこと」

粟田は、謎解《なぞと》きには俄然《がぜん》興味を示すゴメスの習性を、いわば逆手にとったのである。ゴメスに直截《ちょくさい》にたのむ前に、まず粟田に相談に赴いたことは、凡庸な真鍋らしいまっとうな見識であった。

「しかし、あれで本当に播磨殿は動いてくれましょうか」

真鍋はなおも憂うように、後ろをふり返った。

「なに、もとより我らが出向かなくとも、結果は同じであったろう。黒幕を野放しにするほどのお人好《ひとよ》しではないわ。阿片という大きな魚の影が水面から見えているんじゃ。なにがなんでも捕えるつもりでおるだろう。あれはそういう奴なんじゃよ」

「播磨殿は、和泉殿が外国から招かれたそうにございますな。たしか、ご貴殿が外国奉行をなさっておられるときと伺い申した」

長崎奉行が内にいて、交易をはじめとする諸外国との諸事をさばくのに対し、外国奉行は必要に応じて海外に出向き、他国との交渉や視察を行う役目を負っている。

「さよう、十年ほど前になるかの。異国には学者が各々《おのおの》の学問を披露する場があってな。そこで彼奴《あやつ》は、演者を務めておったんじゃ」

「播磨殿が学者であったという噂《うわさ》はきいております。学問はやはり医術にございますか」

　真鍋がそう訊《たず》ねたのは、ゴメスが長崎奉行の前に、医者として小石川養生所にいた経歴があるからだ。

「いいや、医術はそれより前に修めたそうでな、別の学問じゃったが……」

　と、粟田が、くくっと忍び笑いをもらした。何がおかしいのかと首をひねりながらも、真鍋は生真面目《きまじめ》に応じた。

「あの頭《つむり》のめぐりは尋常ではないと思うておりましたが、多岐にわたる学問を修められた御仁でしたか。播磨殿の学問が、江戸に役立つとお思いになって招かれたのですな」

「そりゃ、表向きの話での」

「……違うのでござるか」

「あれが演者の際に、たいそうな野次がとんでの。立腹した拍子に、己の目の前にあった演台を拳《こぶし》ひとつで叩きこわしたんじゃ。その後彼奴《きゃつ》は、すっかり静まりかえった客の前で、何事もなかったような顔をして終《しま》いまで続けおったわ。世界中探しても、そんな狼藉《ろうぜき》をはたらく学者なぞおらんからの、儂《わし》は面白くて仕方がなかった」

　言いながらさもおかしそうに、粟田が肩を震わせる。真鍋は半ば呆《あき》れながらも、風変わりなものや目新しいものを喜ぶという、この老奉行の評判を思い出した。

「ま、まあ、何事も秀《ひい》でるに越したことはありません。拙者のような凡俗にはうらやましい限りでござる」

「そうじゃろうかの」

　ふいに栗田が笑いをとめた。

「どうあっても並みに生きられぬというのは、ひどく難儀なことではないのかの」

　答えに窮し、黙り込んでしまった真鍋に、栗田がやわらかい笑みをなげた。

「筑前殿は、よい御仁じゃの」

　ではな、と栗田が駕籠《かご》に乗り込んだ。月のない夜道を栗田家の提灯《ちょうちん》が遠ざかり、それがやがて見えなくなるまで、真鍋は自分の駕籠脇に佇《たたず》んでいた。


　翌日の日暮れ過ぎ、ゴメスが玄関脇の座敷横を通ると、木亮《もくすけ》が嬉々《きき》とした声をあげた。

「おっ、親分、その格好はひょっとして」

　袴《はかま》もつけぬ着流しに無腰の姿は、どう見ても相撲の力士である。

「ああ、ちょいと行ってくらあ」

「なら、お供させてもらいやす」と木亮の後ろから、甚三《じんざ》が顔を出した。

「今日は我慢しろ。こいつらを連れていくんでな」

　己の背後に軽鴨《かるがも》のヒナのように連なった三人を、ゴメスが太い親指で示す。朱緒と辰次郎、そして松吉である。甚三が小さく肩をすくめた。

「そうか、朱緒様もおめえらも行ったこたねえんだったな」

「ちぇーっ、仕方ねえ、譲ってやらあ」と言いながらも、木亮は不満たらしい表情だ。

「兄いたちが行きたがるくれえなら、少なくとも小塚っ原行きってわけじゃねえらしいな」

松吉が小声でささやき、辰次郎と朱緒も胸をなで下ろす。行き先を告げられていない三人は、その日一日を不安にかられて過ごしていたのだ。

ゴメスが向かった先は、新橋のたもとの船宿だった。どうやら馴《な》染《じ》みらしい主人が、猪牙《ちょき》を二艘《そう》、手早く仕立てる。三人が後ろの舟に落ち着くと、棹《さお》を手にした船頭が暗い汐留川《しおどめがわ》に漕《こ》ぎ出した。

「どこまで行くんすかね」と、松吉が訊ねる。

「いや、あっしも親方について来いって言われただけでやして」

若い船頭は、ゴメスを乗せた前の舟を示す。

舟は三十間堀から楓川《かえでがわ》を抜けた。楓川の東側は、町方役人の住まう八丁堀である。右に左に堀を折れ、やがて行徳河岸《がし》を抜けると、視界が開けた。

「なんだ、大川に出ちまったのか」

松吉が頓狂《とんきょう》な声をあげた。舟は、大川と呼ばれる隅田川を上へとさかのぼる。夏には舟遊びの客を乗せた屋形舟や猪牙で大層なにぎわいだが、いまは昏《くら》い川面《かわも》にまばらな舟影が寂しい風情《ふぜい》だ。それでも酔狂な客はいるらしく、下流に浮かぶ淡い灯りから、三味の音が水面を漂うように流れてくる。

舟は両国橋の下をくぐるとすぐに、舳《へ》先《さき》を左へ向け、最初の橋のたもとで止まった。

「ここって……」

辰次郎がきょろきょろと周囲を見回す。

舟が着いたのは、神田川河口にかかる柳橋だった。船宿が軒を連ねる河岸は、川舟遊びの拠点になっており、ここから隅田川をのぼり今戸の山谷堀まで、吉原行きの舟が通う。

橋の南は江戸で最も繁華な両国広小路であるが、舟を降りたゴメスは、橋の北側へ足を向けた。船頭がにやにやと笑う。

「お客さん、お大尽遊びたぁ、うらやましい」

「お大尽遊びなどと……うちのお奉行が遊郭に行くわけがないではありませんか」

朱緒に咎《とが》められ、船頭が首をすくめた。

三人がゴメスの後を追い、大きな料亭や待合、芸者屋の提灯に彩《いろど》られた街へと足をふみ入れる。にぎやかな音曲と、笑い声や嬌声《きょうせい》がひびく中、やがてゴメスは一軒の料理茶屋で足をとめた。木目の浮いた重厚な看板に書かれた店名が、提灯の灯りに浮いている。

「ぼうしゅろう？」

「望酒《ぼうき》楼《ろう》だ」

素っ気なく言って、ゴメスはがらり戸をあけた。

「まあ、お奉行様、ようこそお出《い》で下さいました」

濃茶に金の松葉を散らせた着物を粋《いき》に着こなした、四十がらみの女将《おかみ》が出迎える。

「久しぶりだな、女将。あがらせてもらうぜ」

ゴメスが磨き抜かれた式台に上がると、女将が意味有りげな目付きをする。

「で、本日はいかほど」

「いくらでもいいぜ。酒と料理が用意できりゃあ、それに見合う数で構わねえ」

かしこまりました、と心得顔で女将がうなずく。

「代金は現物支給でいいかい」

「それはもう」女将はほくほく顔で、満面の笑みを浮かべた。

通された二階の座敷は、むやみに馬鹿《ばか》でかい大広間だった。おそらくゴメスの専用らしい巨大な座布団《ざぶとん》が、なぜか上座ではなく座敷の真ん中におかれている。お供の三人はその両脇に、落ち着かなげに腰を下ろした。男衆がふたりがかりで四斗樽《しとだる》をゴメスの横に据え、さらに仲居がうちそろい、次々と膳《ぜん》がはこび込まれる。ほどなく座敷の外に衣《きぬ》擦《ず》れの音がした。

「お今晩はあ」

襖《ふすま》が開いて、艶《あで》やかな芸者が顔を出した。畳に真っ白な三つ指がつかれる。

「おう、梅弥《うめや》か、元気そうだな」

「親分さん、お久しぶりにございます」

男衆《おとこし》のみならず、朱緒も思わず見惚《みと》れてしまうほどの美形だった。黒地に朱と金の着物に、渋い緑のだらり帯という出《い》で立《た》ちで座敷に上がる。その後ろから長い裾《すそ》を引いて、芸者衆が次々と入ってきては、ゴメスに挨拶《あいさつ》する。

「お招き有難うございます」

「このところ、とんとお見限りでございましたね」

「染鶴《そめつる》は相変わらずだな。玉吉《たまきち》はちったぁ踊りの腕は上がったか」

鷹揚《おうよう》に返すゴメスは、ほとんどが顔馴染《なじ》みのようだ。総勢七人の芸者が両脇に居並ぶと、ぼんぼりがいくつも灯《とも》ったかのように、座敷の内がぱっと明るくなった。

「あら、こちらは女のお侍さんですのね。どうぞご贔屓《ひいき》に」

「こちらのお若い方々も初めて見るお顔。可愛《かわい》らしいこと」

鬢付油《びんつけあぶら》と白粉《おしろい》の混ざった濃い香りは、頭がくらくらするほど艶《つや》っぽい。

「おめえら、気に入った妓《こ》がいたら、どこぞでしっぽりしてきてもいいぞ」と、実に有難い託宣が、辰次郎と松吉に下る。

「親分は男心ってもんが、まるっきしわかってねえや」と松吉がなげく。

「だよな。朱緒様の目の前で、んなことできるわけねえや。でも、甚兄いと木兄いが来たがったわけが、これでわかったよ」

「たぶん兄いたちは、毎度しっぽりの口なんだろうな」

やがて芸者衆の前にも、酒と料理がはこばれた。

「それじゃあ、親分さん、遠慮なく」

「おう、どんどんやってくれ」

芸者衆がにぎやかに飲み食いをはじめた。美味《おい》しそうに料理を頬張り、楽しげに笑いさざめく。

間もなく松吉が、妙な顔をした。「なんか、変じゃねえか」

辰次郎も呆気《あっけ》にとられる。「ふつう、おれたちが接待されるはずだよな」

芸者衆はもっぱら、自分たちが楽しむことにいそしんでおり、話しかけることはあっても、こちらの世話を焼く気は毛頭ないらしい。驚いたことに、その後も襖が開くごとに芸者の数は増えつづけ、やがて大広間は、総勢二十人余の芸者で埋まってしまった。

「これだから親分さんのお座敷はたまらないわ」

「そうそ、なんの気遣いもなく飲み食いできるなんて、このお座敷だけだものね」

「ちょいと、誰か都々一《どどいつ》でもおはじめな」

座敷はさしずめ、芸者の大宴会場と化していた。甚だ趣向の違うお大尽遊びに、朱緒が当惑する。

「お奉行……あの、これでよろしいのですか」

「あん？　ああ、気にすんな。おれぁ、ちゃらちゃら構われるのは好かねんだ」

ゴメスは酒と料理にしか関心がないようすで、芸者衆にはまったく頓着《とんちゃく》していない。

刻《とき》が経《た》つごとに、座は目に見えて乱れてきた。芸者のひとりが、辰次郎にしなだれかかる。

「お兄さん、なかなかの男前ね。好みだわ」

とろんとした目は、焦点が合ってない。あせった辰次郎が、立て続けに盃《さかずき》をあける。

「いや、おれは、そのう、女より酒のほうで」

「あら、こっちのお人も可愛いわ。初心《うぶ》な感じで」と別の芸者が松吉をのぞき込む。

「いやあ、ははは……」

辰次郎よりさらに呑《の》めない口の松吉も、酒の勢いを無理に上げる。

「でも残念ね、梅弥姉さん。今日は甚様がいなくって」

「染鶴、滅多なことをお言いでないよ」

軽く睨《にら》んでみせたのは、いっとう最初に座敷に現れた、並外れた器量の芸者である。

「え、ひょっとして、こんな美人が甚兄いのいい人なんすか」

梅弥は松吉に、にっこりと微笑《ほほえ》んだ。

「この妓《こ》の軽口を、真に受けちゃいけませんよ」

「甚様はひとりの女に深情けはかけないものね。残念だわあ」

「そこがまた憎いとこだけど」

甚三が玄人《くろうと》筋に絶大な人気を誇るという噂《うわさ》は、どうやら本当らしい。

「くーっ、あんな美人を袖《そで》にするなんざ、甚兄いにしかできねえや。もったいねえ」

松吉がしきりに口惜《くや》しがる。色白のその顔は、ゆで蛸《だこ》のように真っ赤になっていた。

いい加減、頃合が経った頃、ゴメスがさも満足そうに独《ひと》り言《ご》ちた。

「やっぱり邪魔な寒蟬《つくつくぼうし》がいなくなると、酒も旨《うめ》えや」

「あら、それって、筧因幡守様のことですか」と、打てば響くように梅弥が応じる。

「おうよ、野郎が捕縛されてからこっち、城へ行くのが楽しみになったくれえよ」

「でも筧様って、案外いい方だったんですよ。あたしたちには結構優しくて」

「そうそう、どこぞの狒々爺《ひひじじい》みたいに嫌らしいこともしないし」

朱緒の横で、染鶴と呼ばれた芸者が遠慮のない声をあげた。

「ほう、筧はここじゃ、そんなに評判がいいのかい。野郎の男尊女卑は病的だからな。ここでも総好かんを食らってると思っていたが」と、ゴメスはいかにも意外そうだ。

「たしかに早く芸者なんぞ辞めてお嫁に行けって、それだけが玉に瑕《きず》だったわね」

「私もよ、子を産んでおけって。まるでお父《と》っつあんに説教されてるみたいだったわ」

芸者たちのあいだから、そんな苦笑がもれる。

「でも筧様がそんなことを仰《おっしゃ》るのも、奥方様とのあいだにお子がいなさらないからなんですよ」

同情するような口振りは、梅弥だった。朱緒が思い出したように口を添える。

「そういえば、筧家は未《いま》だにお世継ぎが決まらないときいたことがあります」

「奥方様とのあいだにお子様がなけりゃ、ふつうは妾《めかけ》と相場が決まっていますがね、筧様は奥方様ひと筋で、世継ぎは養子をとればいいとおっしゃって」

「そうでしたか。では、親族からご養子をとられるお心積もりなのですね」

「それがなかなか難しいと、困っておられました。ご親戚《しんせき》の中に三人ほど男の子がいらっして、どなたの親御さんも己の息子こそ養子にふさわしいと譲らないのですって。筧様も決めかねているごようすで」

「まわりからやいやい言われて難儀していても、奥方様の前ではそんなこと噯《おくび》にも出さず、そりゃあ大事にされてるんですって」と染鶴が、うらやむような声をあげる。

筧が芸者衆に受けがいいのは、このあたりにも理由があるようだ。

梅弥が痛ましげな顔で、以前、筧が珍しく酒を過ごしたときの話をした。

「筧様が女子《おなご》に厳し過ぎると、お連れの方に諫《いさ》められましてね。子を産み育てることが、女子のあたりまえの姿ではないかと真剣な顔で仰って。馬車馬のように働くよりも、女子でいることのほうが、女子にとってはずっと幸せではないのかと」

そのときの筧の顔が、妙に心に残っているのだという。朱緒の顔が、ふっと曇った。

「そう……なのでしょうか」

家のために左内との恋を成就させられなかった己の来し方を、責められたように思ったのだ。

「しゃらくせえ」ゴメスがけっと吐き捨てた。「良妻賢母なんてえ言葉は、明治以降に生まれたもんだ。武家だろうが農民だろうが、昔っから女は馬車馬みてえに働きながら子を産み育ててきたんじゃねえか。いかにもつまんねえ野郎がほざきそうな台詞《せりふ》だ」

「親分さんにかかっては、筧様も形無しですわね」

梅弥が艶《あで》やかに笑う。ようやく箸《はし》をおいたゴメスが、懐《ふところ》から煙草《たばこ》入れをとり出した。

「まあ、良かったじゃねえか、阿片《あへん》でお家断絶なら、世継ぎの心配もいらねえやな」

「そんな心無いことを仰って」

「あれは絶対、誰かにはめられたに違いありませんよ」

張りのある声は、梅弥の隣からあがった。ほう、とゴメスが面白そうな顔で、まだ幼女のようにあどけないその芸者に顔を向けた。

「玉吉だけは、野郎を信じてるというわけか」

「あたしだけじゃありませんよ。柳橋じゃあ、みんな言ってますよ」

玉吉がむきになり、加勢するかのように、遠慮がちに梅弥が言い添えた。

「筧様は敵が多うございますからね。邪魔に思ってなさる方や、昔のことを恨んでる方なんぞもそれなりにいらっしゃいます」

「おれも大いに邪魔くさかったがな、他にもそんなにいるのかい」

ゴメスが水を向けると、たちまちあちらから、こちらからと声があがる。

材木の値のことで、筧と揉《も》めた木場の材木問屋。強請《ゆすり》がばれて、十手をとり上げられた三軒町の岡っ引き。不正を咎められ、知行所を半分にへらされた大身旗本。日頃は客の悪口にあたることなぞ滅多に口にせぬ芸者衆も、慰安と心得るこの座敷では気がゆるんでいるものか、酒の酔いも手伝って、次から次へと名前があがる。

柳橋まで足をはこんだゴメスの目当てはこれだったのか、と朱緒がようやく思い至った。

「このような噂話を、真に受けて良いのですか」

ゴメスは時折相槌《あいづち》を打ちながら、悠然と煙管《きせる》を吹かしている。

「この連中は、毎晩客の相手をしてるんだ。人を見抜く目は、その辺の者よりゃずっとある。客の方もこいつらの前では、ついつい本音が出る。決して昼間に出さねえ裏の顔を、ぽろりと見せちまう。話の裏は手下どもにとらせりゃいいのよ」

　そのとき朱緒がよく承知している名が、玉吉からあがった。

「あたしは十万様が怪しいと思うわ」

「十万だって！」

　それまで壁にもたれて舟をこいでいた辰次郎が、がばっと身を起こした。芸者衆の毒気にあてられ、無理な飲み方をしたせいで、最前から寝込んでいたのである。松吉なぞ、とうにひっくり返り、口をあけたまま畳に大の字になっている。

「おめえ、知り合いかい」

「あんな人でなしと知り合いなもんか。あいつはひでえ野郎なんだ。ねえ、朱緒様」

「辰次郎、およしなさい」

　すでにべろんべろんに酔っ払っている辰次郎を、朱緒がたしなめる。

　辰次郎は拗《す》ねたような顔をしてから、またすとんと壁に頭を落とした。

「おめえはなんだって、その十万が怪しいと思うんだい」

　辰次郎の寝顔をのぞき込んでいた玉吉に、ゴメスが話をふった。

「だってね、親分さん、十万様は二度も寛様に煮え湯を呑まされてるんですよ」

「そいつぁ、しつこい話だな」

「しつこいと言えば、十万様のご気性よね。先に梅弥姉さんに入れ込んでたときなんて、そりゃあもう諦《あきら》めの悪いのなんのって。姉さんは随分と難儀してたものね」

梅弥が困ったような顔で黙っているのは、染鶴の話を肯定している証《あか》しである。

「あの方、いつも磊落《らいらく》そうにしているけれど、時々蛇みたいに見えるのよね」

「私も以前十万様の隣に座ったとき、なにやら首の裏がぞわぞわすることがあったわ」

芸者衆が口々に、十万保基の芳《かんば》しくない印象を言い立てる。

「玉吉、十万が呑まされた煮え湯ってのを教えちゃくれねえか」

名前のとおり、剝《む》いた玉子のような顔が、こくんとひとつうなずいた。

宴席は真夜中過ぎまで続けられ、ゴメスは芸者衆にたっぷりと祝儀《しゅうぎ》をはずみ柳橋を後にした。


翌朝、きりりと紬《つむぎ》を着込んだ望酒楼の女将《おかみ》が裏金春に現れた。

「お早うございます」

「おう、女将、朝っぱらからすまねえな。話はきいてる。遠慮なく上がってくんな」

玄関に顔を出したのは甚三である。

「その前に、あのおふたりを降ろさないと」

と女将は、木戸の外においてある大八車をふり返った。そこには、辰次郎と松吉が、ぐったりと寝そべっている。ゴメスは躊躇《ためら》うことなくふたりをおいて、朱緒だけを連れて帰ったものだ。

「そろって二日酔いたぁ情けねえ。おら、この大八車が入用なんだ。とっととどきな」

「駄目だ、動けねえ」青い顔で辰次郎がうめき、

「兄い、ぎもぢ悪いよお」松吉が甚三に泣きつく。

甚三がふたりを無理やり起き上がらせ、大八車から引きずり降ろした。

「うっ」と松吉が、手で口を押さえる。

「おいおい、こっちに向かって吐くんじゃねえぞ」

甚三に追い立てられた松吉が、木戸脇《わき》の茂みに顔を突っ込み、盛大に吐きだした。

おやまあ、と女将が呆《あき》れる。「ここに着くまでに、三度もやってるんですけどねえ」

「手間ぁかけさせてすまねえな。代わりに好きなだけ持ってってくんな」

松吉に顔をしかめてみせてから、甚三が女将を招じ入れる。

「なに言ってんです、こんなことは商売のうち。きっちり代金分しか頂きやしませんよ」

しっかり者の女将が、胸を反らした。女将の後ろから、店の男衆三人がぞろぞろと続き、裏金春に積んである酒樽《さかだる》を運び出しはじめた。

ゴメスが女将に言った現物支給とは、昨夜の代金を歳暮の酒で支払うという意味だった。ゴメスと手下たちがせっせと呑んでも、まだ半分以上も残っている。料理屋なら酒

はいくらでもさばけるし、進物だけあってどれも上物である。相場よりうんと安く手に入るとあれば、女将にとっても損はない。半刻も経《た》たぬうち、大八車には山のように酒樽が積み上げられた。

「ご苦労さん、これで屋敷内もすっきりしたぜ」

「では、親分さんによろしくお伝え下さい。甚三さんも、またいつでもどうぞ」

あいよ、と気楽な返事を返すと、甚三はその場に伸びたままの下《した》っ端《ぱ》ふたりを引きずって、玄関へと入っていった。

「親分が名を上げた七人は、すべて裏がとれやした」

ゴメスの前に、菰八が膝《ひざ》をそろえた。

「出島の探索とつき合わせてみたんですが、七人のうち三人は、除いてもいいと思いやす」

「それでもまだ四人もいるのか」

ゴメスがうんざりとする。

柳橋へ出向いてから、五日ばかりが過ぎていた。

ゴメスは芸者衆の話を、ひと言もききもらしていなかった。覚を恨んでいると思われる者は十四、五人もあがったが、そのうち七人をゴメスはえらび出した。いずれもそこそこの財力があり、なんらかの外との繋《つな》がりを持っている人物である。大量の阿片をととのえ海外でさばくには、そのふたつが不可欠と踏んだのだ。竹内ら出島の役人たちが、筧が役目にあった頃の記録を寝食を忘れて洗いあげ、もれた人物がないことを裏付けた。

「四人を細かく探るとなると、総出であたっても、それ相応の時間《とき》がかかるな」

三月も半ばになれば芥子《けし》が開花する。今年の抜け荷を阻止しなければ、江戸国が対外的に面倒な状況に追い込まれるのは必至である。

「領内検《あらた》めが行われさえすれば、芥子畑が見つかるやもしれません」と朱緒が進言する。

粟田は白紙に戻った領内検めを、やはり行うよう田安に働きかけている。

「たとえうまく運んでも、領内くまなく検めるとなると半月以上はかかろう。万一不発に終われば事だしな。しょうがねえ、やはり一応動いておくか」

大儀そうに言って、四人に絞られた名前の一覧を畳に放り投げた。

「親分、喜平さんが見えました」と辰次郎が廊下に顔を出した。

「帳簿をお持ちしたんですが、おとりこみ中でしたか」

「いや、構わねえ」とゴメスが招じ入れた。

飯屋の主、喜平は勘定に明るく、裏金春の金の賄《まかな》いも引き受けている。遠慮がちに座敷に入ってきた喜平が、畳に広げられたままの名書きに、ふと目をとめた。

「懐《なつ》かしい名前がありやすねえ」と目を細める。

「どれだ？」

喜平が指をさした名前に、辰次郎と朱緒がはっとする。十万保基の名であった。

「おめえさん、こいつと知り合いかい」

「いえいえ、そんなんじゃありやせんや。昔日本にいた時分、ずいぶんと騒がれたお人ですからねえ、そいつを思い出したんでさあ」

「そんなに人気があったのかい」

「人気と言やあ、一時はそうでしたね。若い有望な議員として、派手に売れてやしたからね。ところがまもなく、やくざとのつきあいが世間に騒がれやしてね、さんざん叩《たた》かれたあげく、議員を辞めさせられちまいました」

ゴメスが思わずとびついた。「やくざと繋がりがあったってなぁ、本当かい」

「真相は結局、わからず仕舞いでした。日本は集まるネタが多い分、飽きるのも早くてね」

喜平が糸瓜《へちま》のような長い顔に、苦笑いを浮かべる。

「日本の一家とつきあいがありゃ、外で阿片をさばく手蔓《てづる》があるってことになるな」

「もしそうなら、外との仲介役が要りやすね。十万様は江戸に入って二十八年、手紙のやりとりだけじゃあ、いくらなんでも埒《らち》があかねえ」と菰八《こもはち》が指摘する。

「そうだな、十万家からこの数年、外へ出た者がいねえか調べてみろ」

かしこまりやした、と菰八が即座に応じる。

「そういや、おめえも十万を知ってるって言ってたな」とゴメスが辰次郎に顔を向けた。

「え、おれ、そんなこと言いましたか」

辰次郎は柳橋での失言を、まるで覚えていない。朱緒の破談話を持ち出すのもはばかられ、

「いや、サクがあまり好いてないようだったから」とうまくごまかした。

「そうか、異人の世話役なら、麻衣椰の祭祀《さいし》なんぞも知っていたかもしれねえな。なんとなく繋がりそうな気配がするな」

舌舐《したなめず》りをするような表情は、ゴメスが俄然《がぜん》やる気になった証しである。

「菰八、出島の連中も使って、十万保基を余すところなく洗え」

へい、と菰八が頭を下げて、座敷を辞した。辰次郎がその背を追って声をかけた。

「おやじ、十万様と筧様の経緯《いきさつ》を、教えちゃくれねえか」

「おめえ、柳橋できいてきたんだろ。あらかた当たっていたぞ」

「それが、肝心なときに酔い潰《つぶ》れて寝ちまったもんで」

菰八は呆れながらも、晩で良ければ話してやると請け合った。

その夜、玄関脇の座敷でいつもの酒盛りがはじまると、菰八と辰次郎は部屋のすみに

場所を移した。もちろん、柳橋での泥酔の友、松吉も一緒に膝をならべている。

「おめえたち、高家《こうけ》ってわかるかい」

「高家と言やあ、吉良《きら》上野介《こうずけのすけ》でさあ」と松吉が即座に返す。

この手のことにはまるきり疎《うと》い辰次郎に、松吉がうんちくをたれる。

高家は幕府の役職のひとつで、朝廷への使いや殿中の作法など、幕府礼式の一切を司《つかさど》っていた。だが、いまの高家は、その頃とは役目が違うのだという。

「昔の高家のお役目は、いまの江戸ではふたつの宮家が担《にな》ってるんだ。城の東西に屋敷があるんで、それぞれ西の宮家、東の宮家と呼ばれてる。どちらも日本の宮家の血をひく家系なんだとよ」

このふたつの宮家は、武家に官や位を授ける、いわば昔の朝廷の役目もこなしていた。

「とはいえ、昔と違っていまの江戸じゃあ、儀式のたぐいはだいぶ省かれているようだがな」

「伝統、伝統と言ってるわりに、案外手抜きなんだな」

「儀式や祭礼は金食い虫だからな。そのあたりは、経費削減というやつだ」

巨費を投じていまの江戸を造った、いわば創始者たちは、七割方が起業家や実業家であった。このため、ある意味いまの幕府は、合理や効率を考えて営まれている。

「このもっともいい例が、大奥を造らなかったことでぃ」

さらになめらかになる松吉の口調に、こいつは自分の出番はまだ先になりそうだと諦めた菰八が、煙草《たばこ》盆に手をのばした。

「大奥って、ちょっと楽しみにしてたんだけどな」と、辰次郎は残念そうだ。

「まあな、大奥と言やあ男の浪漫《ろまん》だからな。けど目一杯金がかかる割に、思ったほどの成果は出なかったもんで、この江戸の初代様は、別の方法を考えたというわけよ」

大奥の役目は、将軍の世継ぎを作ることにある。しかし実状は、徳川十五代のうち、世継ぎに恵まれぬ将軍は何人もおり、そのつど御三家などから養子をとるはめになったのだ。

「初代様にはもともとお世継ぎがいなかった。正確に言うと、子供はふたりいたが、ふたりとも江戸には入国せずに日本に留まったんだ。初代様は大奥を造る代わりに、自分を含めた六人を、御三家、御三卿《ごさんきょう》と決めた。その六家から、適当な人物を将軍にえらんで、残る五家が老中に就くといういまの制度を決めたんだ」

「あれ？　それだと将軍家ってのは、実在しないことにならないか？」

「平たく言やあ、そういうことだ。初代様は尾張《おわり》、二代様は水戸《みと》、いまの三代様は一橋の出だが、将軍就任とともに徳川を名乗るってえわけよ」

いまの将軍家の実態を初めて知った辰次郎は、なにやら狐《きつね》に化かされたような気分だ。

「それだと次の将軍を決めるとき、喧嘩《けんか》になったりしないのか？」

「そいつもうまくできててな。将軍様ひとりの権威は、それほど大きくねえらしい。その代わり、御三家、御三卿の権威が、とてつもなくでけえのよ。代が替わっても、みんな将軍か老中になるんだからな。いまの幕府は、この六家が動かしているというわけだ」

「毎度同じ顔ぶれじゃあ、どんどん腐っちまいそうな気がするな」

日本の民主政治のもとで育った辰次郎には、この手の封建制度は、なにかしら危ういような気がしてならない。

「それそれ、幕府を腐らせないための正にその役目が、いまの高家なんだ」

脇で黙って煙管《きせる》をふかしていた菰八が、高家という言葉に、やれやれといった顔をする。

「数ある幕府のお役目の中で、唯一《ゆいいつ》老中に意見できるのが高家なんだ。高家が反対すれば、ご老中たちも再考しなきゃならねえ決まりになってんだ」

「うーん、よくわかんねえけど、日本の参議院とか米国の上院みたいなもんか？」

「まあ、そうとも言えるが、御意見番と言ったほうが近いな。高家は八人いるんだが、世襲じゃねえんだ。将軍が代替わりするたびに、一斉に入れ替えられる。えらばれるのも旗本とは限らねえ。農、工、商に医者や学者、芸術に芸能と、あらゆる分野の専門家から八人が高家に据えられるんだ」

長談義を終えた松吉は、冷めた番茶を飲みほした。

菰八が、煙管の灰を落として苦笑する。「ようやく終わったかい」

「えーっと、ああ、十万保基様の話だったんだ」

すっかり話が逸《そ》れてしまったものだから、辰次郎は本題を思い出すのに難儀した。

「十万保基様はな、いまの三代様の高家のひとりだったんだ」

満足そうな顔の松吉に代わり、菰八が話しはじめた。

「へえ、じゃあ何かの専門家だったんすか」

「一応、外国事情に詳しいってふれこみだが、金で高家の地位を手に入れたと、もっぱらの噂《うわさ》でな」

唯一、老中の意見を左右できる高家は、当然のことながら各所からの付け届けも幕閣一である。一代限りとはいえ、その一代で三代分の巨富を築くとも言われていた。

「十万様はなんとしても高家に就きたかったらしく、その働きかけのために、それこそ湯水のように金を使った。その甲斐《かい》あって四年前、三代様の高家になったんだが、それからわずか一年で職を解かれちまってな」

「でかい失敗でもやらかしたんですかい」と訊《たず》ねたのは松吉だ。

「いや、高家に就くために贈った賂《まいない》の数々を咎《とが》められたんだ。十万様を追いつめたのが、当時大目付だった筧様よ」

菰八が小さく笑い、きき手のふたりにも話の焦点が見えてきた。

「でもそれで恨んでるとすりゃ、逆恨みじゃねえか」と松吉が反論する。

「まあな。だが袖《そで》の下なんぞ、どこにでも横行しているからな。十万様にしてみりゃ、てめえだけが槍玉《やりだま》に上げられたように思ったんだろうが、ばらまいた金というのが半端《はんぱ》な額じゃなくてな」

「それだけ注ぎ込んで一年で免職じゃあ、元金もとり戻せないというわけか」

「そんとおりだ。高家になりゃ存分に入ると思っていたからこそ、惜しみなくまいたところが当てが外れた。大金持ちの十万家とはいえ、万両近い損をしたようだ」

「一万両というと……ええっ、十億円！」

「おめえ、いい加減その癖やめろよ」

未だに日本円に換算する辰次郎を、松吉が横目でにらむ。

「それだけ大きな賄賂《わいろ》なら、辞めさせられても仕方ないっすよ」

呆《あき》れる辰次郎に、ところがそうでもないんだ、と菰八が続ける。

「高家はなにせ権威があるからな。誰も高家の不正なんぞ突つかねえし、多かれ少なかれ賂は流れてる。ところが筧様は高家だろうとお構いなしで、しかもしつっこい。他の役人なら大目に見るような些《さ》細《さい》な金の流れまで、それこそ重箱のすみをつつくようにして調べあげた。そこまで綿密にやられりゃ、老中とて動かねえわけにいかねえからな」

「なるほどな、十万様にしてみりゃ、筧様さえいなければと思うかもしれねえ」

「ところがな、話はそれで終わらねんだ」

菰八が一升徳利《どっくり》をかたむけた。それを見て、辰次郎も自分の茶碗《ちゃわん》に酒をそそぐ。柳橋で懲《こ》りたらしい松吉は、未だに酒に手をつけないが、辰次郎の飲酒は復活していた。

「高家を解かれて一年と五月《いつつき》の後、皮肉なことに、またも十万家は筧様に痛い目を見せられる。今度は父親じゃあなく、息子のほうだ」

あ、と辰次郎は胸の内で叫んだ。それがサクの話にあった、十万家の長子に違いない。

「倅《せがれ》の保意様は、子供の頃から評判の秀才だったんだが、ひとつだけ悪癖があってな、女に殴る蹴《け》るの乱暴を働くってえ嫌な性分だ」

「いちばん許せねえたぐいの野郎だな」と、松吉が大いに憤慨する。

妹の津和が折檻《せっかん》を受けていたのも、この病じみた悪癖のためだろう。

「吉原で二度、三度、女郎を殴って騒ぎになったが、そのたびに父親が金の力で事を収めていたようだ。ところが息子の悪行を見逃さなかった役人がいた」

「そうか、それが北町奉行に就いた、筧様だったんですね」

松吉が膝《ひざ》をたたき、菰八がゆっくりとひとつうなずいた。

「吉原ってところは、所詮《しょせん》、金次第だからな。金さえ積まれりゃあ、茶屋も妓楼《ぎろう》も口をつぐむ。ところがまたもや筧様が、しこたま混ぜた納豆みてえに調べを続けた」

「それで息子は廃嫡《はいちゃく》されたんすね」

朱緒からきいていたことを、辰次郎がついうっかりと口にする。

「廃嫡までならまだ良かったんだがな」

松吉が身を乗り出した。「それだけじゃねえんで？」

「筧様の執念が実って、前に起こした暴力沙汰《ざた》まで露見しちまってな。倅は流罪《るざい》になった」

嫡男が島流しとあっては、大身旗本である十万家の面目は丸潰《まるつぶ》れである。それでもお家断絶だけは免れて、十万家は娘に婿《むこ》をとり、どうにか急場を凌《しの》いだのだった。

「家は続いたものの、家禄はずいぶんと没収されてな。婿はまだ若いから、たいした役目にもつけねえと、まあ十万様にしてみりゃ、踏んだり蹴ったりといったところだろうさ」

長い話を終えた菰八が、重そうに腰を上げた。女房子供のいる長屋へと帰っていく傘の下の無骨な背を、辰次郎と松吉が木戸口で見送った。

外は霧を吹いたような雨だった。

出島の調べにより、一昨年の七月に、十万家の家老が日本へ渡ったことが知れた。外庭番がその行方を追っているが、所在はまだつかめていない。

外庭番とは、国外の御庭番のことであり、諸外国にて探索にあたる者たちである。長崎奉行所の管轄《かんかつ》の許《もと》、常に百名ほどが放たれていた。

十万保基が日本で議員をしていた頃の秘書が、この家老だということだけは、外庭番がつきとめて、この男が外で阿片をさばく段取りをつけたのではないかと目された。

一方でゴメスは、麻衣椰の長老に会い、十万家の者が祭祀の内容を知る機会がなかったかと訊ねた。長老は否《いな》と言った。昨年行われるまで、祭祀について知る者は長老ほか数人に限られ、村外の者の前で滅多に口にするような事柄ではないと告げた。

その頃、辰次郎は、水道橋の辺りをうろうろしていた。西に水戸家の広大な上屋敷があり、東側は小禄の御家人たちの組屋敷になっている。

ゴメスが十万家を疑惑の筆頭にあげて以来、サクの拾った根付のことが、辰次郎の頭の中で次第に首をもたげてきたのだ。朱緒がいくら信じていても、根付を落とした侍がもしも十万左内なら、また、サクを襲ったのが、やはり左内の家来であるなら、何か良からぬことをした痕跡を隠そうとしたのではないか、そう思えて仕方がなかった。

一昨年、伝通院で異国市が開かれた八月十七日、この辺りで変わったことはなかったか、辰次郎は近隣の岡っ引きを訪ね、通りすがりの物売りなどにも訊《き》いてまわったが、目ぼしい話は拾えなかった。一年半より前のことだから、人々の記憶も頼りない。

今日のところはあきらめて、辰次郎は堀沿いを湯島聖堂へと、疲れた足を引きずっていった。

武家屋敷ばかりのこの周辺は人気《ひとけ》に乏しく、聖堂の前までは茶店の一軒もない。

参拝客相手の茶店でひと休みするつもりでいたが、ふと思いついて聖堂をそのまま素通りした。奈美の働く織屋高田屋が、ここから目と鼻の先であることを思い出したのだ。

神田川にかかる和泉橋《いずみばし》から北へ数町はいると、高田屋のある神田藤堂町である。

高田屋の表店の脇《わき》から裏へまわると、庭先から薄茶色の犬がとび出してきた。

「元気そうだな、コロ」

コロが尻尾《しっぽ》を千切れんばかりにふって、歓迎の意を示す。この賢い犬は、たまにしか訪れぬ辰次郎のことも、ちゃんと覚えているのだった。

「おや、あの小うるさいのが一緒でないとは、珍しいじゃないか」

織場の顔役、お甲《こう》が、松吉がいないことに驚いてみせる。結い上げた白髪に玉簪《たまかんざし》の翠《みどり》が映え、白い花びらを散らした黒地の着物に水色の帯という出《い》で立《た》ちは、柳橋望酒楼の女将にもひけをとらない。

「ほんと、辰次郎がひとりで来るなんて珍しい。初めてだよね」

機織《はたおり》を中断した奈美が、お甲の後ろから顔を出した。

「松吉は出島にいることが多いから、最近は一緒にいるほうが少ないんだけどな」

「そのうち夫婦《めおと》漫才でもやるんじゃないかって、織場じゃ評判よ」

「そんな口の悪いことは、どうせ奈美が言い出したんだろ」

昌平橋《しょうへいばし》のたもとで買ったわらび餅《もち》をさし出すと、織場の娘が茶を運んでくれた。

七人の織方のうち、三人が十代の娘であるために、織場の茶飲み話はかしましい。

娘のひとりが、昨日、和泉橋で起きた騒ぎを話題に持ち出した。

「おぼれていた子供が、橋の下で助けられたんだけど、その子の身元がどうしてもわからなくてずいぶんと往生してね」

町方役人や岡っ引きが、この辺りの長屋へも子供の親を探しにきたという。

「晩になってようやく、舟河原町の子供だってわかったの」

「舟河原町って、外堀沿いだろう。また、えらく遠くから来ていたんだな」

「それが歩いてきたんじゃないの。舟河原町の近くで外堀に落ちて、そのまま神田川まで流れてきたってんだから、びっくりでしょ」と奈美が後を引きとった。

思わず眉唾《まゆつば》な話かと疑ったが、織場の皆は真顔である。舟河原町は、御城から北西にあたる外堀沿いにある。そこで落ちて和泉橋まで流されたというなら、子供は外堀をほぼ三分の一周し、さらに神田川を半分ほども水に浸《つ》かっていたことになる。

「あの外堀は、流れらしい流れもないだろう。子供のからだだって動きそうにないけどな」

見てきたばかりの外堀は、ゆるい寒天のようにまったりと淀《よど》んでいた。

「雪解け水と前日の雨で、外堀や神田川の水嵩《みずかさ》が増してたから流されちまったんだろうって。かえってそのおかげで、川床の段差で怪我《けが》をすることもなかったんだって」

「そんな長い距離を、おぼれずに来れるものかな」

「途中でしがみついた板っ切れにつかまってたから、沈まずにいたらしいわ」

「待てよ」

辰次郎の頭に、ひらめくものがあった。

「そうか、外堀で落ちて神田川に流れることもあるんだ。いや、そこから大川や江《え》戸湊《どみなと》にだって行き着くかもしれない」

「なに、あたりまえなこと言ってんのよ」

「そうだよ、水道橋の辺りだけ探っても駄目なんだ」

織場の皆が怪訝《けげん》な顔をする中で、辰次郎はひとり、小躍りせんばかりに喜んでいる。

「ここに来て本当に良かったよ。この前といい、奈美とコロには世話になりっ放しだ。今度また荷物持ちでもなんでもするからよ。じゃあな、コロ、またな」

挨拶《あいさつ》も早々に、辰次郎が風のように出ていった。

「なんだい、あれは」と、お甲はすっかり呆れている。

「さあ……そういえばだいぶ前にもこんなことがあったような……。ねえ、コロ」

コロは、辰次郎の去っていった方向と、奈美の顔を交互に見ている。

「まあ、陽気が良くなると、ああいう手合いが増えるからね」

肩をすくめたお甲が、呑《の》み差しの辰次郎の茶碗に目をとめた。

白い茶碗の中には、茶柱が一本立っていた。


「辰次郎、出たぞ」

「本当すか、竹内様」

うなずいた竹内の顔には、たしかな手《て》応《ごた》えがあった。

高田屋できいた子供の話から、辰次郎は探索の範囲を水道橋付近から、神田川、大川、江戸湊にまで延ばすことにした。それなら自分で歩きまわるより、町方をあたるほうが早い。辰次郎は竹内に打ち明けて、南北町方の記録を調べてもらったのだ。

「おまえが言った日にちの翌朝、大川に男の仏が上がったんだ」

「仏……」

辰次郎の喉《のど》がごくりと鳴った。死骸《しがい》は岸に上がったものではなく、両国橋の橋脚にひっかかっていたのを、荷舟の船頭に発見された。その日は夜半から朝にかけて、篠《しの》突くほどの激しい雨が降った。水道橋辺りから流れてきた目算は充分にあり得る、と竹内がつけ加えた。

「この仏は喉をかき切られていて、水を呑んだようすはなかった。死んですぐに川に捨てられたものと思われた」

「下手人は、あがらなかったんですね」

「実はちょうどその頃、同様の辻《つじ》強盗が出ていてな。同じ奴《やつ》の仕業とされたんだ」

夜更けに通行人を刃物で脅し、逆らえば喉をかき切るという荒っぽい手口で、その仏が上がる前に、ふたりが犠牲になっていた。

「ところがそれから半年も経《た》って、この強盗が捕縛された。十七と十八の若いふたり組で、親はどちらも、そこそこの店《たな》の主《あるじ》だ。遊ぶ金欲しさに人殺しまでしたという、ひどい話でな。拷問《ごうもん》にかけるまでもなくあっさり白状したのだが、両国橋の仏だけは、知らぬ存ぜぬの一点張りだった」

　このふたり組は、捕まるまでに何度も犯行をくり返したそうだが、なまじ市中で話題となっていたために、災難に遭った人々は、一様に大人しく金をわたした。これが幸いし、人死には両国橋で上がった仏が最後となった。

「ふたりも三人も死罪は変わらぬから、嘘《うそ》をつく利もない。騒ぎに乗じて真似《まね》する輩《やから》は多いから、そのたぐいのものであろうと断じられ、結局咎人《とがにん》は未《いま》だあがらず仕舞いだそうだ」

　日本であれば、無期と死刑の分かれ目となりそうな話だが、この江戸では金目当ての人殺しは、ただちに死罪である。

「その仏さんの身元は？」

「おお、それよ。調べてみると、大変な人物であったわ。名前は八九郎《やくろう》、歳《とし》は二十八。千駄木町の小さな駄菓子屋の主だ」

「それが大変な人物なんすか」

「そう焦《あせ》るな。この男、死ぬふた月前までは、須藤《すどう》八九郎という歴とした武士であった。駄菓子屋は女房の実家《さと》でな、侍を辞めた後、身を寄せていたものらしい」

「その須藤様は、ひょっとして筧様の家臣だったとか」

「外れだ。いくら頭をひねってもわかるまいよ。おれも知ったときは、腰が抜けそうになったわ」

「竹内様ぁ、勘弁してくださいよぉ」

わかった、わかった、と竹内が笑いを引っ込め真顔になった。

「須藤八九郎は、一昨年《おととし》の七月までは、小石川御薬園の役人だった」

「まさか……」

「そうだ。須藤は御薬園奉行、岡野理左衛門《おかのりざえもん》様が家臣。芥子《けし》畑にたずさわる役人のひとりだった」

思いも寄らなかったところをくすぐられたように、一瞬で鳥肌が立った。

十万家と阿片が繋がったのみならず、長いあいだ探し求めていた阿片のもれたからくりに、ようやく突き当たったのだった。

「なんだってそんなことが、いままでわからなかったんだ！」

報告を受けたゴメスが、いきなり怒鳴りつけた。竹内と辰次郎は身を縮めたが、ゴメスはふたりに対してではなく、御薬園の探索にあたった町方役人に腹を立てていたのだった。

「須藤八九郎が役目を辞したのは、ひとり息子を病で亡《な》くした気鬱《きうつ》がためということで、たしかにその頃の須藤は、自身が半病人のようにやつれきっていたそうです。なんら怪しいところはなかったために、岡野様も町方へはことに話されなかったようです」

半ば町方をかばうように、竹内が申し述べる。

「その須藤とかが、阿片を持ち出した形跡は」

「それはありません。なにより須藤は芥子畑の役人の中では若手にはいり、阿片をあつかうことはできませんでした。御薬園側もそれ故《ゆえ》、知らせなんだと。ただし……」

「種だな」

ゴメスの低い呟《つぶや》きに、竹内がうなずいた。

「須藤八九郎は煎《い》った種を、問屋にさばく役目に就いておりました。厳密に言えば、生の種はあつかえず、種蔵《たねぐら》にも出入りできぬ立場にありましたが、芥子の実ができ、種のとれる時期は所内も繁多となる故、種の秤量《ひょうりょう》を手伝うことはあったそうです」

「なるほど……秤量のときに煎った種を持ち込んで、生の種ととり替える……大方そんなところだろう」

　風がうなるたびに、濡れ縁に雨粒が叩《たた》きつけられる音がする。外は春の嵐《あらし》だった。

「須藤殿と十万家とのあいだには、何か関わりがあるのですか」

　朱緒の細い声が、竹内に問う。辰次郎が痛ましい眼差《まなざ》しを向けた。朱緒と左内のことだけは、竹内にも話していないが、朱緒の動揺は察するに余りある。

「それだけはどうしても見つからなかった。強いて言えば、須藤殿と廃嫡《はいちゃく》された十万家長子保意殿が同じ歳というくらいだが、学問所も道場も違い、双方のあいだに繋がりはなく、なにより、当時すでに保意殿は流罪《るざい》になっていた。ただ、須藤殿は金に困っていたようだから、その弱みにつけこまれたのではないかと」

「芥子畑の役人は、他所《よそ》より手当てはいいはずだがな」

　芥子や阿片を悪用せぬよう、身分の割にはかなりの禄が出されているという。

「須藤様は病気の息子さんのために、大金が必要だったみたいです」と辰次郎が告げた。

　竹内と辰次郎は、この報告の前に、千駄木町に須藤の妻女を訪ねていた。幼い息子は不治の病だった、と話す妻女は、まだ三十にも届いていないというのに、白髪の目立つ乾いた髪と、生気の抜けた顔は、どう見ても四十過ぎにしか見えなかった。

「どこの医者にも匙《さじ》を投げられたそうですが、ひとりだけ治ると請け合った医者がいて、その代わり高い薬が必要だと、法外な値を告げられたそうです」

夫婦はいったんは諦《あきら》めたものの、やがて須藤が金を工面し、医者に支払った。妻女は岡野家から借りたという須藤の言葉を鵜呑《うの》みにしていた。

「なるほど、その金が十万から出たというわけか」

「でも、その医者が実はインチキ医者で、金を受けとって逃げちまったそうです。追い討ちをかけるように、それから間もなく息子さんは亡くなりました」

妻女の哀れな姿が思い出され、辰次郎の胸の中がちりちりと焦《こ》げた。

「案外その偽《にせ》医者も、十万が差金《さしがね》だったのかもしれねえな」

金で動く者を物色するより、そう仕向けるほうがたやすい、とゴメスが指摘する。

「お可哀相《かわいそう》に……須藤殿はさぞ悔やまれたことでしょうね」と、朱緒が声を落とす。

「おそらく、そのために須藤様は殺されたようにも思います。殺されたのは八月で、ちょうど芥子の種をまく時期です。役人として決してやってはいけないことをして、あげくに息子さんが死んじまった。たぶん須藤様は天罰みたいに思ったんじゃないでしょうか。せめて芥子をまくことだけは止めたいと、十万家に掛け合いに行ったんじゃ……」

持論を語っていた辰次郎が、ふとゴメスに目をとめた。ゴメスの手の中の茶碗《ちゃわん》が、宙で止まっている。辰次郎は、おそるおそる声をかけた。

「親分、なにか……」

「繋《つな》がったじゃあねえか」

「……繋がりって、十万家と須藤様の……」

「違《ちげ》えよ、麻衣椰村と十万のことだ。さっきおめえが言ったことがとっかかりになった」

　ゴメスが竹内に顔を向けた。当の竹内は、要領を得ぬ顔をする。

「どういうことでございますか」

「麻衣椰村の祭祀《さいし》の内容をどこで知ったのか、ずっとわからず仕舞いだったが、そいつがようやく解けたぜ。たぶんそれをききだしたなぁ、十万の倅《せがれ》だ」

「でもあの息子は、島送りに……」

　あっ、と辰次郎が叫んだ。

「まさか、サクの親父《おやじ》さんから！」

「おうよ。長老の息子なら、祭祀について知っててもおかしかねえ。そいつを十万の倅に教えたんだろう。こんなことに頭がまわらねえとは、おれもうっかりしていたもんだ」

「ですが、島に出入りする手紙や品物は、島役人が必ず改めます。怪しげなことが書いてあれば、すぐに見つかるはずです」

「竹内、島役人の半分は常駐だが、もう半分はどっから遣わされる」

「……大番組……そうか、十万家の婿《むこ》殿は、大番組組頭でございました」

「もうひとつおまけに、御薬園の芥子畑にも、大番組から警護が出張る。ひょっとすると、最初はそれを利用して種を持ち出すつもりだったのかもしれねえ。思った以上に御薬園の管理が厳しくて、須藤を抱き込んだんじゃあねえかな」

　頬を紅潮させて、竹内が同意した。「充分有り得ることと存じます」

「こいつぁ、面白くなってきた。明日早速、長老に訊《たず》ねてみるか」

　上機嫌なゴメスの傍らで、朱緒が血のにじむほど唇をかみ、畳に手をついた。

「申し訳ございませんでした。私の勝手な料簡で、探索に遅れを生じさせてしまいました」

「朱緒様、それは……」

　ここで槍玉《やりだま》にあげるつもりなぞ毛頭なかっただけに、辰次郎がおろおろする。

　それでも朱緒は、左内との破談からここまでに至った経緯を、具《つぶさ》に申し述べた。

「三芳殿は、左内殿を信じておられたのだな」

　話し終えた朱緒に、竹内は情のこもった目を向けた。

「私が迂闊《うかつ》でございました。左内殿は恐らく、もう昔の左内殿ではないのでしょう。大番組組頭の地位をそのような悪巧みに使い、あげくに人殺しまでするとは……」

「まだ左内様がやったかどうか、証《あか》しはありませんし……」

辰次郎が慰めにもならぬ気休めを口にする。

「毒食わば皿までってとこか。生真面目《きまじめ》な野郎ほど、加減知らずに落ちるもんだ」

悄然《しょうぜん》と項垂《うなだ》れていた朱緒が、ひたとゴメスをあおぎ見た。

「いかようなお咎めも、お受けいたします」

「いい心掛けだ」

ゴメスが躊躇《ためら》いなく朱緒の頬を張った。朱緒の軽いからだが、したたかに壁を打つ。白い頬が、見る間に真っ赤に腫《は》れ上がった。

「今日は気分がいいからそれで勘弁してやらあ。だが、次はねえからな」

どうにか身を起こした朱緒が、ふたたび平伏した。

ゴメスが酒を所望し、辰次郎と朱緒が座敷を出ていくと、竹内がゴメスを見上げた。

「お奉行も人の悪い。三芳殿と十万家の関わりなど、とっくにご存知のはずでしょう」

「あれにはいい薬だ」とゴメスが、分厚い唇を動かさずに呟いた。

翌朝、出島へ赴く仕度をしていたゴメスの許《もと》へ、良太が走り込んできた。

「今度はなんの騒ぎだ」

「いや、こいつは滅法いい知らせでして」

「ほう、いったいなんでぃ」

「北町の筧様が、牢《ろう》から出されやした」

「なにぃ」

　ふり向いたゴメスの面相は、明らかに不快がにじみ出ている。筧にとっての朗報を、ゴメスが喜ぶわけもないことに、ここにきて思い至っても後の祭である。

「いや、その、お沙《さ》汰《た》があるまでは、赤坂の私邸にお留め置きってことで、北町に返り咲くにはしばらくかかるそうでやして」とたちまち弁解じみた調子になる。

「屋敷に種を入れた奴が、わかったのか」

　上からにらまれた良太が、身をすくませてうなずいた。

「真鍋にしちゃ、ずいぶんと手《て》際《ぎわ》がいいじゃねえか。そう楽に見つからねえだろうとふんで、よけいな助言をしたってえのに」とゴメスがぶすっとする。

「それが……北のお役人たちが、筧様仕込のねちこい探索でつきとめたらしいんす」

「誰だ」

「浅草三軒町で、以前十手《じって》を預かっていた野郎で」と良太は、その岡っ引きの名を告げた。

「筧に十手をとり上げられたって奴《やつ》か」

　ゴメスは芸者衆の話の中に、その名があったことを思い出した。

「へい、そのとおりで。日頃から呑んで管巻いちゃあ、筧様への不平をならべてたようです」

「そんな半ちくな野郎が、どうやって屋敷に入れたんだ」

関心を持ったらしく、怒気を引っ込めたゴメスが胡坐《あぐら》をかいた。

「去年の秋の終わりに、庭木に冬囲いをするってんで、出入りの植木屋が八人ほども入ったそうです。この植木屋は昔から屋敷に出入りしてる馴染《なじ》みで、怪しいもんじゃねえんですが、連中が帰った後に、忘れ物をしたと言って戻った奴がいたんで」

「そいつがその、元十手持ちだったってわけか」

「へい。屋敷の者も、親方はともかく若い者までいちいち顔は覚えちゃいやせん。同じ法被《はっぴ》に鉢巻をしてりゃ、植木屋だと思うのも無理はねえってもんで」

植木屋に化けた元十手持ちは、花鋏《はなばさみ》を庭のどこかに忘れたと言って探しはじめた。すぐに見つかるようすがなかったために、案内した下女は、いったんその場をはなれた。

「その隙《すき》に芥子の種を隠したんだな」

「奴《やっこ》さんは騒ぎが起こるまでは、芥子の種だとは知らなかったようでやすがね。頭巾《ずきん》で顔を隠した侍から頼まれたそうで。大枚の金を貰《もら》った上に、筧様を困らせることができるときいて、大乗り気で引き受けたらしいっす」

「そういやあ、芥子粒は、筧の屋敷のどこにあったんだ?」

「紙に包んで、庭に面した書院の、地袋の天井に張りつけてあったそうです。念の入ったことに、置き場所も侍から教えられたとか」

「なるほど、年の瀬の煤払《すすはら》いでも、見つからなかったというわけか」

天井に接して造られた袋戸棚を天袋というのに対し、床に面した棚を地袋という。

「たとえ種の経緯がわかっても、寛があの麻衣椰村と繋《つな》がりがあったなぁ事実だ。こいつがある限り、寛の放免は有り得ねえと思っていたがな」

「それがどうも、阿片《あへん》とはまったく別口の大物を、寛様が釣り上げなすったそうなんで」

とっておきのネタらしく、良太が得意そうに鼻の下をこすった。

「それが効を奏したってえのか。大物ってなぁ、いったいなんだ」

「すいやせん、そこまでは……」

中途半端なネタ披露に、ゴメスの狐《きつね》のような目が、再び良太をにらみつける。

「あの小うるさいのが牢を出たとは面倒なことだ。野郎にひっかきまわされる前に、とっとと十万を片付けちまいてえところだな」

朝っぱらからつまんねえ話を、と良太が小声であやまった。

朱緒とともに出島に向かったゴメスは、長老に己の推量を告げた。

「言われてみれば、息子ならたしかに祭祀の内容を知っていました。しかし、村外の者に軽々しく言いふらすとは……」

「帰る見通しもねえ見知らぬ者ばかりの過酷な暮らしで、つい気がゆるむこともあるんじゃねえか。島民以外に話がもれぬとの、油断もあったかしれねえぜ」

　そうかもしれません、と神妙に応じ、長老がしばし瞑目《めいもく》した。

「これはお話しすまいと思っていたのですが……」長老がおもむろに口を開いた。「息子はどうも、私たちがご禁制の芥子に手を出したことを、知っていた節があるのです」

「島にいたおめえの息子がか？」

「はい、そのために己が死ぬことになるやも知れぬと、あれの最後の便りにありました」

「ちょっと待て。島とのやりとりはすべて、島役人が検《あらた》める。そんなことが書いてあれば、目にとまるはずだ」

「手紙は、古い麻衣椰語がわからなければ、本当の意味が通じぬように書かれてました。息子は、知恵を絞ったのだと思います」

　手紙が村にあることをたしかめると、ゴメスはただちに麻衣椰村へ韋駄天《いだてん》を走らせた。

　韋駄天は、午前《ひるまえ》には手紙をたずさえて出島に到着した。

「師走《しわす》二日、これですね」

なかなかの達筆で書かれた手紙を、朱緒が長老に見せた。

「私は江戸語の読み書きはできません。すみませんが、読んでもらえませんか」

「江戸語でなければいけぬとは、外国の方には難儀なことですね」

島を出入りする手紙は、検閲の要から江戸語のつづりが求められる。読み書きのできぬ者は、島内の然《しか》るべき者に代筆を頼むのである。

「もともと麻衣椰語に文字はありません。以前は、母国の文字をあてていました」

目を丸くした朱緒に、音だけの言語は古い民族には案外多い、とゴメスが説いた。

「その中に、夢の話が出てくるはずですが」

手紙は、自身の息災を告げ、家族の安否を気遣う言葉からはじまり、島での生活がつづられているが、家族に心配をかけたくないものか、あたりさわりのない文面である。

長老の言った箇所を、朱緒が声に出して読んだ。

「昨晩は、観音様の夢を見た。この島に観音様が舞い降りて、私を川にかかる月へと連れていってくれる夢だった……夢に関することは、これだけですね」

「観音様ってのは、おめえらの芥子観音のことだろう」

「そうです。そして芥子観音は、芥子そのもののことでもあります」

「ではこの手紙の観音様は、芥子を表しているのですね」

「その次の、川と月は、どちらも麻衣椰では母親の象徴で、母親のことを古い言葉で、川にかかる月と言うのです。あれの母親である私の妻はとうに亡《な》くなっていますから、そこへ連れていかれるということは、死ぬという意味です」

「では、息子さんは夢の話を装って、芥子のために己の命が残り少ないと、そう伝えたかったと……」

皺《しわ》の寄った口をへの字に曲げて、長老がうなずいた。

「息子が死んだときかされたとき、これは天罰だと思いました。村が芥子に手を出した罪を、息子が背負わされたのだと、そう思いました」

「いや、違うんじゃねえか」

庭の築山《つきやま》のようなゴメスの巨体を、朱緒と長老が同時にあおいだ。

「違うとは？」

「芥子のために殺される、こいつはいいが、観音、つまり芥子が、島に降りたとあるじゃねえか。おめえの息子は麻衣椰村の芥子じゃあなく、島にある芥子のために殺される、そう言いたかったんじゃねえのか」

「まさか、流人《るにん》島で芥子が作られているというのですか！」

「なくもねえ、というか、もしやと思ったこたぁあるんだ。十万の倅《せがれ》が島送りになったと知ったときからな。だが流人島なら領内検めの心配はいらねえからな。その時期を狙《ねら》って騒ぎを起こしたってえ推測がはまらなくなるもんで、いまの話をきくまでは、どうもしっくりこなかったんだ」

「ご推察どおりとすれば、難儀なことになりましょう。島となると、夏が来るまで検めることもかないませぬ」

「そこが厄介なところだ」と、ゴメスが不満げに鼻を鳴らした。

用件を済ませたゴメスが、出しなにふと、長老をふり向いた。

「どうだ長老、息子が死んだのがおめえらのせいじゃなけりゃ、少しは気も晴れるか」

「いいえ、我らの罪は罪ですから」

用心深く、長老が答えた。

「殊勝な心掛けだ」

ゴメスは低く言いわたし、床板をふみ鳴らしながら吟味部屋を出ていった。

ゴメスと朱緒が出島の門を出たのは、晩飯どきもとうに過ぎた遅い刻限だった。

「ったく、あのじじい、人使いが荒いったらありゃしねえ」

ぶつぶつと文句をたらしながら、ゴメスが大股《おおまた》に地面をふみしめる。

「お白州が山積《さんせき》していたのですから、仕方がございませんよ」と朱緒がたしなめた。

日頃出島にさっぱり足を向けないおかげで、ゴメスが裁くべき罪人がたまっていたのである。ゴメスの出仕に粟田はこれ幸いと、立て続けに白州を開かせたものである。

汐留橋《しおどめばし》にさしかかったところで、ゴメスがふと足を止めた。

「どうされました？」

提灯《ちょうちん》を足許にかざしていた朱緒が、主を仰ぎ見る。ゴメスは、橋の真ん中辺りをながめている。

「ありゃ、身投げかな」

荷物を胸に抱いた女の姿があった。それを朱緒が認めたとき、女は欄干に足をかけた。

「いけないっ」

提灯を道に放り投げ、朱緒が駆け出した。欄干を越える間際《まぎわ》、朱緒の右手が女の帯を捉《とら》えた。一瞬ほっとしたのも束《つか》の間《ま》、女の草履《ぞうり》が橋の外側にすべった。その重みに耐えきれず、朱緒の手からはじけるように帯がはなれる。落ちる、と思った刹那《せつな》、女のからだが宙に止まった。

「世話ぁ焼かすんじゃねえや」

朱緒がつかみそこねた女の帯を、丸太のようなゴメスの腕が、がっしりと握っていた。

そのまま人形でも持ち上げるみたいに、ひょいと女を橋上に引き上げる。

「大丈夫ですか、怪我《けが》はありませんか」

朱緒が屈《かが》み込んだとき、女が抱えていた荷物から、大きな泣き声があがった。呆然《ぼうぜん》と座り込んでいた女の顔が、くしゃりと歪《ゆが》む。

「もう、どうしようもないんです。後生ですから、この子と一緒に死なせてください」

女が胸に抱いていたのは、赤ん坊だった。火のついたように泣きやまぬ赤子を抱きしめて、女が大粒の涙をこぼす。朱緒と同じくらいの年格好に見えた。

自分は近在に住む左官職人の女房だったが、亭主は先月、足場から落ちて死んだと、泣きじゃくりながら語る。

「あたしは生まれつき心の臓が悪くて、四月前にこの子を産んでから悪くなる一方で」

女の病的な青白さは、月明かりのためばかりではなさそうだ。

「亭主が残したわずかなお金もなくなって、あたしもこのからだじゃ働き口も見つからず」

女が腕の中で揺すっていた赤ん坊が、ようやく泣きやんだ。

「どのみちあたしは長くないんです。亭主もあたしもふた親とも死んじまってるし、縁の薄い親類の中でこの子が辛《つら》い目に遭うんなら、いっそ一緒に連れていこうと……」

「こんな可《か》愛《わい》い子がいるのに気弱なことではいけません。私にできることなら……」

「もう行こうぜ。こんな橋の上にいつまでも突っ立ってたら、寒くてかなわねえや」

河口にかかる汐留橋は、塩気を含んだ海風が絶え間なく吹きつける。

「いいじゃねえか、死にてえ奴に四の五の言ってもはじまらねえや」

「そのような薄情なことを」

一刻も早く権七の飯にありつきたいゴメスは、朱緒を残してさっさと行ってしまった。

主と女を交互にながめ、朱緒は困り果てた。懐《ふところ》から財布を出して、中身をすべて女にさし出す。

「これを当座の凌《しの》ぎになさい。それから日を改めて、私のところへいらっしゃい。及ばずながら、相談に乗りますから」と朱緒が、裏金春の所在を告げた。

だが、長崎奉行ときいて、逆に女が怖《お》じ気《け》づいた。

「滅相もない。まさかいまのお方があの有名なお奉行様だなんて」

ゴメスの芳《かんば》しくない噂《うわさ》は、このような町屋の女でもよく承知しているようだ。

「くれぐれも短慮はいけませんよ」

女が自分の許《もと》に来ることはあるまいと諦《あきら》めて、朱緒はそれだけ言いおいて立ち上がった。橋のたもとで朱緒が追いついたとき、ゴメスの大きな背が止まった。

「お奉行？」

のぞき込んだ朱緒に、ゴメスがにたりと笑ってみせた。表情を変えずに笑うこの顔は、何かを思いついたときだが、総じてそれは良からぬ企《たくら》みであることが多い。

「ちょいと待ってろ」

朱緒を残して、ゴメスはまた戻っていく。橋の上からこちらをながめていたらしい女のもとへ赴くと、何事か話しかけた。女が何度か首を横にふっており、その姿はどう見ても嫌がっているように見える。やがてゴメスが朱緒のところに戻ってきた。

「あの女に、何を……」

「たいしたことじゃねえよ。小石川の養生所に行くように言っただけだ」

「さようですか」

しきりに頭《かぶり》をふっていた女の姿が気になったが、朱緒はゴメスを追って小走りに駆けた。


「ねえ、兄い。なんで流人島には夏まで手が出せないんすか」

翌日、流人島に芥子畑の疑いがあると知らされた辰次郎は、木亮と寛治に訊《たず》ねた。

「夏にならないと、波が荒くて近づけないんすか」

「なんだ、おめえ、あの島のことを何もきいちゃいねえのか」

呆《あき》れる木亮に、辰次郎がこっくりとうなずく。

「仕方ねえな、教えてやらあ。流人島ってえのはな、昔に倣《なら》ってそう呼ばれているだけで、ほんとは島なんかじゃねえんだ。考えてもみろ、江戸の領内に島があるわけねえだろう」

江戸国の領土は陸地のみであり、海はすべて、日本から間借りしている格好なのだ。

「たしかに江戸からいっとう近い島といえば、伊豆七島になるもんな。じゃあ流人島って、いったいどこにあるんすか」

「市中から南西の方角にあたる山奥だ。流人島ってなぁ、人が出入りできねぇ深い谷底にあるんだよ」

辰次郎が目を丸くした。「……流人島って、谷のことだったんすか」

「ちょうど山が裂けたみてえに、幅のせまい細長い谷がいくつか口をあけててな、そのひとつが流人島なんだとよ。断崖絶壁の目が眩《くら》みそうな谷底に、流人たちが暮らしてるらしいぜ」

高いところの苦手な寛治は、言いながらぶるりと身震いする。

「それで、なんでその谷に、夏まで入れないんすか」

辰次郎が素朴な疑問を持ち出した。

「島を出入りするには、鎖のついた籠《かご》を使うしかねえんだが、あの辺りはことに風が強くてな、風のおさまる夏にしか、役人どもも降りられねえんだ」

おかげで島の検閲は、夏にしか行われないのだと、木亮が言った。

「実はな、夏以外でも入ることはできるんだが、出るのが難しいんだ」

籠の上げ下ろしは、鎖の巻きとり機械を使い、人力で行う。このため降ろすのは案外容易だが、逆に引き上げるとなると、何倍もの時を要するのである。

「島の上には島役人と籠の上げ下ろしの人足の他に、風見ってえ役目の者がいてな、こいつが風向きや強さを判じてその指図で籠を動かすようだが、暇のかかる上げの折には、途中で突風が吹いちまうことがあるらしい。昔何度もこれにやられて落ちた者がいてな、いまは風のねえ夏にしか、籠の巻き上げはやらなくなったんだ」

「なんかもっと便利な方法はないんすか」

「ばあか、便利に行き来できりゃ、罪人たちだって楽に出ちまうじゃねえか」

「じゃあ、島送りも夏にしかやらないんすか」

「それじゃあ伝馬町が一杯になっちまうからな。さすがに冬は無理らしいが、春と秋には風を見ながら罪人を降ろすんだ。降ろすのは難しくねえんだとよ」

「それで夏まで探索ができないってわけか……けど夏まで待ってたら、芥子《けし》が終わっちまうぜ」

「わかってらあ、だから困ってんじゃねえか」

木亮が苛立《いらだ》たしげに、辰次郎の頭をぱしりとたたく。

「なんとか潜入する方法はないんすか」

「そいつは無理だ。たとえ罪人にまぎれてもぐり込んでも、夏まで出られないんだぞ。いく月もいたあげく、密偵だとばれてみろ、なぶり殺しにされちまう。なにより島には、おれたちが捕縛した悪党どもも入ってるからな。すぐにばれちまわあ」

「島から出るものに目え光らせてりゃあ、少なくとも阿片が江戸から持ち出されることは防げるかもしれねえ。それで凌ぐしかねえだろうよ」と寛治が話を締めた。

辰次郎が焦《あせ》っているのは、サクのことがあるからだ。筧の濡《ぬ》れ衣《ぎぬ》は晴れても、麻衣椰村の罪は消えない。少しでも軽くするには、新たな芥子畑を見つけ、事の真相を暴く以外にないのだった。

木亮と寛治が行ってしまっても、辰次郎はただひたすら考えていた。


長崎奉行所同心の佐久間が、あわただしく裏金春に走り込んできたのは、その翌朝のことだった。佐久間は麻衣椰村を見張る、十数人の役人と小者の指揮をとっていた。

「申し訳ございません。長老の孫が、村を抜け出しました」

「サクが、逃げたと言うのですか」

ゴメスが口を開く前に、朱緒が佐久間に詰め寄った。

「馬鹿な……なぜそのようなことを」と我が事のようにとり乱す。

サクは見張りに当身を食らわせて、村から逃げたという。佐久間はすぐに市中に追っ手を放つと進言したが、ゴメスは無用だと退けた。

「どうせあの身なりでは町中で目立つ。町方に知らせておけば、早晩見つかるさ」

ゴメスの言ったとおり、その日の昼過ぎには、サクの所在が明らかになった。

「サクはどこにいたのですか、佐久間様」

ひとまず胸をなでおろした朱緒に対し、佐久間の表情は冴えない。常日頃からの渋面を、ますますしかめて朱緒に告げた。

「それがな、尾張町の博打場《ばくちば》にいたらしいのだ」

「まさか、何かの間違いでしょう」

「本当だ。しかも、賭場《とば》の胴元連中と喧嘩沙汰《けんかざた》を起こし、三人に怪我を負わせた。北町の同心に捕縛され、近くの大番屋にこめられているそうだ」

ゴメスの指示で、辰次郎と朱緒が番屋へ駆けた。サクは大番屋の格子《こうし》の奥に、膝《ひざ》を抱えていた。

朱緒が格子にとりついた。「サク、怪我は、怪我はないのですか」

派手にやり合ったらしく、藍色《あいいろ》の着物はあちこち裂けて、顔も腕もすり傷だらけだ。

「たいしたこたあねえんだ。心配させて、悪かったな」

顔を歪めて無理に笑うサクを、辰次郎が責める。

「なんだって、村から逃げたりしたんだよ」

「長いこと家に閉じこめられてたもんで、うさを晴らしたくなったんだ」

「嘘《うそ》を言うな。だいたいおまえが博打場なんて知ってるわけがねえ」

「以前、屋台の客からきいたことがあんだ。尾張町に楽しめる賭場があるってさ。いっぺん行ってみてえと思ってたんだ」

朱緒はじっと、サクを見つめた。「ただ遊ぶために、行ったと言うのですか」

「そうよ。けどあいつら、おれを子供だと思ってあからさまにイカサマしやがるから、頭にきて喧嘩になっちまったんだ」

サクはあくまでも、己がすすんで喧嘩沙汰を起こしたと言い張った。

「筧様はまだお戻りではありませんが、北町のことならお口添えして下さるでしょう」

「逆だよ、朱緒様。筧様はきっちり筋を通すお方だ。お裁きに手心なんぞ加えねえよ」

「そこまで考えて、尾張町の賭場をえらんだんだな。あの辺りは北の同心から十手《じって》を預かる親分の縄張だ。それも知ってて、わざと北町に捕縛されるようひと芝居打ったんだろう」

「なに言ってんだ、辰次郎。おれは、ただ、遊びたかった……」

「舐《な》めんじゃねえぞ、サク」

がっと格子を両手でつかみ、辰次郎が恐《こわ》い顔でにらみつけた。

「おまえ、やっぱり、島に送られようって魂胆なんだな」

サクの肩が小さくはねた。

「流人《るにん》島に芥子があるかもしれねえと、おまえの親父《おやじ》がそのために殺されたと、誰かからきいたんじゃあねえのか」

無言で両手を握りしめ、うつむく姿が、そうだと言っていた。朱緒が優しく問うた。

「サクは、お父上の仇《かたき》を討ちたいのですか」

「……違う、そんなんじゃねえ」

か細い声をもらし、嫌々をするように頭をふった。

「おれは芥子畑を見つけてえだけだ。村のみんなを守るためには、もうそれしかねえんだ」

「気持ちはわかりますが、おまえのような子供には無茶なことです」

「おれは子供だけど、長老の孫だ。母ちゃんからきいたんだ。父ちゃんも村を救うためにてめえから頼んでしょっぴかれたって……。じいちゃんも村の顔役も、みんな牢《ろう》に入っちまってる。おれがやるしかねえんだよ！」

悲痛な叫びは、ふたりの胸を打った。サクが膝頭に額をくっつけ、小さく丸まったからだから、すすり泣きがもれた。朱緒の目も、零《こぼ》れんばかりに潤《うる》んでいる。

「サク、おれは必ずおまえを助ける。おまえひとりに辛い思いをさせたりしねえ」

「……辰次郎……」

サクが涙で濡れた顔を上げた。

ふたりが大番屋を出ると、学問所からの帰りらしい子供の一団が、新橋の方角から歩いてきた。ちょうどサクと同じくらいの武家の男の子たちは、ふざけ合いながら楽しそうに通り過ぎていく。

ふたりはじっと、子供たちの背を見送っていた。

その晩、辰次郎は、ゴメスの正面に両手をついた。

「親分、おれを島に入れてくれ」

朱緒が息を呑《の》んだ。ゴメスはただ、辰次郎を見下ろしている。

「長崎奉行所が捕縛した罪人として、送ってほしいんだ。親分、このとおりだ」

畳に頭をこすりつける。

「あの麻衣椰の坊主《ぼうず》と、一緒に行こうってのか」

「そうです。親分の考えたとおりでした。あいつは村のために芥子畑を探す気なんだ。いくら拳法《けんぽう》が使えても、まだ子供です。ひとりで行かせるわけにはいかねえんだ」

サクの不審な行動の理由《わけ》を、最初に見抜いたのはゴメスであった。

「おれは兄いたちと違って、捕物にもほとんど出ていない。島の咎人《とがにん》にも顔は知られちゃいねえはずだ」

「ご大層な覚悟だが、あの坊主は島送りなんぞならねえぜ。おれが真鍋に釘《くぎ》をさしたからな。せっかく見つけた手掛かりを、ひっかきまわされてたまるかよ。あんなわかりゃすいガキを入れりゃあ、こっちの手の内が島に筒抜けだ。あのガキの出自と名前だけでも相手に警戒されちまわあ」

ゴメスは鼻の右下の大きなイボの辺りをかきながら、煙草盆《たばこぼん》に目をやった。

「これでおめえも島にいく理由はねえだろう」

辰次郎は少しのあいだ考え込んで、つと顔を上げた。

「親分、それでもおれを島に入れてくれ」

よほど意外に思えたものか、煙草盆に伸ばしたゴメスの手が止まった。

「どういう料簡《りょうけん》だ」

「サクの頭の中は、村を救うことで一杯なんだ。今回は運良く赦免になっても、サクのことだ、島送りになるまで何度でも騒ぎを起こすだろう。あいつは、そういう奴《やつ》なんだ」

「それでおめえが代わりにというわけか。行ったところで、芥子畑なぞねえかもしれねえぞ」

「構いません」

「梅雨がはじまる頃まで、最低ふた月半は島から出られねえ」

「我慢します」

辰次郎の決意が揺るがないと見てとり、ゴメスがどうしたものかという顔をした。

「おれも……おれも、行かせて下さい」

ふいに横から声が上がった。ふり向くと、松吉が廊下に膝をついていた。

「またおまえかよ」

気張っていた辰次郎の肩が、がくりとくずれる。

「そういう言い方はねえだろう」

「おまえは駄目だ。おまえじゃ悪党どもとやり合えねえ。足手まといだ」

わざと冷たく突き放したのは、松吉の身を案じてのことだった。辰次郎のためならいくらでも無茶をする、松吉の性分はよく承知している。だからこそ、決して連れてはいきたくなかった。

「ちょっと道場通いしたくれえで、天狗《てんぐ》になってんじゃねえぞ。たしかにからだはとろいが、情報をつかむのはおれのほうがうまい。捕物に参加してねえのも同じだ。親分、頼む、おれも一緒に島に送ってくれ」

松吉が、座敷の敷居に頭を打ちつけた。

冷酷無比とうたわれるゴメスであるが、勝算のない博打を打つつもりは毛頭ない。島に密偵を入れるなら、どうしても押さえておかねばならぬことがある。

折良く、そのとっかかりを持って、甚三が現れた。

「ふたりそろって平謝りたぁ、おめえら何やらかしたんだ」

廊下に立った甚三は、潰《つぶ》れた蛙《かえる》さながらの姿に呆れている。

「どうだったい」

「いやあ、ききしにまさる頑固《がんこ》ジジイで」

　ゴメスに促され、甚三が座敷に上がり込んだ。

「だが、そのおかげで十万家とも繋がりはねえようで、十万の婿を組頭に据えたのも、推挙された婿の人品と腕を見込んでのことで」

「もしや、五番組大番頭の藤田《ふじた》玄蕃《げんば》様のことにございますか」と朱緒が気がついた。

　大番頭は、四人の組頭と四十六人の番衆を指揮する役目で、役料五千石の大身である。古くは十二人の大番頭のもと、十二組の大番組が、江戸城、大坂城、二条城の警護にあたったものだが、いまの江戸では守る城は江戸城しかないために、大番組も五組にとどまる。一番組から三番組が江戸城を、四番組、五番組は、領内各所にある公儀の施設を警護していた。

「老中を通して藤田に頼みごとをしたんだが、あっさり断られちまってな」

「藤田様に、何を」

「四人の組頭の組替えを頼んだのよ。十万の婿がいつまでも島役人の頭目じゃあ、埒《らち》が明かねえだろ。三月は役人のすげ替えの時期だから、相手に警戒される恐れも少ねえ」

　藤田玄蕃の率いる五番組は、七ヶ所にわたる施設の警備をまかされ、四人の組頭は持ち場が分けられている。流人島は、十万左内の受けもちなのである。

「大番頭は老中支配だ。老中の提言ならきくかと思いきや、てめえの組の人事に口を出すなと逆に食ってかかる始末でな。十万に袖《そで》の下でも握らされたかと疑っていたもんだ」

そこで甚三を、藤田玄蕃の内偵にあたらせていたのだった。

「しかし、どうしたもんかな。息のかかった島役人をどかさねえことには、おめえらを島に入れても、やり難くってしょうがねえや」

ちんまりとならんですわる辰次郎と松吉を、ゴメスが上からながめる。

「手はありますぜ」

甚三の意味深な目つきに、ゴメスが分厚い唇の端を引き上げた。

「あの藤田にも、弱味があったかい」

「そいつが、なくもねえんで」

甚三がにやりと笑い返した。

翌日、ゴメスは朱緒をともない、番町にある藤田玄蕃の屋敷を訪れた。

目の前に座すゴメスの大きさに、玄蕃の顔にかすかな動揺が走ったが、さすがに武をもって勇にきこえた精鋭部隊、大番組の長《おさ》らしく、威厳のある態度をくずさない。

「ご老中が組頭のことにまで難癖をつけるとはおかしいと思ったが、長崎奉行所絡《がら》みだったか」

　ゴメスにしては珍しく神妙に頭を下げて、再度四人の組頭の配置替えを願い出たが、玄蕃は不機嫌をあらわにし、まるで相手にしない。

「なんらの理由《わけ》もなく、組替えをしろとは無礼千万であろう」

「ですから、お役目上のこと故《ゆえ》、いまは明かせませぬが……」

　朱緒が言葉を尽くしても効を奏さず、さりとてこの生一本な老人に、十万左内について明かせば、本人にたしかめに行きかねない。

「老中首座の田安様とて、儂《わし》より五歳も若輩者だ。長崎奉行ごときが儂に意見をしようなどとは、三百年早いわ」

　居ながらに威圧感を与えるゴメスに対抗するように、玄蕃が唾《つば》をとばして突っぱねた。

「仕方がない、諦《あきら》めるとしよう」

　いかにも残念そうにゴメスが引き下がり、勝った玄蕃が、鶴《つる》のように得意げに老軀《ろうく》を反らせる。

　高足の茶托《ちゃたく》にのった茶碗《ちゃわん》を手にとって、朱緒が書院の前に広がる庭園に目を向けた。

「それにしても、見事なお庭でございますね」

　見頃を過ぎた寒桜が、惜しげもなく花びらをまき散らし、風が吹くたびに、白と桃色の雪が降っているかのようだ。日頃は庭などにまったく興味を示さぬゴメスも、その美しさに目を奪われているものか、一緒になって縁の向こうに目をあてた。

「拝見させていただいて、ようございますか」

自慢の庭をほめられて断る理由もなく、すっかり機嫌を直した玄蕃は、自分からいそいそと案内に立った。大きな瓢箪池《ひょうたんいけ》まで来ると、ゴメスは水面をのぞき込んだ。

「こいつはまた、すげえ数だな」

池の中には、見事な鯉《こい》が何十匹も泳いでいる。

「まあ、どれも素晴らしい鯉でございますね」

朱緒が口を極めてほめそやすと、玄蕃が自慢げに鼻をうごめかし、鯉の名前や由来を説きはじめた。藤田玄蕃は、鯉の飼育にかけては、ひとかたならぬ腕を持っていた。

「数ある中でもとりわけ素晴らしいのが、あの金獅子《きんじし》でござってな。昨年の品評会で一等をとり、上様じきじきにお言葉を賜わったほどじゃ」

「まあ、たしかに光り輝くような美しさでございます」

名前のとおり全身が金色の鱗《うろこ》におおわれ、丸々と太った鯉が、水の中に見え隠れする。

ゴメスが池の端にしゃがみ込んだ。

「どこだい、見えねえぞ」

「ほれ、あそこでござる。いまこちらに向かって泳いできた……」

ゴメスは池の縁に手をついて、玄蕃の指差す方向に、かぶさるように身を乗り出した。

大きな頭が重心を失って傾いたかと思うと、次の瞬間、まるで水柱のようなしぶきをあげて、ゴメスのからだが頭からまっ逆さまに落っこちた。

「お奉行！」

「なんと」

ふたりがあわてて岸に膝《ひざ》をついたとき、ゴメスが水面から顔を出した。

「うわっ」

水から頭を出した怪獣さながらの姿に、玄蕃が思わずのけぞった。

「お奉行、大丈夫でございますか」

「ああ、なんてこたねえよ。土産もあるしな」

池の中に立ったまま、ゴメスが右腕を持ち上げた。ゴメスの胸の高さにある水面から、金色の魚がとび出した。

「き、金獅子！」

玄蕃自慢の金獅子は、尾の付け根をがっちりと握られたまま、全身をひねりながらしきりにもがいている。

「なにをしておる。早く池に戻さぬか」

真っ青になった玄蕃が大声でわめくと、ゴメスが舌舐《したなめず》りをする。

「なるほど、元気がよくて旨《うま》そうな鯉だ」

「や、やめろ、他の鯉ならいくらでもくれてやる。だから金獅子だけはやめてくれ」

こめかみに血管が太く浮きたち、いまにも卒中を起こしそうな形相だ。

「大番頭、さっきの続きだ。組頭の入れ替え、うんと言っちゃくれねえか」

「な、なんだと、お主、まさか」

「さあどうする、このまま頭から食っちまってもいいんだがな」

横広がりの分厚い口は、本当に大きな鯉を呑み込んでしまいそうだ。

「なんという卑劣な真似《まね》を。そんな脅しに、この大番頭が屈すると思うか」

「脅しかどうか、試してみるかい。こいつが無事に池に戻るか、石橋に叩《たた》きつけられるか、おめえさんの返事しだいだ」

ゴメスが石橋に向きを変え、鯉をつかんだ右腕を、大きくふり上げた。

「わああっ、やめろ、やめてくれ！　わかった、おまえたちの頼みはきく、だから金獅子を放してくれい」

「本当だな、その場凌《しの》ぎの口約束をしやがったら、いつでもこの池の鯉の背骨を、全部へし折りにくるぜ」

「ば、馬鹿者《ばかもの》、武士に二言はないわ」

玄蕃が喘《あえ》ぎながらも固く誓うと、ゴメスは握っていた右手を開いた。水しぶきをあげて、池の中に鯉が消えた。

「金獅子、金獅子、大丈夫か」

玄蕃が心配そうに池をのぞき込むと、金色の鯉は、ゆっくりと浮かんできた。

「おお、無事であったか」

心なしか、泳ぎがふらついているようにも見えるが、とりあえずは無傷なようすをたしかめて、玄蕃が地面にどっと尻《しり》をつく。最前まで矍鑠《かくしゃく》としていたのが、一気に十も老《ふ》けこんだかに見えた。

「毎度《まいたび》人質をとるのは、どうかと思いますが」

ゴメスに従い藤田家の長屋門をくぐると、朱緒がたしなめた。

「今回は人質じゃなくて魚質だ」

ゴメスがひょいと左腕を持ち上げた拍子に、ぐっしょりと濡れた袂《たもと》の底が大きく揺れた。

「お奉行、そのふくらみは、まさか」

ゴメスが右腕を袂につっ込み、中からよく肥えた真鯉をとり出した。

「なんということを。すぐお返ししなければ」

「なに言ってやがる。金獅子以外ならどれでも持っていけと、あのじじいが言ったんだぜ」

「しかし……」

「帰ったら早速、権七にさばいてもらおう。今夜は鯉こくだ」

いかにも楽しみなように、ゴメスが腕をふりふり往来を闊歩《かっぽ》する。

「本当に、仕様のない」

ため息まじりの笑いを浮かべた朱緒が、ふと顔を引きしめて話題を変えた。

「お奉行、流人《るにん》島の芥子《けし》畑の話がサクにもれたのは、どうしてでしょうか」

前を行くゴメスの背は、何も語らない。

「知っていたのは裏金春と、出島の限られた方々のみ。容易に外にもれるはずがありません」

「おめえは、誰を疑ってるんだ」

「……サクが騒ぎを起こしたことで、辰次郎と松吉が島入りを願い出ました。ですがよく考えれば、あのふたりを除いて、潜入できる者はないように思います。他に打つ手がないから、最初からそれを狙《ねら》って、誰かがサクを焚《た》きつけたのではないかと……」

「そこまでわかってんなら黙ってろ。言っておくが、あのふたりにばらしたりしたら……」

「これでも主《あるじ》大事の武家育ちです。御意に逆らうような真似は致しません」

「やれやれ、おめえも七面倒くせえ野郎だな」

ゴメスが肩にかつぎなおした鯉がはね、西日を受けて、きらりと光った。

鯉の身をよほど案じたものか、藤田玄蕃は三日のうちに、四人の組頭に持ち場の交替を指示し、それから七日後、流人島の警護は総入れ替えとなった。

この知らせをきくや否《いな》や、ゴメスは辰次郎と松吉を呼びつけた。

「おめえらふたりに、流人島への潜入を命じる」

ゴメスに言いわたされた辰次郎が、ぶるりと身を震わせた。大役への武者震いでもあったが、反面、本当に行くことになってしまったという、多少の後悔もないとはいえない。

松吉も同じ思いなのだろう。いつもの調子の良さをどこかに置き忘れたかのように、途方に暮れた顔で畳の縁《へり》を見つめている。

「八日後の島送りに間に合ったなぁ朗報だ。おめえらは明後日、長崎奉行所に捕縛され、仮牢《かりろう》で数日過ごし、そこからまっすぐ島に運ばれる」

詳しいことは甚三と菰八にきけ、と言って、ゴメスはふたりを下がらせた。

玄関脇《わき》の座敷では、ふたりの頭分が待ち受けていた。

「いいか、島に入ったら、まず身を守ることを考えろ。島のどこに何があるか頭に叩き込んで、得物になりそうなもんを探しとけ」

「いくら探索だからといって、むやみに歩きまわるんじゃねえぞ。初手からやたらとなれなれしいのも相手の用心を誘う。あくまで目立たず騒がず要領よくだ」

潜入の段取りかと思いきや、甚三と菰八の口から出るのは、注意事ばかりである。

「飲み水には気をつけろ。島は水が良くねえらしいからな」

「ひもじいからって、知らねえ茸《きのこ》や木の実なんぞ口にするんじゃねえぞ」

「山の上は寒いからな。腹出して寝るなよ」

心得箇条はどんどん増える。

「大丈夫っすよ、子供じゃないんだから」

ついに辰次郎が音を上げたが、ふたりの心配は尽きぬらしい。

「松吉、おめえはこいつを持っていけ」

菰八が、小さな笛をさし出した。親指ほどの長さで形は呼子に似ているが、それより細身の造りだった。松吉が試しに吹いてみると、びっくりするほど大きな音が出た。

「いよいよ危なくなったら、そいつを吹くんだ」

「こいつを吹けば、助っ人が谷底まで助けにきてくれるんで？」

「そいつは無理だと思うが、まあ、ないよりゃいいだろ」

なんとも頼りない言いようだが、おいそれと行き来できぬ以上、それも仕方がない。

「けどおやじ、島送りんときは、なにも持ち込めねえんだろ」

「男が隠す場所といったら、ひとつしかねえだろ」

しばし頭を巡らせていた松吉が、ぎょっとなった。

「……まさか……」

腕組をした菰八が、大真面目《おおまじめ》でうなずいた。松吉が泣きそうになる。

「勘弁してくれよ、ケツに入れた笛を吹けってのか」

「後で島へ送る差入れん中じゃあ、島のもんに検《あらた》められちまうかもしれねえからな」

情けなさそうに掌《てのひら》の笛をながめていた松吉が、ちらりと辰次郎を見た。

「おれは吹かねえぞ」

辰次郎が急いで断りを入れた。


いよいよ入牢《じゅろう》が明日に迫った晩、裏金春では賑々《にぎにぎ》しく酒盛りが催された。

「おめえらとのつきあいが、こんなに短いものになるなんてな」

「寛兄い、おれたち一応、帰る気満々なんすけど」

しきりと鼻をすすり上げる寛治をなだめながら、辰次郎が横の松吉に耳打ちした。

「おまえ、奈美んとこに行かなくて、ほんとにいいのか」

盃《さかずき》の酒をちびちびと舐《な》めながら、松吉が照れたように笑う。

「いいんだよ、別れの挨拶《あいさつ》なんぞして、泣き出しちまったりしたら困るだろ」

「奈美が泣くとは思えねえけどな」

「馬鹿、おれがだよ」

なるほど、と辰次郎が納得する。

主賓であるはずが、いつの間にやら常のとおりに仲居と化して、辰次郎は空いた徳利《とっくり》をかかえて廊下に出た。残り少なくなった酒樽《さかだる》に屈《かが》み込んだとき、奥から小さな人影が近づいてきた。

「ちょうど良かった。出立前のふたりに言いたいことがあったのです。来てもらえませんか」

「松吉はいましがた酔い潰《つぶ》れちゃって……」

「またですか。それでは仕方ありませんね」と、くすりと笑う。

髪だろうか着物だろうか、甘い香りが辰次郎の鼻腔《びこう》をくすぐる。

「では、辰次郎に申しましょう」

探索の心構えかと、辰次郎が顔を引きしめた。

「どんなことがあっても、必ず帰るのですよ」

「え」

「お役目よりなにより、それを忘れないように」

朱緒の瞳《ひとみ》が、風の渡った水面のように揺らいで見える。たちまち十倍にはね上がった鼓動が、うるさいほどに辰次郎の耳を打つ。冗談めかして無理に笑った。

「役目が果たせないんじゃ、行く意味がありませんよ。お武家の朱緒様らしくないっすね」

「命を賭《と》すのは、武士だけで良いのです。額に汗して働かぬ私たちが、民百姓の上に納まっているのは、その大義故《ゆえ》なのですから」朱緒が辛《つら》そうに顔を伏せた。「何もできぬことが歯がゆくてなりません。せめてお守りでもと思いましたが、島へは持ってゆけぬときいたので」

「そ、そうなんすよね」

まさか朱緒からもらった守り袋を、尻に詰めていくわけにもいかない。

「ですから願を掛けることにしました。明日からおまえたちが戻るまで、お茶を断ちます」

「それって……万一おれたちが戻らないと……」

朱緒がにっこり笑った。「私は一生、お茶がいただけません」

辰次郎が言葉を呑《の》んだ。鼻の奥から目頭にかけて、湯でも注がれたように熱くなる。

「もしも危うくなったら、私たちが案じていることを思い出すのですよ。どんなことをしても生き永らえて、必ずここに帰ってきて下さいね」

目の前にある小さなからだを抱き締めてしまいたい衝動を必死でこらえ、

「……約束します」と、どうにかそれだけ絞り出す。

やがて朱緒の姿が奥座敷に消えるまで、辰次郎はその場にぼんやりと立ち尽くしていた。

「ずるいや。あんな顔されたら、その気になっちまうじゃないか」

胸一杯にふくらんだ切なさを持て余していると、ふいに人の気配に気がついた。

「誰か……いるのか」

「すまねえな。盗み聞きするつもりはなかったんだが、出るに出られなくてな」

曲がった廊下の影から、韋駄天が顔を出した。厠《かわや》からもどる途中で、とんだものに出くわしちまった、と頭をかきながら笑う。

「けど、朱緒様にあそこまで言われりゃ、男冥利《おとこみょうり》に尽きるってもんだな」

滅多に軽口をたたかぬ韋駄天が、そんなことを口にする。

「いや、あれは、なんていうか、単に配下を激励しただけで……」

あわてふためくさまを、韋駄天が静かにながめる。辰次郎が、ふと気づいて言った。

「そういや、朱緒様が来てからも、韋駄天の兄いだけは変わりませんね」

屋敷中が浮き足立っている中で、この兄貴分だけは、その淡々とした素振りをくずさなかった。

「兄いの好みじゃあないんすか」

「そんなことはねえよ。きれいで優しくて、誰だって好きにならあ」

あっけらかんと言われて、逆に辰次郎の方が照れてしまった。

「でも、そうだな、本気で朱緒様と添いてえと考えてんのは、裏金春じゃあおまえだけかもしれねえな」

「えっ、添っ……て、そんな大胆なこと……思ってるわけじゃあ……」

赤くなったり青くなったり忙しいさまを笑いながらも、韋駄天はどこか眩《まぶ》しそうに目を細め、傍らにあった酒樽に腰を下ろした。

「おれもみんなも、朱緒様にはただ憧《あこが》れてるだけ、ながめてたまに声をかけてもらえりゃそれで満足だ。そっから先は、色々と面倒だからな。それを乗り越えてでも添いとげてえとは、誰も思っちゃいねえよ」

「それは、身分が違うってことすか」

人類皆平等の大義名分をたたき込まれた辰次郎は、身分ときくと何がしかの反発を覚える。

「そうだな、けどそれだけじゃねえように思う。商人の娘が武家に嫁ぐこともありゃ、その逆もある。大昔だって、町娘が公方《くぼう》様のご生母になっちまったりしたじゃねえか」

言われてみれば、なるほどそのとおりである。

「要は腹さえくくりゃ身分は越えられるが、これが案外難しいってことだ。いままでの己も暮らしもふり捨ててとなると、誰でもちょいと戸惑うし、えらく骨も折れるしな」

韋駄天の言わんとすることが、辰次郎にもようやく見えてきた。

「それなら身近な気のおけない娘のほうが、ずっと楽だし、無理なく身の丈に合った暮らしができるだろ」

「そっか、朱緒様とおれたちじゃ釣合いがとれないか……」

韋駄天の言い分は、ひどく真っ当な、地に足のついた考えのように思えた。

「そうしょげるなよ。別におめえに水をさすつもりはねえんだ。越えられねえはずの垣根をぽんと越えちまうのも、色恋の妙だもんな」

すいと立ち上がった韋駄天が、珍しく悪戯《いたずら》めいた笑みを浮かべた。

「もっとも朱緒様にぜひにと乞《こ》われれば、ここの連中はみんな、喜び勇んで武家試験にもとっ組むぜ。早く帰ってこねえと、鳶《とんび》に油揚げってことになっちまうぞ」

韋駄天のこのひと言は、どんな激励よりも辰次郎に効き目があった。

六日後の早朝、流人船は永代橋のたもとを出た。

流人船は、その真ん中に屋根をのせた格子の牢が据えられた小舟で、船尾に仮名で「るにんせん」と書かれた白木綿の幟《のぼり》が立っていた。昔の江戸では、重罪人が永代橋から、軽罪の者は万年橋の柾木《まさき》稲荷《いなり》の桟橋から小舟に乗せられ、沖で大きな船に乗り換えたというが、いまは海を越える必要もなく、この小舟のまま、流人島の近くまで行くのだった。

舟が岸をはなれると、岸辺に固まった罪人の身内らしい一団が、舟を追うように岸辺を走り、その泣き声が長く尾を引いた。

大川から江戸湊《えどみなと》に出た舟は、岸に沿うようにして南へ進む。格子《こうし》の中には十人の囚人がこめられており、その中には、数日の仮牢暮らしで無精髭《ぶしょうひげ》の伸びた辰次郎と松吉の姿もあった。

出島の脇を通りすぎ、ついふり返った辰次郎は、格子の奥にいた男と目が合った。咄《とっ》嗟《さ》に視線を外したが、男の目が自分に貼《は》りついているのがわかる。辰次郎も、ちらりと見ただけの男の姿が目に焼きついていた。

尖《とが》った頬骨の下で、青黒く削《そ》げた頬。鎖骨と肋骨《ろっこつ》が浮き出るほど痩《や》せこけているところを見ると、長いあいだ牢にいたものかもしれない。

だが、なにより辰次郎を不安にさせたのは、こちらを見つめる男の目だった。

「嫌な目だ」

辰次郎は口の中で呟《つぶや》いて、冷えた汗を拭《ぬぐ》った。

南を目指していた舟は、やがて進路を変えて河口に入った。領内のもっとも南を流れる大間《おおま》川である。満潮の時刻に合わせてあるらしく、舟はなめらかに川を遡《さかのぼ》っていったが、川幅がせまくなってきた辺りで船足が落ちた。その後は、途中の船着場に待機する十数人の舟人足が、剝《む》き出しの赤銅色《しゃくどういろ》の肩に荒縄を巻きつけ、両岸から舟を上へと引っ張りあげる。上流へ向かう乗合舟なども同じで、江戸では馴染《なじ》みの光景である。

日が西に傾いてきた頃、流人船はようやくさびれた船着場に到着した。

そこで囚人は、ひとりずつ畚《もっこ》に移された。藁縄《わらなわ》を粗く編んだ畚は、土砂や肥料などを運ぶためのものだが、病囚を移す際にも用いられる。囚人たちは、ちょうど風呂敷《ふろしき》包みに収まったような窮屈な姿勢のまま、人足ふたりがかりで山道を運ばれた。

険しい山道をどのくらい登ったものか、日はとうに暮れていた。

畚の中の辰次郎が、小さくあえぐ。無理な姿勢が続いたために、からだ中がしびれ、吐き気さえ込み上げる。ここから帰してくれ、と叫び出しそうになるのを何度もこらえた。どうにか叫ばずに済んだのは、ひとえに同じ列に松吉がおり、また、膝《ひざ》を抱えたサクの姿が脳裏に浮かんだからだった。

やがて列の歩みが止まった。話し声が、強い風の合間に小さくとどく。役人がもつ松《たい》明《まつ》の火が真横に流れ、何度も消えそうになる。真っ暗で何も見えないが、吹きつける風の強さから、森を抜けたことがわかる。畚の縄目の張りついた顔をわずかに寄せると、開いた扉から灯りのもれる小屋が見えた。谷上に造られた、囚人小屋らしい。

畚から解放され、小屋の牢格子の中に入れられたとたん、辰次郎はそのまま板の間にひっくり返った。今日初めての飯が出る、と役人が告げたが、頭を起こすことさえできない。閉じかけた目を一度開いて、辰次郎はぎくりとした。流人船の中で目を合わせた男が、こちらを見て、にやりと笑った。

痛いからだを無理に返して男に背を向けると、傍らにいた松吉と目が合った。憔悴《しょうすい》しきった顔で無理に笑う松吉にほっとして、辰次郎はたちまち睡魔に引きずられていった。

翌朝、囚人たちは、島役人のがなり立てる声にたたき起こされた。夜明け時分らしく、役人の背後であけ放された扉の外は、灰色に白んでいる。

「これから島送りを行う。呼ばれた者は牢から出ろ」と役人がふたりの囚人の名を告げた。

籠《かご》の昇降機が二台きりであるために、島へはふたりずつ降ろされるのだという。

辰次郎と松吉は、同じ四組目に名を呼ばれた。小屋から出されて谷の上に立つと、空腹も疲れもからだの痛みも、すべて吹きとんでしまった。籠を前にした辰次郎が、ごくんと唾《つば》を飲む。

「これで、谷へ降りるんすか」

目の荒い竹籠は、人の重みを支えるには、あまりにも頼りなく見えた。

「これじゃあ、唐丸籠《とうまるかご》とまるっきし同じでやんすね」

松吉も、もっと目の詰まった丈夫な籠を想像していたらしい。唐丸籠とは、罪人を運ぶための竹籠で、長鳴鶏《ながなきどり》として有名な唐丸という鶏の飼育籠に似ていたためにこの名がある。

「籠に風の通り道があったほうが、籠が揺れぬのだ」

憮然《ぶぜん》とした顔の島役人が、早く乗れと促す。

竹籠を串刺しにするように、天辺《てっぺん》から底に向かって鎖が通されている。これを両足ではさむようにして、底に敷かれた丸い板の上に尻《しり》をのせた。

籠の昇降機は、台座の上に鎖が幾重にも巻きついた大きな車輪を、縦にのせた形をしており、太くて長い角材が、鼻のように突き出している。角材の鼻先に籠がぶら下がり、車輪の両脇《りょうわき》に取っ手があった。これをふたり掛かりで回して、籠の上げ降ろしを行うらしい。

籠に入れられたふたりは、底に敷かれた丸い板の上に、各々の尻をのせた。

「いいか、中で動くなよ。籠が傾くと厄介だからな。それと、絶対に下を見るな」

島役人が、籠の中心を通る鎖を、両手でつかむよう促した。鎖を巻きつけた車輪が半周ほど回り、ふたりの乗った籠が地面から浮いた。

東の山からのぞく朝日が、辰次郎の目を鋭く射した。前夜にくらべれば、だいぶ風は収まっていたが、それでも時折、谷底から唸《うな》り声のような音がする。籠の中の松吉が、心配そうに訊《たず》ねた。

「こんなに風があるのに、大丈夫なんすか」

「儂《わし》もここへは来たばかりだが、風見の話では、今日はむしろ風の弱いほうで、おまえたちは運がいいそうだ。風や天候によっては、何日もこの谷上で足留めされるというからな」

そう語る中年の武士は、その出《い》で立《た》ちから、新しく赴任となった五番組の番衆と知れた。

明らかに役人ではなさそうな小柄な男が、最前から崖《がけ》っ縁《ぷち》に四《よ》つん這《ば》いになり、谷側に耳を寄せている。これが風見なのだろう。風見は、じっと動かない。まるで焦《じ》らしているかのように、たっぷりとした間をおいて、ふいに風見が声を張り上げた。

「降《こう》！」

昇降機の片側にならんでいた三人の人足が、台座を軸にして、昇降機の向きを変えた。籠のぶら下がった角材の鼻先が、徐々に崖の外へと押し出される。

籠がついに崖からはなれた瞬間、松吉の絶叫が谷にこだました。辰次郎が黙っていたのは、役人の言いつけを守ったためではない。目の眩《くら》むような高さに、声も出なかったのである。見てはいけないと言われると、ついつい見てしまうのが人情である。

間髪を入れずに、籠ががくんと下がった。

「うわあああ！」

糊《のり》が貼りついたように塞《ふさ》がれていた辰次郎の喉《のど》から、破れるような叫び声が上がった。

降りるというより落ちるに近い。遊園地のどんな絶叫ものも、この恐怖にはかなわなかった。当然のことながら松吉も、臨場感あふれる声を存分に張り上げている。が、やがて籠の速度が落ちはじめ、谷底に人の姿が認められる頃には、ゆるゆるとした速さになっていた。

「またそろいもそろって、大袈裟《おおげさ》な声を出しやがって」

谷底で籠に手をかけた男が、呆《あき》れたように辰次郎を見下ろす。鎖の長さを測ってあるらしく、籠は地面から一尺ほど浮いている。男が鎖を両手で引っ張り、籠底が地面についた。

「だだ、だって、あんなに速く落とすもんだから」

辰次郎は歯の根がうまく合わない。

「風が強いのは、崖の中ほどから上なんだ。風が収まってるうちに通しちまわねえと、ひとたび突風でも吹きゃあ、崖に叩《たた》きつけられちまうのよ」

おら、とっとと降りな、と男が乱暴に辰次郎を引っ張りだした。松吉は腰が抜けたものか、地面に座り込んでいる。先が朝顔のように広がった金筒に向かい、男が声を張り上げた。

「昇《しょう》！」

空籠がするすると、上へ登っていく。男が叫んだ金筒は、大人の拳《こぶし》ほどの径で、崖に沿って真上に伸びている。金筒を見上げる辰次郎に、男が言った。

「伝声管《こいつ》を伝って谷上まで登ろうなんて、馬鹿《ばか》な考えは起こさねえほうがいいぜ。そいつは人の重みに耐えられるようにできちゃいねえ。いままで何人も死んでんだ」

谷上と唯一《ゆいいつ》やりとりできる手段が、この伝声管なのだという。

島の顔役らしい髭面《ひげづら》の男がやってきて、ふたりに名を訊ねた。もっとも、辺りにたむろしている十人ばかりの男たちは皆、蓬髪《ほうはつ》に長い髭のむさ苦しい風体だ。目付きと柄の悪さも右へならえで、早い話が皆、悪党面なのである。

「で、おめえら、何やったんだ。人殺しの手引きか、それとも賭場《とば》荒しか」

「ご禁制の品を日本から持ち込んだ咎で」と辰次郎が答え、

「そうなんす、江戸入りしたときはうまく持ち込んだんですがね、こいつがへまをしたおかげで、おれまで芋蔓《いもづる》であげられちまいまして」と松吉が調子よく続ける。

騙《かた》る身の上は、嘘《うそ》が少ないに越したことはない。

「日本からここへ流れ着くたぁ、どじな野郎どもだ」

「可哀相《かわいそう》にな、日本の土どころか、この谷上の土でさえ二度とふめねえぜ」

口々に嘲笑《ちょうしょう》する男たちを尻目に、顔役は傍らに積まれたぼろ切れの山を顎《あご》でしゃくった。

「その着物は脱いで、あれに着替えろ」

「あれって……着物すか」

出島で支給された囚人着物は、粗末ながらも洗いたてだったが、積まれた山からとり出した着物は、どれも泥と肥桶《こえおけ》でこね回したような代物《しろもの》ばかりだ。着物を脱ごうとした松吉が突然大声をあげたのは、そのあまりの臭《にお》いに閉口したためではなかった。

「厠《かわや》、厠はどこすか」

尻を突き出した妙な格好で、もじもじしている。

「あん？　おめえ、蔓でも呑《の》み込んできたのか」

「ま、まあ、そんなところで」

「そんならしょうがねえな。おら、こっから真《ま》っ直《す》ぐんとこに見える筵《むしろ》囲いがそうでい」

男が言い終わらぬうちに、へっぴり腰の松吉が、一目散に厠を目指した。蔓とは、牢や島へ入るときに持っていく金のことである。

「おめえはいいのかい」

「ええ、おれは」と辰次郎は、耳から水を抜く要領で、頭をふりながら何度かとんだ。左耳から金の小粒がこぼれ出た。男が当然のように小粒を受けとる。この流人島のどこで金が入り用なのかは疑問だが、菰八の言いつけで入れてきたのだった。

やがて戻った松吉が、やはり男に金をさし出す。「お待たせしやした」

「ちゃんと洗ったろうな」

へい、と松吉が、ぴょこんと頭を下げた。松吉の金も、耳から出たことを知っている辰次郎が、おかしそうに目配せを送る。

「江戸へ来て間がないというのに、よく蔓のことまで知っていたな」

辰次郎の背後で声がした。ふり向くと、周囲の流人《るにん》たちとは明らかに違う、身ぎれいな男が立っていた。少しはなれたところから、これまでのやりとりをうかがっていたようだ。

辰次郎はひやりとしたが、すかさず松吉が応じる。

「へい、これでもあっしは、日本にいた時分から時代劇にはちょいとうるそうございましてね、島での礼儀なんぞもよっく承知してるつもりなんで」

「なるほど、かぶれ者か」と、小馬鹿にしたように口を歪《ゆが》める。

総髪を頭の後ろに束ね、先を短く下げているのは、医者の慈姑《くわい》頭によく似ている。小柄なからだの中で、目だけが異様に鋭い。他の流人が丈短かな着物に荒縄を巻いているというのに、この男だけは袴《はかま》をつけていた。

「日本から、何を持ち込んだんだ」

辰次郎と松吉が、答えをためらう。予《あらかじ》め決めてはあったが、ふつうの江戸人に話してもわからぬたぐいのものである。

「おら、とっとと保意様にお答えしねえか」と顔役がすごむ。

あ、と辰次郎が気がついた。話にきいた、十万保意に相違なかった。それまで偉そうだった髭面がへいこらしているところを見ると、島での保意の力がうかがい知れる。

「おれは小型娯楽機で」と松吉が答え、「薄型電子写真帳です」と辰次郎も続く。

「なるほどな、どちらも永久電池で動くのか」

「そのとおりで、旦那《だんな》もひょっとして日本のお方で」

松吉が上目遣いで保意をながめると、顔役が横から口を出す。

「保意様は生粋《きっすい》の江戸人だが、外国のことにえらく詳しいんだ」

「諸外国は文明がすすむ一方だというのに、この江戸は、いつまで馬鹿げた鎖国を続けるつもりなのか」保意の顔が、忌々《いまいま》しそうに歪む。「まあ、それも長くはあるまい。無能な幕府がいつまでも続くわけはないからな」

引きつれた笑いには、うすら寒いものが感じられた。

十人の島入りが済むと、中の三人が地面に引きすえられて、十数人の島の男たちが一斉に殴りかかった。三人の新入りから悲鳴があがり、その光景を集まった大勢の島民たちが、輪になって見物している。金の工面がつかなかったらしい、蔓を持たない者たちへの仕置だった。

辰次郎の背筋に冷たいものが走ったのは、非情な島の掟《おきて》をまのあたりにしたからでもなく、湿った着物のせいでもなかった。

一緒に島入りしたあの男が、その仕置をにやにや笑ってながめていたからだった。


流人島は真上から見ると、ゆるい三日月形をした細長い谷だった。ちょうど三本の爪《つめ》でひっかいた鉤裂《かぎざ》きのように、三つの谷がほぼ並行に口をあけ、そのいちばん東の谷が、流人島だった。

四分の一里ほどの長さで南北に伸びたこの谷に、二百人ほどの流人が、痩《や》せたせまい土地に畑を作って暮らしている。川はなく、谷に一ヶ所だけある涌《わ》き水では米が作れず、採れる作物は、雑穀、蕎麦《そば》、豆、芋などに限られる。塩や油などは谷上から降ろされるが、決して十分な量ではなく、島民は常に飢えていた。

裏金春の密偵ふたりも、島へ来て以来、朝から晩まで食べ物のことばかり考えるようになっていた。日に二度しか出ない食事は、もそもそとした雑穀飯に、わずかな山菜の浮いた塩汁ばかりで、量もまるで足りない。

「こりゃ、探索どころの話じゃねえや」

肥桶《こえおけ》をかつぐ松吉の腰がふらついている。少ない飯の上に、朝から晩まで水汲《みずく》みや下肥え運びをさせられて、言いだしっぺの辰次郎までも、ついつい弱音を吐きたくなる。

「おれはここんとこ、お春ちゃんやお駒さんの夢ばかり見るよ」

言うまでもなく、お春やお駒がはこぶ金春屋の飯が、夢の主題である。なまじ権七の旨《うま》い飯をたらふく食べていたふたりには、飯のわるさはことさら辛《つら》い。それでも真冬にくらべれば、まだ食べ物はいいほうだという。

「夏は夏で大変らしいぜ。蚊も虱《しらみ》も南京虫《なんきんむし》も、群んなって襲ってくるってよ。谷底は風が吹かねえ分、毎年のように悪い病も起こるらしい」

「筵《むしろ》一枚で寒さに震えてるいまのほうが、まだましってことか」

春とはいえ、山奥にある島の夜は、ことのほか冷える。ふたりの小屋は板張りでさえなく、土間に筵で眠るのである。

「毎年三、四十人ばかりの囚人が島入りするらしいが、夏と冬にかなりの人死にが出るもんで、島の人数が増えすぎることもねえんだってよ」

「日本の囚人なんて、ここにくらべれば殿様暮らしだな」

「刑務所は一応、矯正施設だかんな。江戸ならいわば石川島だ。ここは趣旨が違わあ」

石川島は大川の河口に浮かぶ島で、軽刑者のための人足寄場があった。

「この流人島は、どう考えても罪人を生かすために作られちゃいねえようだ」

罪人の扱いには、江戸と日本では雲泥の差があった。法に触れた者には厳罰をもって処すのが、江戸のやり方である。おかげで、未《いま》だに世界目安で見れば安全とされる日本より、犯罪の数はさらに少ない。一方でサクの父親のように、やむなくここに送られた者にとっては、救いのない過酷さである。

「なんでぃ、おめえら、これっぽっちしか捗《はかど》っちゃいねえのか」

顔役のひとりが、ふたりのもとに歩み寄ってきた。この島で唯一食べ物の心配をせずに済むのは、十数人の顔役だけだ。島で物を言うのは腕っぷしの強さだけだと、体現しているような荒っぽい男たちだが、その連中の頭目に納まっているのは、あの十万保意なのだった。

「しょうがねえな。ここはもういいから籠場《かごば》に来い」と顔役が命じた。

籠場とは、囚人たちが籠で降ろされた場所である。ふたりが到着すると、籠場には五、六人の顔役たちがたむろしていた。ひとりが、麻袋を掲げる。

「おう、おめえらの差入れは、なかなかの上物だったぜ」

「差入れが届いたんすか！」

松吉が喜びの声をあげた。月に二度、手紙や差入れの入った籠が島に降ろされるのである。

「おめえら結構いい後ろ盾があるみてえじゃねえか」と顔役がにやにや笑う。

打ち合わせどおり、辰次郎は田舎に親類がいる、と明かす。

「おれの方は、こいつがいやしてね」と松吉は、小指を立てた。

「おめえのような表六玉《ひょうろくだま》に、いってえどんな女がいるってんだ」

「ちょいと気の強いのが玉に瑕《きず》っすが、なかなかの別嬪《べっぴん》でやしてね」

松吉が脂下《やにさ》がる。勝手に松吉の女にされていると知ったら、奈美がどんな顔をするかと思うと、辰次郎は腹の底がくすぐったくて仕方がない。

「へええ、こいつはすげえじゃねえか」

はなれたところから、別の顔役の声がした。頭を突っ込むようにして麻袋をのぞき込んでいる。

「上物の煙草《たばこ》に砂糖、それに薬、おいおい、甘酒用の麹《こうじ》まで入ってやがる。丈吉《じょうきち》っていったな。おめえ、ずいぶんと太っ腹な金蔓《かねづる》を持ってるじゃあねえか」

顔役が話しかけているのは、一緒に島入りした、あの目つきの悪い男だった。

「実は、こいつはみんな、龕灯《がんどう》のお頭からでやして」

顔役が目を剥《む》いた。「なんだと、じゃあ、おめえはあの頭の身内かい」

「身内などと、とんでもねえ。ちょいと末席を汚《けが》したことがあるってほどで。それでも情の厚いお頭は、こうしておれのことを忘れずにいてくれるってわけで」

丈吉の話に、顔役たちがしきりと感心している。松吉が傍にいた顔役に訊《たず》ねた。

「龕灯のお頭って、そんなに有名なお方でやんすか」

「おめえらじゃ知らねえのも無理はねえがな、裏の世界じゃあ伝説みてえなお人よ。五年も前から何度も押し込みをかけてるが、役人は未だに尻尾《しっぽ》さえつかめねえんだ」

龕灯とは、銅や桶で釣鐘形の外枠をつけた提灯《ちょうちん》のことだが、強盗の古い読み方が「がんどう」であることから付いたというから、要は強盗の中の強盗といったふたつ名だろう。

「おれ、あの丈吉って野郎を見るたんびに、思い出す奴《やつ》がいるんだ」

「おれもだ。おめえが人の弱みを漁《あさ》るような目だって言ってた奴だろう」

辰次郎と松吉は、前の事件で出会った、同じ男を思い出していた。丈吉のにごった目は、その男にそっくりなのだ。

「あいつには、気をつけたほうがよさそうだ」

辰次郎の忠告に、珍しく真顔になった松吉が首をうなずかせた。

待ちに待った差入れは、結局ふたりの口にはひとつも入らなかった。顔役たちが当然のようにとり上げてしまったものである。だが、まったくの無駄というわけでもなく、翌日からふたりには、これまでより楽な仕事があてがわれた。

「今日からここが、おめえらの仕事場だ」

ふたりを連れた顔役が、谷の北側にある小屋の扉をあけた。とたんに強烈な臭気が鼻を突く。

「うえっ……なんのにおいすか」

鼻と口を両手で覆《おお》った辰次郎が、込み上げる吐き気を懸命にこらえる。

「ここで作ってる、山羊《やぎ》の乾酪《かんらく》のにおいだ。最初は驚くが、三日もすりゃあ慣れる。言っておくが、つまみ食いなんてやらかしたら百叩《たた》きだからな」と顔役が恐《こわ》い顔をする。

「こんなくせえもん、頼まれたってご免ですぜ」

鼻をつまんだ松吉は、目に涙を浮かべている。本当に、目に沁《し》むほどの強烈なにおいだった。

乾酪とは、チーズのことである。島には豚や鶏とともに山羊がおり、その乳で作られる乾酪は、島の大事な稼ぎになるという。

「このにおいが病みつきになるってえ贔屓《ひいき》客がけっこう多くてよ」

島でも金が必要だということは、ふたりにもようやくわかりはじめていた。金を籠にのせ、島役人に薬や鍋釜《なべかま》など必要なものを頼むのである。この乾酪は、その大きな一助となっていた。

「おれ、ハイジ見て、山羊のチーズって憧《あこが》れてたんだけどな」

松吉が情けない声で愚痴る。

「日本で山羊チーズは食ったことあるけど、ここまで強烈じゃなかったぞ」

たとえて言えば、家畜の糞《ふん》にまみれた敷藁《しきわら》に、納豆を加えて腐らせたようなにおいだった。

乾酪小屋には十人ほどの流人が働いており、春と秋に乾酪をこしらえる。冬は山羊が乳を出さず、夏は暑さが過ぎて熟成に向かないのだという。

作る手順は、それほど難しいものではない。山羊の乳を時間をかけてゆっくりと煮詰めると、やがて白い茶碗蒸《ちゃわんむし》のようになる。これを穴のあいた桶に詰め、一日半から二日がかりで水気を抜く。四分の一ほどの嵩《かさ》になった固まりの表面に、塩をまぜた木炭粉をまんべんなく塗り、二十日からひと月熟成させると、青灰色のカビが生えて食べ頃になるのだった。

「ここの乾酪の臭みがきついのは、山羊が食う谷底の草によるものらしい」

そう教えてくれたのは、島入りして十三年という、壮年の職人頭だった。

作業は単純ながら、生き物であるカビが相手なだけに、温度湿度で仕上がりが左右される。大事なところは熟練の勘がものを言い、会得《えとく》するのに十年はかかるという。

「乾酪様のものは飛鳥《あすか》の頃からあって、身分の高いもんは薬として食ってたらしいぜ。牛の乳から作った酥《そ》というもので、さる藩ではそいつを含めてさまざまな乾酪を作っている。その職人だった男が二十年ほど前に島入りしてな、それからここで乾酪が作られるようになった」

「そんな昔から食べられてたなんて、ちっとも知りませんでした」

山羊の乳を大鍋《おおなべ》に移しながら、辰次郎が応じる。慣れとは恐ろしいもので、顔役が言ったとおり、鼻が馬鹿《ばか》になったものか、三日もするとにおいも気にならなくなっていた。

「鎌倉《かまくら》に入ってからすたれたようだが、昔の江戸の頃に、水戸の御老公や八代様は、けっこう好んで食べたって話もある」

「へええ、黄門様や吉宗公がねえ」

自称時代劇通でも知らなかったらしく、松吉はしきりと感心している。

ふたりが島入りして半月あまり、どうやら流人暮らしに馴《な》れはじめ、相変わらずのひどい飯にも胃《い》の腑《ふ》のほうが慣れてしまったらしく、いたたまれぬほどの空腹感もなくなっていた。

ただ芥子《けし》畑だけは、どこを探しても影も形もなかった。探すといっても、流人島はそれほど広くはない上に、芥子が群生していれば谷上からも見えるはずである。島役人は日に数度、遠眼鏡で谷底を検《あらた》めるのだ。それでも辰次郎は、夜半に時折小屋を抜け出し、谷上から死角になりそうな林の中や岩陰などを歩いてみたが、無駄足に終わった。

「どうもハズレだったみてえだな」

いくら山懐《やまふところ》で市中より寒いとはいえ、四月の頭なら芥子が咲きはじめてもおかしくない時期だ。辰次郎も松吉も探索をあきらめ、夏までを無事に乗り切ろうと考えはじめた矢先のことだった。

その日辰次郎は、夜半過ぎに厠《かわや》に起きたついでに、島の北寄りの藪《やぶ》の中を探してみた。

もとより期待はしていなかったが、案の定からぶりに終わり、ため息をついて藪から立ち上がろうとした、そのときだった。数人の足音がきこえ、辰次郎はあわてて藪に身をひそめた。雑草の隙間《すきま》からのぞくと、見覚えのある三人の男の影が、月明かりに浮かんだ。十万保意と乾酪小屋の職人頭、そして顔役のひとりであった。三人は人気《ひとけ》のない乾酪小屋へ入っていく。

辰次郎はそっと小屋に近寄り、扉の隙間に耳を張りつけた。もれてくる低いやりとりからは、肝心の内容まではききとれない。中で動く気配を感じて、やむなく小屋脇《わき》へ身を隠した。

「花が咲いた以上、十日もすりゃあ忙しくなる。ここの支度を怠るんじゃねえぜ」

三人が小屋を出てくると、顔役が職人頭に念を押した。十日という目安に、辰次郎は覚えがあった。芥子の花が咲いて、芥子坊主《ぼうず》ができるまでの日数だ。

「やっぱり、この島のどこかに、花畑があるんだ」

翌朝、乾酪小屋に向かう途中で、辰次郎は己の推測を松吉に話した。

「連中は、あれを乾酪に詰めて、外へはこび出してるんじゃないかな」

「あれって……」阿片《あへん》か、と松吉の唇が動いた。

「あれは独特のにおいがあるっていうけど、強烈な乾酪のにおいなら、充分ごまかせると思うんだ。乾燥して丸めれば、嵩も小さいから、乾酪に詰めちまえば外からはわからない」

辰次郎はゴメスから、阿片のいろはを教えられていた。芥子坊主に何本か切れ目を入れると、そこから白い液が染《し》み出してくる。乾燥すると液は茶色く変わり、これを小さな団子状に丸めたものが、独特の臭気をもつ阿片塊である。

「……てこたぁ、この乾酪をあつかう問屋が、一枚かんでるってことにならねえか」

「江戸でこの手の問屋は、渋谷辺りに集まってるだろ」

渋谷の異人街は、十万の庭同然である。

「もうひとつある。おれたちが島入りした日、十万保意が言ってたじゃねえか。幕府はもう長くないって」

「そういや、そんなふうなこと言ってたな。世迷言《よまいごと》だと思ってたけど」

「もし阿片が海外で問題になって、幕府が転覆したらどうなる」

「いきなり話をでかくするなよ」

「江戸国がなくなったら、この流《る》人《にん》島はどうなるか考えろ」

「そりゃ、改めて日本の法律で……あっ！」

ようやくたどり着いた結論に、松吉がにわかに興奮する。

「日本の法律なら、ここに入ってるもんはたいした罪にはならねえ。せいぜい数年お勤めすりゃ、娑婆《しゃば》に放される。牢《ろう》の待遇もここよりゃ断然いいし、なんの不足もねえはずだ」

「そうだ。十万保意が流人島を出るには、幕府を潰《つぶ》すしか方法がねえんだ。それを餌《えさ》にすりゃ、顔役どもも意のままだ」

「なるほどな。もういっぺん、本腰入れてかからにゃいけねえってわけか」

「おれは今夜から、十万保意を張ってみようと思う」

「そいつは無茶だ。顔役どもの塒《ねぐら》の辺りは張り番もいる。うろうろすりゃあ、すぐに見つかっちまう」

「けど、他に方法がねえじゃねえか。早くしねえとサクたちが……」

「少し落ち着けよ。もし今年も阿片が外へ抜ければ、逆に麻衣椰村の嫌疑は晴れるじゃねえか」

「なに言ってんだ。外国で阿片が見つかるにしても、また今年の秋以降だ。それまでには麻衣椰村の裁きが降りちまう」

　そうか、と松吉が、小動物のような黒目がちの目をしょぼつかせる。

「とにかく、おれが話を集めてみるから、もう二、三日だけ待て。いいな」

　そのときだけは妙に恐い顔になった松吉に、辰次郎は渋々ながらうなずいた。

「やっぱり、あの竹藪《たけやぶ》がいちばん怪しいと思うんだ」

伸び放題の髭《ひげ》と月代《さかやき》のために、すっかりむさくるしさが板についた松吉が、そうささやいた。松吉は約束どおり島の情報をかき集め、最後に探索場所をひとつに絞った。

「あの竹藪はたいして広くもねえし、竹もそれほど密集してない。外から見た限りじゃあ、それらしいものはなかったけどな」と辰次郎が首をかしげる。

「今時分は筍《たけのこ》がとれるってんで、竹藪には昼夜を問わず見張りがついてるだろ。けど一昨年《おととし》までは、あんなに大仰なもんじゃなかったらしい」

「去年から急に見張りが厳しくなったとしたら、たしかに怪しいな」

「あそこに出入りしてんのは、十万保意と顔役どもだけだ。連中にべったりと張りついている、例の丈吉って野郎でさえも、あそこには入れてもらえねんだとよ」

「嫌な野郎だ。なんだかんだで顔役なみのあつかいを受けてるらしいな」

　辰次郎は一緒に島入りした丈吉の悪相を思い出して、胸がむかついた。

「それとな、あの竹藪には、サクの親父《おやじ》さんがちょいちょい出入りしていたらしい」

「本当か！」

　大声をあげた辰次郎の口をあわててふさぎ、松吉が乾酪小屋の方をふり返った。小屋裏で桶《おけ》を洗いながらの密談だった。サクの父親のことは気にかけていたが、うまくききだすことができないまま日が過ぎていた。

「サクの親父さんは、島入りした当初からずっと、十万保意と親しくしていたらしい。保意や顔役たちと、去年の今時分、よく竹藪に入っていくのを見かけたってんだ。それが秋口あたりから、親父さんはだんだんと保意を避けだして、冬には口もきかなくなった」

「ちょうど親父さんが、暗号まじりの便りを書いた頃だな」

「考えたんだけどよ、麻衣椰村のもんは芥子や阿片に詳しいんだろ。親父さんも十万の企《たくら》みに加担してたんじゃねえかな」

「まさか……サクの親父さんは、自分で望んでお縄になったんだし……」

「でも、この島から出られるなら、誰だって従うって、おめえが言ったんだぜ」

　たしかにそのとおりかもしれない。島の過酷さは、入った者でなければわからない。この先一生ここから出られないとしたら、国を潰してでも自由の身になりたいと願うだろう。

「わかったよ松吉。竹藪に潜入しよう。まずあの見張りをどうにかしなけりゃいけねえな」

「そいつはおれに任してくれ。いい案を思いついたんだ。あれを使うのさ」

　松吉は、遠くに見えるふたつの人影を見やった。離れていても、顔役のひとりとその情婦だとわかる。島民の一、二割は女であったが、若い女のほとんどは、顔役たちの持ち物とされていた。

「あれをどう使うんだ？」

まあ見てな、と松吉は自信たっぷりだ。

「よし、じゃあ今夜さっそく……」

「今日は駄目だ。風が強過ぎらあ。おやじの手紙にあったんだ。事を起こすなら、できるだけ風の弱い日にしろって」

谷底にいるとあまり風を感じないが、上空からは女の泣き声のような音がひっきりなしにきこえてくる。

「そんなこと書いてあったか」

差入れと一緒にとどいた菰八の便りを思い返し、辰次郎が合点のいかぬ顔をした。

「もちろん隠語を使ってたのさ。符号をいくつか決めてあってな、他にもいろいろ忠告があった」

「へえ、そうだったのか。でもなんだって風が吹いてちゃ駄目なんだろうな」

理由までは便りにのせられなかったらしく、松吉も知らぬという。

「決行は、この風がおさまった日の夜半だ、いいな」

まじめくさって念を押す松吉に、辰次郎がぷっと吹き出した。

「なんかおまえ、菰八のおやじに似てきたな。やたらと用心深いところがさ」

「どうせ似るなら甚兄いの方がいいけどな」

「おまえには色男は無理だろう」

なんだと、と松吉が桶の水をお見舞し、辰次郎も負けじと応戦する。

「おめえたち、遊んでないでさっさとしろい」

犬ころのように戯《たわむ》れるふたりに、小屋から顔を出した職人の雷が落ちた。


風の咆哮《ほうこう》がおさまったのは、それから四日後のことだった。

顔の半分を覆《おお》ったような、七日、上弦の月がのぼった深夜、流人島の南寄りにある竹藪の傍で、甲高い絶叫が響きわたった。

「わあああ、た、助けてくれえ！」

竹藪の周囲を見廻っていた張り番の五人が、互いに顔を見合わせた。

「なんだ、あの、くたばりぞこないのめん鶏《どり》みてえな雄《お》叫《たけ》びは」

見張りのひとりが舌打ちし、声の方へ駆けつけた。そのあいだも悲鳴はやむようすがない。

「おい、どうした」

竹藪からほど近い物置小屋の前で、腰を抜かしていたのは松吉だった。

「ででで、出た」

「出たって、何がだ」

「幽霊だ！　女の幽霊が出たんだよう！」

「なにい！」

見張りの顔から血の気が引いた。声にたたき起こされたらしく、あちらからこちらからと、眠い目をこすりながら流人たちが集まってくる。竹藪の張り番がさらにふたり走ってきて、最初に駆けつけた者に訊《たず》ねた。

「いったいなんの騒ぎだ」

「お園《その》が、出たっていうんだ。こいつが、見たって」

張り番の額から、汗がひとすじ流れた。

「馬鹿《ばか》な……おい、てめえ、いいかげんなことを言うと……」

「本当だ！　本当に見たんだ！」と松吉が張り番の足にとりすがった。「おれがそこの厠《かわや》から出てきたら、この小屋の方から声がしたんだ。こんな夜中になんだろうって近寄ったら、中からたしかに細い女の声がすんだ。あけてー、あけてーって」

松吉を見下ろす張り番の喉《のど》が、ひくひくと動いた。

「おれが戸をあけたらよ、中にだあれもいねえんだよ。風の音だったのかなって、戸を閉めてふり向いたらよ、そこにいたんだよおお」

松吉が張り番の足にしがみつく。男の歯が、がちがちと鳴った。

「お、お、お、お園が、いたってのか」

「名前なんて知らねえよ！　赤い着物着て髪はざんばらでよ、首に荒縄が巻きついていて、片方の目ん玉と赤い舌がとび出し……」

まるで絞め殺されるような絶叫をあげたのは、松吉がしがみついた張り番である。

「お園だ、お園に間違いねえ……」

張り番が松吉と一緒にへたり込む。傍らのふたりの張り番も、石のように固まっており、集まった流人たちからは、お園の名が暗いざわめきのようにもれきこえる。

「松吉の奴《やつ》、名演技だな」

竹藪脇に身をひそめていた辰次郎が、喉の奥で笑った。数年前、顔役に手籠《てご》めにされるのを拒み折檻《せっかん》された若い女が、あの小屋で首を括《くく》ったという話から、松吉が思いついた策だった。

持ち場を離れなかったふたりの張り番も、松吉の作った人垣が気になってならないようで、辰次郎は難なく竹藪に入り込むことができた。

手入れがされているらしく、竹は適度に間引きされており、田舎の道場での訓練の成果もあってか案外楽に進むことができた。だが、弱い月光を頼りに地面を探してみても、やはり芥子らしきものはない。歩きまわっているうちに、辰次郎は岩肌にぶつかった。

ここが竹藪の終点である。

仕方なく戻ることにして、ふり向いたそのとき、黒い人影が立ちはだかった。

（丈吉……！）

そこにいたのは、うすら笑いを浮かべた、あの丈吉だった。その嫌らしい目に射すくめられたかのように、どうしても足が動かない。

丈吉の右腕がこちらに迫ったとき、呪縛《じゅばく》をたち切るように、辰次郎は叫んでいた。

同じ頃、裏金春の玄関脇の座敷では、真夜中にもかかわらず煌々《こうこう》と灯りがともっていた。

「渋谷村の吉田屋だと」

いつもならとうに長屋に戻っているはずの菰八が、座敷の真ん中に陣取っている。

「はい、十万家の婿《むこ》殿がこの六日のうちに三度、上野の料理茶屋、橋本で会っていたんで。橋本の仲居にきいたところ、吉田屋は渋谷蘭人街《らんじんがい》にある父屋《ちちや》だとわかりやした」

菰八の前で、韋駄天が報告する。江戸で乳製品をあつかう問屋は、乳と父をひっかけて、父屋と呼ばれている。渋谷村に赴いて吉田屋を探ってきたという寛治が、その後に続く。

「吉田屋の主《あるじ》は、十万家とは昔から昵懇《じっこん》でして、殿様が高家《こうけ》につく後押しもしてやした。おかげで殿様と一緒に筧様の槍玉《やりだま》にあがり、身代は三分の一にへらされ、おまけにそれが派手に言いはやされて、客足も相当落ちたようなんで」

「その吉田屋が、流人島から出る乾酪《かんらく》を、一手に引き受けてるってんだな」

韋駄天と寛治がうなずいた。

「なるほど、一度に何十も荷出しされる乾酪を、すべて検《あらた》めるはずもねえし、まして乾酪ん中をほじくり返すわけにもいかねえからな。阿片を持ち出すにはもってこいだな」

呟《つぶや》きながら菰八が、銅壺《どうこ》に入った徳利《とっくり》に手を伸ばす。

「ただ、竹内様に訊《き》いたところ、吉田屋は外国との交易はやっちゃあいません」

菰八がさし出した燗酒《かんざけ》を、韋駄天が頭を下げて有難く受け、寛治もそれにならう。

「阿片の持ち出しは、交易の荷に紛らしたんじゃなく、どこかの河岸か海岸から別に運び出されたってこったな」

「けどよ、おやじ、市中の河岸から見張りの厳しい江戸湊へ出るってのは、ねえと思うぜ。もっと人目につかねえとこでなけりゃ、受けわたしも難しいだろ」と寛治が言い出す。

「そうさな、いちばんてっとり早えのは、流人島へと繋《つな》がる大間川辺りじゃねえか」

島から乾酪を運ぶには、この大間川を下るはずである。大間川の河口には、寂れた漁村があるきりで密売にはもってこいだ、と菰八が言った。

「それにあの辺は江戸の領地の南端にあたる。外国船が沖まで受けとりに来るにも都合がいい」

ちょうど探索から戻った甚三と相談し、菰八は大間川の河口に見張りを立てることにした。

「調べりゃ調べるほど、流人島がうさんくさくなる。あのふたりが無事ならいいが」

家路をたどる菰八は、七日の月を見上げながら、若いふたりの身を案じていた。

ふたつの足音が迫る。辰次郎の叫び声を、張り番がききつけたのだ。

（どうする……）

丈吉を前にして、辰次郎は進退きわまっていた。

と、丈吉の右手が辰次郎の口をふさいだ。骨に皮を張りつかせたようなからだからは想像もできない力で、もがく辰次郎を引きずっていく。五、六歩奥まったところにある、わずかに窪《くぼ》んだ地面に、辰次郎はうつ伏せに倒された。上げた辰次郎の頭を、丈吉が押さえつけ、耳許《みみもと》で素早くささやいた。

「静かにしろ。張り番に捕まりてえのか」

「あんた、一体……」

しっ、と辰次郎の口を封じると、丈吉は自分も地べたに張りついた。

「この辺りだと思うんだが」

「おい、ほんとに人の声だったんだろうな」

ごく近いところで止まった足音は、残っていたふたりの張り番に違いなかった。しばらく辺りを探っていたが、うつ伏せた窪地は、ちょうどうまい具合に竹が見通しをさえぎっている。

「仏法僧でも鳴いたんじゃねえのか」

「そうかもしれねえな」

諦《あきら》めた張り番が去っていくと、丈吉がゆっくりとからだを起こした。

「危ねえところだった。もうちっと気ぃつけな」

「あんたは、あの連中の仲間じゃねえのか」

丈吉はにやりと笑い、違うと答えたが、辰次郎は気をゆるめない。

「ここで、何してたんだ」

「そりゃあこっちの台詞《せりふ》だぜ。助けてやったのに礼もなしとは可愛《かわい》げのねえ野郎だ」

「それは、助かったよ」

辰次郎がひとまず頭を下げると、丈吉が喉の奥で笑った。

「あんた、誰なんだよ」

「まずはてめえから名乗るのが筋ってもんだろ」

「おれは、辰次郎だ」とだけ名乗る。油断できぬ相手に、正体をばらすつもりはない。

「だったら、おれも丈吉だ」

これでは堂々めぐりである。辰次郎は相手の正体を探ることを諦めた。

「じゃあ丈吉さん、おれはここですることがある。このまま黙って行ってくれないか」

「おあいにくだな。おれもここで探しもんがあるんだよ」

「何を……」

「言えねえ」

辰次郎は不満げなため息をもらした。まったく食えない相手である。

とりあえず離れようと、腰を浮かせた辰次郎が、そのまま動きを止めた。崖《がけ》を背にして、わずかな月明かりに透かすように、竹藪の地面をじっと見つめる。

「どうしたい？　ここは竹藪のどん詰まり、前は岩ばかりだ。抜け穴でもねえかと探してみたが、何本か裂け目があるだけで、人が通れそうな代物じゃねえ」

「道がある。はっきりしたもんじゃないけど、人が踏み分けてついた跡がある」

導かれるように踏み分け道を辿《たど》ると、それは崖の一箇所で途切れた。

「これはさっき見つけた裂け目のうちのひとつだ。六年前にでかい地震が起きたとき、崖のあちこちに亀裂《きれつ》ができたんだとよ。そのひとつだろう」

岩肌のはるか上から深い線が走っているが、丈吉が言ったとおり、人が通るどころか指一本も入りそうにない。しかし辰次郎は、その溝が己の腰の辺りで二叉《ふたまた》に分かれていることに気がついた。その縦に長い三角の溝をなぞると、こちらはすっぽりと指がはいる。

「この部分、動くぞ」

「なんだと」

辰次郎は三角の岩の両辺を持って、静かに手前に引いた。かなりの重さだが、引いてみると案外薄い一枚岩だとわかった。三角岩を手前に倒したとたん、どっと風が抜け、笹《ささ》が舞い上がる。

ふたりの目の前に、ほら穴が出現した。

「この岩が抜け道の蓋《ふた》だったとは、なんてえこった」

丈吉が穴をのぞき込み、目と指で入ると合図して四《よ》つん這《ば》いになった。穴の上部がせまいため、その姿勢でなければ入れない。辰次郎も後に続いたが、得物として腰にさした四尺ほどの棒がひっかかった。仕方なくそれを穴の脇に寝かせ、丈吉を追った。

穴はほとんど直線のように真《ま》っ直《す》ぐに続いていたが、予想以上に長かった。入った位置と穴の角度から、わずかに南に寄った西向きに延びているようだ。

「出口が見えたぜ」

丈吉が穴を抜け、続いて辰次郎が這い出した。

「ああっ」

「こいつは……」

辰次郎が叫び、丈吉も息を呑《の》んだ。まるで深い絨毯《じゅうたん》のように、一面に白い花が咲き乱れていた。ほのかな月光に照らされて、薄い紙でこしらえたような繊細な花が、かすかに風に揺れる。

辰次郎はその美しさに目をうばわれた。

「サクの言ったとおりだ。まるで、白い海だ」

探し続けていた芥子畑を見つけた達成感でさえ、この光景の前には色褪《いろあ》せるように思えた。

一方の丈吉は、すでに芥子を分けて奥へと進んでいる。辰次郎はあわてて後を追う。

「幅、長さともに流人島の半分くれえとして、広さは四分の一……ざっと百貫の阿片が採れるってことか……」と丈吉が目算を呟く。

芥子畑は抜け穴から北へ延びた細長い形をしており、ちょうど流人の谷と並行して走っている。

「ここで阿片を丸めて運び出してたのか」

平たい丸石の上にのった木製の小刀や椀《わん》に、辰次郎が目をとめた。小さな阿片塊なら、さっきのせまい横穴からでも楽に外へ持ち出せる。

「こんな抜け道があるなら、芥子なんか作るより、とっとと逃げちまえばいいのに」

「いや、そいつは無理なようだ」と丈吉が、芥子畑の端で小石を蹴《け》った。

石がぶつかる軽い音が響き、やがて小さな水音がした。芥子畑の西側は、深い谷が口をあけていた。三本爪《づめ》の形に開いた、真ん中の爪にあたる谷だった。月明かりが届かぬらしく下まで見通せないが、谷川が流れている音がする。対岸の崖の稜線《りょうせん》が、ちょうど目線の辺りに黒々と見える。

「ご丁寧に向こう岸から見えねえように、崖っぷちには雑木を植えてある。ここいらは滅多に人が通る場所じゃねえし、あちらから見つかる心配も少ねえというわけか」

丈吉が、谷川をはさんだ崖上に、鬱蒼《うっそう》としげる森をながめる。

「そうか、領内検めを潰《つぶ》したかったのはこのためだ。島への検めはなくとも、あの崖から見つかることがないとは言えない」

言った辰次郎を、丈吉が意味有りげな目つきでながめた。

「おめえ、もしかして……」

言葉を切った丈吉が、息をとめた。

「まさか、二匹も鼠《ねずみ》が入り込んでいるとはな」

ふり返ると、十万保意がこちらをにらみつけていた。芥子畑の外れにいたために、保意が入ってきた気配に気づかなかったのだ。背後から、四人の顔役も姿を見せた。

丈吉がすぐさま、盆の窪に手をやって弁解をはじめた。

「いや、ちょいと遊びが過ぎたようだ。なにせこの島は退屈なもんで、うろうろしてるうちにこんなところへ出ちまった」

その豹変《ひょうへん》ぶりに呆《あき》れる辰次郎の前で、丈吉はひたすら下手に出る。

「まさかこんなすげえもんに出くわすたぁ、思ってもみなかった。保意様、ぜひおいらにも手伝わせて下せえ」

鋭い目で値踏みするように丈吉をながめていた保意が、ふっと冷たい笑みを浮かべた。

「そうだな、丈吉。考えてやってもよいが」

「そうこなっくっちゃあ。さすがは保意様、話がわかるぜ」

丈吉は大げさに手をたたいて喜んでいる。

「我らの仲間になりたくば、いますぐそいつを崖から落とせ」

丈吉の顔に浮かんでいた、下卑《げび》た笑いが引っ込んだ。

「へ、へへ、冗談は言いっこなしだ。おれぁこれでも殺しだけはやっちゃいねえんで」

「丈吉、己の命がかかるとなれば、やむをえまい。おまえがそやつを殺《や》らねば、ふたりまとめてここで始末するまでだ」

丈吉がゆっくりとふり向いた。辰次郎が思わず、一歩、二歩と後退する。

「さあ丈吉、どうした。さっさと始末しろ！」

保意の声が辺りの岩肌に反響し、その瞬間、丈吉が辰次郎にとびかかった。かわすつもりが避けきれず、丈吉の両腕が、素早く辰次郎の肩を押さえつけた。ふり払おうともがく辰次郎の耳許に、丈吉がささやいた。

「逃げるぞ」

あ、と思う間もなく、丈吉が退路をふさいでいた顔役たちへと突進した。すぐさま辰次郎が後に続く。ふたりに体当たりされた男は、手にした棍棒《こんぼう》を構える隙《ひま》さえなくふっとんだ。丈吉はこの窮地にあっても、四人の中でいちばん小柄な男をえらんでいた。

「逃がすな、追えっ」

ふたりの背後で保意が怒鳴る。一目散に出口まで走ると、丈吉は辰次郎を先に穴に入れた。横穴を少し這い進むと、丈吉が止まった。

「どうしたんだ、早くしないと追いつかれちまう」

ふたりを追って、顔役が穴にもぐり込んだらしく、後ろから気配が近づいてくる。丈吉は、顔役が追いつくのを待っているようだ。後ろの気配がふくらんだとき、丈吉が動いた。ぐふっ、とくぐもった声がして、重い物がどさりと倒れる音がする。見えなくとも、丈吉が四つん這いの姿勢で、追っ手の顔面を蹴ったことが読めた。

「お見事」と後ろに声をかける。

「馬鹿《ばか》言ってねえで、行くぜ」

丈吉が倒した男が穴をふさいでいるらしく、追っ手の気配がなくなった。やがて出口が見えてくると、今度は辰次郎が止まった。

「穴の外に、足が見える。ひとりじゃない、ふたり、いや、三人だ」

「ちきしょう、ここまで来て」

「おれがやってみる。できるだけ静かについてきてくれ」

辰次郎は外から見えないぎりぎりのところで、穴の外にある両足をじっと見詰めた。こちら側に向いていた足が、方向を変えた。その機を逃さず、辰次郎は穴を這い出すと同時に、右腕に棒を握った。穴に入るのに邪魔だからと、入口脇に倒しておいた四尺ほどの棒である。

気配にふり返った男の鳩尾《みぞおち》に、低い態勢から棒先をたたき込む。男がどうっと倒れた。立ち上がりざま、右からの殺気に辰次郎が反応した。払った棒は、相手の脇腹に打ち込まれた。

「棒術とは、やるじゃねえか」

穴から抜け出した丈吉がほめて、自分も得物になりそうな竹を拾い上げた。相手は穴の中から見えた三人だけではなかった。六、七人の影が迫り、竹藪《たけやぶ》の外からは急を告げる声が響く。

「二百人対ふたりたぁ、ちょいと分が悪い」

丈吉が言って、ちょうど刀くらいの長さの竹棹《たけざお》を、右肩に立てる。剣術の八双の構えだった。

「あんた、侍なのか」

丈吉が返事をする間もなく、敵が襲いかかってきた。


「鼠だあ、鼠が出たぞぉ！」

竹藪から走り出てきた男が、大声で叫んだ。

「鼠刈りだ、鼠刈りの用意をしろぉ！」

顔役らしい男の声に、周囲の流《る》人《にん》たちがたちまちざわつきだす。

「やべえ」

松吉はあわてて流人の垣を分け、竹藪へ走った。竹藪を目に捉《とら》えたとき、中から辰次郎がおどり出た。さらにあの目付きの悪い丈吉が、後ろに続く。辰次郎を追ってきたのかと思いきや、左右から辰次郎に襲いかかった、左のひとりを叩《たた》きのめす。

「いったい、どうなってんだ」松吉がぽかんとする。

だが、竹藪から十万保意が現れると、松吉にも事態の深刻さが呑み込めた。

「殺せ、そのふたりを始末しろ！」

保意の命令に、顔役はもちろん、流人たちが次から次へと駆けつける。

二十人ほどの男たちに囲まれた辰次郎と丈吉が、退路を失った。保意が男たちの輪をかき分けて、ふたりの前に立ちはだかった。

「もう観念したらどうだ。いくらあがいても、この島から生きて出られる道理がなかろう」

冷たく光る鋭い目と、唇の両端を吊《つ》り上げた無機質な笑みは、爬虫類《はちゅうるい》や昆虫を思わせる。それでも平素ゴメスを見慣れている辰次郎には、不敵に笑い返すだけの余裕があった。

「そいつはどうかな。うちの親分を甘く見てもらっちゃ困る」

保意が鼻に皺《しわ》を寄せ、怪訝《けげん》な眼差しをそそいだ。

「若造、おまえ何者だ。誰の差金でここへ来た。公儀か、それとも町方か」

「そんなに知りたきゃ教えてやらあ。おれの親分は、厚顔無知、冷酷無比、極悪非道で名高い、江戸いちばんの名奉行」

保意の傍らにいた顔役が、顔色を変えた。「ま、まさか……」

「おうよ、おれの親分はなあ、あの金春屋ゴメスよ！」

まわりを囲む流人から、ひきつれた悲鳴が上がり、その輪が外へと後退した。が、保意がすぐさま一喝する。

「そんな脅しに乗るな！　たとえ化け物奉行でも、この島には手も出せぬわ！」

「そいつはどうかな。少なくともおれたちを殺しても、おまえたちの企《たくら》みは頓挫《とんざ》する。

親分はすでに、おまえの親父《おやじ》が阿片《あへん》密売の黒幕だと気づいているからな」

「ふん、父上が黒幕だと。笑わせるな。この策を講じたのは、このおれだ」

「なんだと！　おめえがこの島から、すべて手配りしたってのか」

叫んだのは丈吉だった。

「そうだ。島に入ってすぐに、抜け穴を見つけた。初めはなんとか向こう岸に渡ることを考えていたが、二年前、麻衣椰《マイヤ》村の男が島入りしたことで趣向を変えた」

「麻衣椰村の祭祀《さいし》の話をきいたんだな」

勢いこむ辰次郎に、保意が低く笑った。

「おれがききたかったのは、芥子の育て方や阿片を採る方法だ。祭祀なんぞはどうでもよかった。麻衣椰村に種をあずけてみたのは、いわば余興だ。本当にまくとは馬鹿な連中よ。あれほどうまくはこぶとは思わなんだ。おかげでこちらは大助かりであったがな」

辰次郎が、ぎりぎりと奥歯をかみしめた。サクの顔が、声が、次々と胸に去来する。

「おまえだけは、絶対に許せねえ」

「所詮《しょせん》、連中が賢くなかったというだけだ。あの男もそうだった。島を抜けるには幕府を潰すしかないと知っていながら、二度目の種蒔《たねま》きの頃になって急に怖《お》じ気《け》づいた」

「きっと江戸がなくなったら、麻衣椰の民が行き場をなくすと気がついたんだ」

「ばかばかしい。芥子畑さえ手伝っていれば、生かしておいてやったものを。あろうことか公儀に訴状を送りつけようとした。幸い、こちらの息のかかった島役人が見つけて、握り潰してくれたがな。裏切者を生かしておくわけにはいかぬ。始末して、あの芥子畑に埋めてやったわ」

「……あそこに……サクの親父さんが……」

一瞬、風に揺れる白い花畑が眼前に浮かび、辰次郎の膝《ひざ》から力が抜けた。足をふん張った辰次郎の目の端に、丈吉が映った。仮面を脱いだ丈吉は、くずれた賤《いや》しい笑みが消え、侍の厳しさがにじみ出ている。

「……北町の筧《かけい》様を陥れたのも、おまえの策略か」

訊《たず》ねながら辰次郎は、傍らの丈吉に注意を向けた。ひょっとしたら、との目算があったが、丈吉は身じろぎひとつしなかった。

「手間ひまの割には首尾がお粗末だったがな。筧様はまもなく北町に復帰されるだろうよ」

辰次郎にあおられて、保意の目が嫌な光を放つ。

「あれは細かな詰めを、父上に任せたのが失敗であったわ」口惜《くや》しそうに唇を震わせる。

「筧への恨み、せめておまえらで晴らさせてもらおう」

保意の合図に、流人たちの輪がじりじりと詰まり出した。

辰次郎と丈吉が、腰を落として得物を構えなおす。

不意に、高い笛の音が谷に響いた。

「なんだ、あの音は」

流人たちの動きが止まった。捕物の呼子に似た音が、彼らの不安をあおったのだ。互いに顔を見合わせながら、浮き足立っている。

丈吉に素早く目配せを送り、辰次郎が駆け出した。前をふさいだ男の眉間《みけん》へ一撃を見舞うと、相手は背後の者とともに仰向けにひっくり返った。その上を辰次郎がとび越え、丈吉が左右の男たちに早い突きを食らわせながら後に続く。ふたりが囲みを突っ切ると、それまで鳴り響いていた笛の音がやんだ。

「辰次郎、こっちだ」

松吉が北を指差し走り出す。辰次郎の背に、丈吉が訊ねた。

「どこへいくつもりだ」

「籠場《かごば》です、伝声管のある」と走りながら辰次郎が叫ぶ。

「おれたちが降ろされた場所か？　上から籠でも降りてくるというのか？」

「わかりません。けど、仲間の手紙にそうありました。笛を吹く羽目になったらそこへ行けって」

松吉が、うさんくさい者を見るように、ちらちらと丈吉をふり返る。

「大丈夫だ、この人は味方だよ」と辰次郎が請け合う。

息をはずませた三人が、流人島のほぼ中央に位置する籠場に辿《たど》り着いた。

「なんだよ、何もねえじゃねえかよ」松吉が泣き声をあげる。

追っ手がずんずん近づいてくる。その数は、先刻囲まれたより倍以上は増えていた。

「ちきしょう、どうすりゃいいんだ」

ついに三人は、崖《がけ》を背にして追いつめられた。黒い木々が立ちはだかるような流人の群は、五十を下らない上に、どんどん増え続けている。辰次郎が松吉を背後にかばい、四尺棒を構えなおした。丈吉も、両手で絞るようにして竹棹《たけざお》を正眼につける。

「観念しろ。いくら腕に覚えがあろうと数にはかなわぬ。心配するな、すぐには殺さん。ゆっくりとなぶり殺しにしてやるわ」

十万保意が、冷酷な笑みを口許《くちもと》に刻んだとき、闇《やみ》の中に、きき覚えのある胴間《どうま》声《ごえ》が鳴り響いた。

「てめえらいい加減にしねえと、島ごとまとめて生き埋めにするぞ！」

伝声管が張り裂けんばかりの大声に、松吉が思わず両耳を覆《おお》った。

「この声は……」

「親分だ！」

見上げると、谷上に松明《たいまつ》らしき火がともり、ひとつ、またひとつと、崖の縁に沿って次々と灯りが増えていく。ざわめきながら、やはり崖を見上げていた流人の群から声があがった。

「ああっ、あれは！」

ちょうど辰次郎らの真上に、松明に照らし出された黒々とした大きな影が映じた。

「親分、親分だ。ちきしょう、黒鬼《こっき》丸《まる》も一緒じゃねえか！」

両の拳《こぶし》を握りしめた松吉が、小躍りする。

その輪郭はまぎれもなく、黒鬼丸にまたがるゴメスの姿であった。

「ゴメスだ、金春屋ゴメスだ……」

「野郎なら、ほんとに島ごと埋めちまうかもしれねえ」

流人たちが怯《おび》えはじめ、その恐れと慄《おのの》きが、またたく間に伝播《でんぱ》する。

「馬鹿者！　いくらあやつとて、谷の上からでは手出しはできぬ」

「けど、ここまで降りてきたらどうしやす。あの性悪馬が一緒じゃあ、おれたちみんな踏み潰されちまいやすぜ」

ゴメスの愛馬、黒鬼丸は、江戸いちばんの足を誇るが、尋常ならざる巨体と気性の荒さで、飼主同様、江戸中に悪名を轟《とどろ》かせている。

「よく考えてみろ！　馬ごと降りられるはずがなかろうが。奴《やつ》とてあのでかさでは籠がもたぬ。万一降りてなぞ来ようものなら、二度と上へは這《は》い上がれぬわ！」

　保意の怒鳴り声は伝声管を伝わって届いたらしく、すぐさまゴメスがこれに応じる。

「このおれさまを舐《な》めんじゃねえぞ。いまからそっちに降りていくから、首を洗って覚悟しやがれ」

「ふん、そんな脅しには乗らぬわ」

　あくまで強気であった保意が、次の瞬間、息を呑《の》んだ。

　ゴメスを乗せた黒鬼丸が、崖から離れ、宙にとんだ。

「親分！　無茶だ！」

　松吉が悲鳴をあげた。黒い大きな影が、みるみるうちに近づいてくる。

「駄目だ、落ちる！」

　辰次郎が叫んだとき、ゴメスの頭上でなにか丸いものが広がり、急降下していた黒鬼丸のからだががくんと揺れて、宙に止まったかに見えた。松明をわずかに透かして見えるのは、風をはらんでふくらんだ、大きな布袋だった。

「落下傘《らっかさん》かよ」松吉が目を見張る。

　わずかに横に揺れながら、ゆっくりとゴメスと黒鬼丸の影が降りてくる。

「ゴメスだぁ、ゴメスが来たぁ！」

「逃げろぉ！」

　流人たちが口々に叫びながら、蜘蛛《くも》の子を散らすように一目散に逃げていく。あれほど自信に満ちていた十万保意も、あわてふためきその後に続く。

　囲みをとかれた三人が、とび立った場所から少しずつ南へと流されるゴメスの姿を追った。黒鬼丸の足は、すでに地面から一尺ほどのところにある。人馬合わせて数百貫という重さである。巨大な地響きとともに降り立つはずが、地面に到着するや、なにやら頼りない音がした。

「えっ」

　辰次郎らの目の前で、ゴメスと黒鬼丸のからだが、まるで桃太郎の桃のように、ぱかりと縦にふたつに割れた。

「こいつは、張りぼてじゃねえか！」松吉が仰天し、

「そんなあ」辰次郎の口から、思わず情けない声がもれる。

「おい、てめえら、早えとこその籠に乗れ！」

　伝声管から響いてくるのは、良太の声だ。松吉が急いで駈《か》け寄った。

「良兄い、良兄いか！」

「松吉、籠に乗ったら、真ん中の筒の下についた綱を引っ張れ！」

　良太の言葉どおり、割れた張りぼてのあいだから、人が乗れそうな大きさの籠が見えた。唐丸籠のように蓋《ふた》はないが、それよりずっと目の詰まった丈夫そうな籠である。真ん中に花火の打上げ筒のような箍《たが》をはめた木筒が、突き出すように立っている。落下傘

はすっかり萎《しぼ》んでいるものの、上から綱で支えているらしく、籠の上に浮いたままになっていた。

「まずい、連中が気がついた」

辰次郎が丈吉を促し籠に乗り込み、松吉が木筒から伸びた綱を、強く引いた。

偽《にせ》ゴメスに気づいた流人たちが、群をなして押し寄せてくる。

「駄目だ、間に合わねえ」

松吉が胸の前で両手を握って目を閉じたとき、内側に薄い銅板の張られた木筒が、ぼんっと鈍い音をたて、その口から勢いよく熱風が噴き上げた。しおれていた落下傘が見る間にふくらみ、三人を乗せた籠が、襲いかかる流人《るにん》の群の前で、ふわりと浮き上がった。

「いやったあ！　さすがは親分だ。気球たぁ、うまいことを考えたもんだ」

松吉が歓声をあげ、籠から下界を見下ろして、怒鳴りちらす群集に舌を出した。

「このような仕掛とは……恐れ入ったわ」

「うちの親分の有難いのは、こういうときだけっすよ」

辰次郎が、丈吉に笑顔を向けた。

やがて気球が谷上に顔を出し、人足たちが三人を引き上げると、良太が駆け寄った。

「うわっ、なんてむさい格好だ。おまけにひでぇにおいだ」

原始人さながらの三人が、互いの姿を見くらべて苦笑いをこぼす。

「どうだったい、親分が工夫した風船の乗り心地はよ」

「はっきり言って、生きた心地がしなかったぜ、良兄い」

松吉が憎まれ口をたたく。気球は何度も崖にぶつかりそうになり、そのたびに辰次郎と丈吉が、棒と竹棹ではずみをつけて崖から押しもどし、どうにかこうにか谷上に辿り着いたのだ。

辰次郎がきょろきょろと辺りを見まわす。「あれ、親分は？」

「なんでぃ、まだ気づかねえってのか」

ゴメスそっくりの太い声音が、良太の口からとび出した。

「あの声は、良兄いだったのか」

「いつ鳴るかわかんねえ笛のために、親分がずっとここに張りつくわけにいかねえだろ。かと言っておめえらじゃあ、早晩どじをふむに違いねえって親分の読みでよ」

「それでわざわざ、あんな張りぼてまで作ったんすね。おれたちを全然信用してなかったってことじゃないすか」

「まあ、そう言うな。あれはよくできてたろ。なにせ中村座の道具方が作ったもんだからな」

　中村座では近々、ゴメスを写した芝居が打たれることになっており、あの張りぼては、そのために作られたものだという。

「『極付暴代官浮世地獄《きわめつきあばれだいかんうきよのじごく》』っていってな、昔の代官に見立てた親分が大暴れするってえ趣向だ」

「どっかできいたような外題《げだい》っすね」

　得意げに鼻の下をこする良太に、松吉が茶々を入れる。

「そんなことより、肝心の首尾はどうだったい」

「ばっちりっすよ」

「なに言ってんだ。おめえたちが囲まれたときは、おれぁもう駄目だと観念したぜ」

　にんまりと笑う辰次郎を、松吉が横目でにらむ。

「けど、あんときのおめえの啖呵《たんか》だけは、なかなか決まってたぜ。『金春屋ゴメス』のとこなんて甚兄いそっくりで、首の裏がぞくぞくしちまった」

「本当か？　練習した成果はあったかな」

「へええ、兄いに啖呵の切り方教わった甲斐《かい》があったじゃねえか」

　能天気な三人のやりとりを、丈吉はおかしそうにながめている。

「苛烈《かれつ》で評判の播磨守《はりまのかみ》様にしては、存外のん気な配下をお持ちだ」

　三人に改めて礼を述べた丈吉は、どこかはにかんだような笑みを浮かべている。

「誰かに助けてもらったのは、初めてのことだ」

「ひょっとして、いつも独りで探索してるんですか」

「ああ、そうだ」

「あんた、強盗の舎弟じゃなかったのか？」松吉は不思議そうだ。

「ああ、そうか。おまえに話してる暇がなかったな。おれもちゃんときいてないけど、たぶん北町の密偵……じゃないすか？」

「龕灯《がんどう》の手下というのも満更嘘《うそ》ではない。つい先だってまで、龕灯一味の内偵を二年もしていたものでな、すっかり柄が悪くなった」と丈吉が苦笑いする。

「それってもしかして、隠密《おんみつ》同心てことっすか」

たちまち松吉が、尊敬の眼差しを向ける。町方の隠密廻り同心は、いわば奉行直属の密偵であり、悪人の巣窟《そうくつ》から旗本屋敷まで、己の身分を隠して潜入する役目である。時代劇で渋い役所《やくどころ》として登場するため、本物に出会えた松吉はいたく感激しているが、実際は四六時中、己を殺してい続けなければならぬ過酷な職務であった。

丈吉はそれを肯定も否定もせず、本当の名も告げようとしなかったが、松吉に言わせれば、それぞ隠密同心なのだそうだ。

あれっ、と良太が、ふと眉《まゆ》をひそめた。

「なにやら、きな臭くないか」

松吉も鼻をひくひくさせる。「松明の臭《にお》いじゃねえんで」

「いや、あれだ！」と、良太が西を指差した。

わずかに白みはじめた空に、もうもうと煙が立ちのぼっていた。

「島が火を出したのか」

島役人たちがうろたえて、谷底をのぞき込んだ。

「違う、あれは谷じゃない、あの芥子《けし》畑だ！」

辰次郎が叫んだ。黒煙は、谷の西壁の向こう側から出ているのだった。

丈吉が低く呟《つぶや》いた。「十万保意が、火を放ったに違いない」

「なんてえこった。せっかくの証拠が」松吉が舌打ちする。

「いや、証拠ならあるさ」と、辰次郎は懐《ふところ》から、一本の芥子をとり出した。

しおれた薄い花びらが一枚、ひらりと四人の足許に落ちた。


辰次郎らはその日、谷上の役人詰所で過ごした。飯を食わせてもらい、風呂《ふろ》を使ってひと眠りし、久方ぶりに人間らしい姿に戻り、夕方になって流人島を後にした。

ちょうどその頃、竹内と菰八《こもはち》は、永田町の十万屋敷の前にいた。

「変わりはないか」

出島の小者とともに表門を見張る韋駄天に、竹内が声をかけた。

「日暮れ前に、えらくあわてたようすの侍がふたり、屋敷に駆け込んだ他は静かなもんですが、いましがた屋敷内から女の悲鳴がきこえたように思えて気になって……」

韋駄天は駿足《しゅんそく》に加え、耳も目も良い。竹内と菰八が思わず顔を見合わせたとき、屋敷の潜戸《くぐりど》からふたりの中間《ちゅうげん》が出てきて紀《き》尾《お》井町《いちょう》の方角へ駆けていった。心得た韋駄天が後を追う。

「連中は、市ヶ谷御《お》簞笥《たんす》町《まち》まで、医者を呼びにいきました」

やがて戻ってきた韋駄天は、そう報告した。医者の名をきいた竹内が、面白そうな顔をする。

「その医者は御殿医のひとりだが、たしかその子息が、数年前まで小石川養生所にいたはずだ」

「……ってこたぁ、親分の恐ろしさが骨身に沁《し》みてるひとりってことでやすね」

応じた菰八に、竹内がにっこり笑った。「そういうことだ」

半刻《はんとき》後、御殿医の立派な駕籠《かご》が、屋敷の大門に吸い込まれた。その駕籠脇《わき》に、薬籠《やくろう》を携えてすましているのは、身なりをととのえた菰八だった。

屋敷内に入ってすぐ、菰八は違和感を覚えた。医者を呼ぶほどの変事が起こっているというのに、邸内が妙に閑散としているのだ。医者と弟子の後ろに続いて廊下を奥へ進むあいだも、行き交うのは女中や下男ばかりで、家臣たちの姿がない。

通された座敷には、血の気の失《う》せた若い女が寝床に横たわっていた。その首から胸にかけて、黒々とした血にまみれている。

「奥方様……」

医者があえぐように呟いた。それは、津和《つわ》の無残な姿だった。手をとって脈を診た医者が、首を横にふる。津和はすでに事切れていた。

女中が、わっと泣きくずれる。「御方様、なぜご自害なぞ……」

「こいつは自害じゃねえように見えるがな」

医者の向かい側で、津和の首の傷口に目を凝らしていた菰八が呟いた。

「この傷は、首の横を前から後ろに向かって走ってる。自害なら逆に後ろから刀を引くはずだ」

「たしかに、言われてみればその通りだ……おまえさんも心得があるのか」

菰八の傍らにまわり、傷をたしかめた医者が、小声で訊《たず》ねた。

「いや、うちの親分の受け売りです。一緒に仏さんを検《あらた》めたなぁ、一度や二度じゃありませんから。それより自害じゃねえとすると下手人は……」

菰八が、はっとなった。先刻から泣き続けている女中に、我を忘れて詰め寄る。

「ご隠居様はどこだ。旦那《だんな》様は、ご家来衆は、どこにいるんだ！」

「……それが……どこにもいらっしゃらないのです。日暮れまでは屋敷にいらしたのですが、奥方様のことをお知らせしようとお探ししたときは、大殿様も殿様もどこにも……」

屋敷に残された使用人たちは、いずれも行き先の心当たりがないのだと、女中が言った。

ちきしょう、と歯《は》嚙《が》みした菰八は、ふと津和に目を向けた。

「あんたたちが見つけたとき、奥方はまだ息があったんじゃねえのか？　奥方は、何か言い残さなかったか。殿様が行きそうな先や場所の名を、何かもらしちゃいなかったか？」

菰八の懸命な問いかけに、女中が涙を引っ込めて考え込んだ。

「……そういえば……御方様を見つけたときに、殿様を呼ぶよう他の女中に言いつけました。そのときにたしか、御方様が何か呟いて……『おおわ』とか『おおま』とか……」

「おおま……そうだ！　大間だ。大間川に違いねえ！」

菰八は分厚い手で膝《ひざ》をたたき、医者と女中が仰天するほどの大声でさけんだ。

「他には、他には何か言わなかったか？」

女中は津和に目をやって、ぽろりと涙をこぼした。

「御方様が最期《さいご》に言った言葉は、『サク』でした。御方様が可愛《かわい》がっていた異人の子供で……」

女中が袂《たもと》で顔をおおい、津和の遺骸に倒れ込むようにして、ふたたび泣き出した。

仰向いた津和の白い面に、菰八が手を合わせ、低く呟いた。

「奥方様、あんたの仇《かたき》はきっと討つ。どうか成仏しておくんなせえ」

医者に後を頼み、屋敷を出た菰八は、竹内と韋駄天に事情を語った。

「馬鹿《ばか》な……主《あるじ》のふたりはともかく、家臣たちまで消えるとは……」

「表門からは、誰も出てねえはずなんですが」と韋駄天が当惑する。

三人はすぐさま裏門へ走った。裏門には、寛治たちが見張りに立っている。

「蟻《あり》ん子一匹出ちゃいませんぜ」と請け合った寛治が、菰八の話をきいて考え込んだ。

「ひょっとしたら、隣へ抜けたのかもしれやせん。隣の旗本屋敷が長えこと空家になってるんですが、その屋敷には堀に面した裏口があるんでさあ」

　まめな寛治は屋敷を見張るにあたり、付近のようすをきっちり下調べしていたらしい。

隣屋敷の裏手の堀端にまわると、寛治は地面に踏み散らされた跡を見つけた。

「少なくとも、今日ついたもんに間違いありやせんね。昨日は雨でしたから」

「連中は、舟で大間川に向かったんでしょうか」と、韋駄天が呟いた。

「いや、見張りの厳しい江戸湊は避けるに違いねえ。おそらく途中で舟を捨て、徒歩《かち》で向かうんじゃねえかな。韋駄天、おめえはすぐに御城へ走り、親分を迎えに行け」

菰八が命じた。

「御城？　こんな時間に親分はまだ下城してねえんで？」

「間の悪いことに、今夜は御城の藤見の宴でな。大方のお偉方が御城へ出向いてやがる」

忌々《いまいま》しそうに舌打した菰八を、宥《なだ》めるように寛治が言った。

「大間川の河口には、甚兄いや朱緒様がいる。そうやすやすと逃がしたりはしねえはずだ」

「十万の家来衆が総出で向かってるとなると、かえってまずい。多勢相手に三人きりじゃあ、あの甚三でも持ちこたえられめえ」

「とにかく猶予《ゆうよ》はならぬ。おれたちは出島で人をあつめ、ひと足先に大間川へ向かおう」

　竹内が言いざま、四人は一斉に駆け出した。

　近世江戸を模した市中の河川と違い、大間川は手つかずの自然の川である。川幅は隅田川よりわずかにせまい。貧弱な州が浮いた河口の両脇にせまい砂浜がのび、海岸のすぐ背後には山が迫っている。辺りは山にへばりつくようにして民家が点在するだけの、寂しい場所であった。

「朱緒様も休んで下せえ。こんな場所じゃあ眠れねえかもしれやせんが」

河口を見下ろすこの小屋に落ち着いたのは、今日の午《ひる》過ぎである。初日ということもあり、木亮《もくすけ》は張りきって寝ずの番を買って出たのだ。

有難う、と微笑《ほほえ》んだ朱緒が、ぽつりと言った。

「ここに本当に、十万保基様の御家中が現れるのでしょうか」

「ぜひとも現れてほしいところでやんすがね。大身旗本が相手じゃあ、抜け荷の品を押さえねえことには埒《らち》が明かねえからな」

「……そうですね。いくら疑いが濃いとはいえ、すべては推量に過ぎませんからね」

「朱緒様は、連中がここへ来ねえことをお望みで？」

仰向けになり目を閉じていた甚三が、片目をあけた。

「そんなことはありません」と朱緒がにわかに狼狽《ろうばい》する。

阿片の受けわたしという物騒な場所を見張るには、腕っぷしの強いに越したことはない。甚三の自薦は当然のことながら、裏の世界にいた木亮も、喧嘩《けんか》はお手のものである。そこに朱緒が加わったのは、本人の熱心な申し出によるものだった。

甚三と菰八は乗り気にならぬようすでいたが、流人島のふたりに加え良太も不在で、手《て》駒《ごま》の数が不足していたのも事実だった。

「私はただ、この目でたしかめるまでは、はっきりしたことは申せぬと……」

言いつくろう朱緒を手で制し、甚三がくるりとからだを返した。そのまま床に耳を当てる。弛《し》緩《かん》していたからだが、まるで指の先まで研ぎ澄まされたかのように一瞬で表情を変える。

「荷車だ。一台じゃねえ、二台か。足音も十や二十じゃきかねえ」

甚三がそのままの姿勢で指をさし、心得た木亮が北側の壁に張りつく。しばらく節穴をのぞいていた木亮が、興奮ぎみにささやいた。

「見えた。あの格好は侍だ。真っ直ぐこっちに向かってる」

「ですが、阿片を抜け荷させるには大げさ過ぎませぬか。あの数は尋常ではありません」

木亮の横にならんだ朱緒が、一緒に壁の隙間《すきま》からのぞき見る。

やがて三人は、真正面に海が見える、小屋の東に場所を移した。侍の一団は、小屋の東側を通る小道を、無言で進む。筵《むしろ》で覆《おお》った二台の大八車のあいだに、女駕籠が一挺はさまっている。侍の数は、総勢四十は下らない。

「こっからじゃあ、十万家のもんかどうかわからねえ。ひとっ走りたしかめて来まさあ」

「いいえ、あれは十万家の御家中に相違ありません」

朱緒が断言し、立ち上がりかけた木亮が、また腰を落とした。

「十万家の婿《むこ》殿が、中にいらっしゃる」朱緒が唇を噛《か》んだ。

「ちきしょう、ここまで大掛かりな抜け荷と知ってりゃあ、こっちも数をそろえておいたものを」

「いや、こいつは抜け荷なんかじゃねえ。連中はそろって江戸をふけるつもりだ」

「なんだってぇ」

「阿片の代金を入れて帰るにしちゃあ、あの荷車はずいぶんと重そうだ」

甚三が指摘するとおり、大八車には筵で覆われた大きな荷が、綱でくくりつけられている。

「この人数で江戸を出るなど、無謀というものでしょう。たとえ漁師舟で岸から漕ぎ出せても、沖にはそれらしい船の影も見当りません」

「これから来る手《て》筈《はず》かもしれやせん。それに、あの十万が本当に家来衆すべてを引きつれて、日本へ渡るたぁ限りませんぜ」

小屋を通り過ぎた行列は、しばらく行くと向きを変えた。この山の斜面から海岸へ降りるには、いくつも蛇行した坂道を降りていかねばならない。

「どうしやす、兄い」

木亮が甚三を仰いだ。一行が海岸に降りてしまえば、足止めは難しくなる。だが、いくら腕に覚えのある三人でも、その十倍以上の侍が相手では勝目はない。

「私は行きます」

甚三の返事を待たずに、朱緒がすっくと立ち上がる。甚三が真顔になった。

「生きて戻れねえかもしれませんぜ」

「わかっています。本当なら、おまえたちだけでも助けたいところなのですが」

「あいにくとおれたちは、あの親分より他に恐えものなんてねえんで」

木亮がにやりとする。甚三が不敵に笑い、長どすをつかんだ。

「話は決まった。行くぜ」

行列がふたたび向きを変えたところで、前の荷車が大きく傾《かし》いだ。折れ曲がった山道で無理に方向を転じたために、車輪が窪地《くぼち》へはまってしまったのである。

「何をしておる、早く上げぬか」

苛々《いらいら》した口調で叱咤《しった》するのは、十万左内であった。ふたりの家臣が車輪にとりつき懸命に持ち上げるが、ひどく往生している。

「荷が重過ぎるんじゃあありやせんか」

左内の傍らの藪《やぶ》の中から、低い声が響いた。

「誰だっ」

声のした方を左内がふり返った。藪の中からすらりとした長い影が立ち上がる。

「なんならこっちで引きとらせてもらいやすぜ」

「金目当ての夜盗か」左内が吐き捨てた。「だが見られたからには仕方がない。始末しろ」

家臣たちが一斉に駈け寄ると、影はひらりと木々のあいだに消えた。

「追え、逃がすな」

左内の命に、数人の家臣が藪の中に分け入った。そのとき行列の後方から奇声があがった。

「夜盗の仲間か」

そちらへ走った左内が、月明かりにひるがえる男女の姿を認め、棒立ちになった。

「朱緒！」

豪快な一本背負いを決めた朱緒が、ふり返った。

「十万左内殿、阿片抜け荷の廉《かど》により、我ら長崎奉行所が召し捕らせていただく」

朱緒の凛然《りんぜん》とした声が、闇《やみ》を裂くように響いた。長崎奉行の名に、家臣たちに動揺が広がる。

「江戸さえ出れば、長崎奉行など恐るることもない。さっさとそやつらをとり押さえろ」

腰が引けていた家臣たちが、左内の鼓舞に、意を決して次々と刀を抜いた。

上段から斬《き》りかかってきた刀を、木亮が左腕の鉄小手で受け、右腕の長どすが相手の肩を裂く。木亮の背中を襲った太刀が、火花を散らしてはね上げられた。

「兄い、すまねえな。そっちはもう済んだのか」

「ああ、倒したのは五人ばかりだから、前座にもなりゃしねえがな」

甚三の蹴《け》りを喉《のど》に食らい、ふたたび刀を構える隙《ひま》もなく相手が地面に落ちた。

朱緒は左右に迫る侍との距離を測りながら、目だけで左内の姿を探した。左内は荷車にはさまれた女駕籠に屈《かが》み込んでいた。駕籠から小太りの影がのそりと這《は》い出し、朱緒が小さく叫んだ。

「あれは、津和様ではないのか」

駕籠からまろびでた保基を助け起こす左内を、朱緒の目が捉《とら》えた。左右から風を切って迫る太刀を見事にかわし、相手の間隙《かんげき》をすり抜けた朱緒が、保基の前に立ちふさがった。

「十万保基殿、神妙になさいませ」

保基が左内の影に隠れるようにして、身を縮めた。人当たりの良い磊落《らいらく》さをとり去った保基の顔には、単純な強欲だけが露出し、此度《こたび》のような大事件の黒幕に似合わぬ矮小《わいしょう》さが目立った。

「左内、頼む」

「お任せあれ」

ちらりと舅《しゅうと》をながめやった左内が、苛立ちを見せた。大八車の荷を案じ、ぐずぐずしている保基へ、左内の叱咤がとんだ。

「舅上《ちちうえ》、早うお行きなされ。見たところ相手はわずか三人。さっさと片付けて、荷車とともに後から行きまする」

「お、おお、そうか。頼んだぞ、左内」

家臣をひとり連れた保基が、太《ふと》り肉《じし》の体軀《たいく》を揺らしながら山道を降りていく。

朱緒は蔑《さげす》むようにその背を見下ろす。「筵の下は、さしずめ小判にございますか」

「いや、舅上が長の年月に集められた、書画骨董《こっとう》のたぐいよ。金は日本にあるというのにあの欲深さだけはかなわぬわ」

「……では、阿片の対価は……」

「そうだ、日本にある。舅上はもとより、この国を潰《つぶ》す覚悟ではじめたのだからな」

「須藤八九郎殿を手にかけたのは！　麻衣椰村の少年を襲わせたのは！」

肯定するかのように、左内が口許《くちもと》を歪《ゆが》めて笑った。朱緒は懐から根付をとりだし、左内目がけて投げつけた。根付は左内の耳をかすめ、乾いた音をたてて地面に落ちた。すでに朱緒の後ろを固めていた数人の家臣が、ざわりと動く。

「此奴《こやつ》は私に任せろ。おまえたちはあの二匹の賊をどうにかしろ」と左内が命じた。

朱緒は甚三と木亮をふり仰いだ。ふたりは縦横無尽にとびまわっているが、曲がりなりにも相手は武士、さらに圧倒的な数である。左内をこのままやり過ごし、ふたりを助けに行くべきかと、朱緒の顔に迷いが生じたとき、甚三と木亮を囲んでいた輪の後方から、叫び声があがった。

　山側から、大量の石礫《いしつぶて》がとんできて、数人の侍が頭や肩を押さえた。

　と、短い斜面をすべり降りてきた影が、手にした棒で家臣のひとりの足許をすくい、倒れ込んだその腹に、得物の先をたたき込んだ。

「辰次郎！」

「朱緒様！　これを片付けたら、うまい焙《ほう》じ茶、おれが入れますからっ」

　叫びざま辰次郎が、良太とともに突っ込んで、囲みの輪が大きくくずれた。

「なんでえおめえら、もう島抜けしちまったのか」

「動かぬ証拠をあげてきたと言ってくれよ、木兄い」と、辰次郎が応戦しながら叫び返す。

「親分に抜け駆けたぁ、後できっと雷が落ちやすぜ」

「違いねえ」

　甚三が良太に応じる。良太がふり回している棹《さお》は、大間川を下ってきた舟の櫂《かい》である。

「やっと島から出てきたと思ったら、戻る途中で大捕物に出くわすとはな」

　石を握って後方支援に徹する松吉が、愚痴《ぐち》をこぼす。

「そいつは滅法、運がいいってこった」と甚三が、家臣のひとりの腿《もも》を鮮やかに切り上げた。

その後ろで、見事な抜き胴を披露するのは丈吉である。形勢は一気に有利になった。

「左内殿、参る」

朱緒が半身を斜めに構え、腰を落とした。だが左内は刀も抜かず、朱緒に向かい手をさしのべた。

「朱緒、どうだ、おれと一緒にこのまま江戸を出ぬか」

朱緒のからだが揺れた。「……なにを申される」

「こんなせまい江戸に、一生閉じ込もっているなど愚の骨頂だ。この江戸では、たとえ公方《くぼう》であろうと、夏は暑さにやられ、冬は寒さに震えねばならぬ。外へ出れば、身分の別なく、文明に守られた夢のような暮らしが送れるのだ。おれと一緒に来い、朱緒」

「左内殿には、奥方が……津和様がいらっしゃる」

左内の顔が醜く歪んだ。「あんな女のことを、まだ気にしておるのか。ふん、あのような汚《けが》らわしい女子《おなご》になぞ、指一本触れたことがないわ」

「それは、どういうことでございますか」

「あの女は、もとより兄の慰みものであったわ」

「なっ……」

朱緒のからだを、悪寒《おかん》が駆け抜けた。

「そのような女子を知らぬ顔で押しつけた舅上も厚顔だが、夫となったおれに、馬鹿正直に話したあの女もあの女だ」と左内が、憎々しげに吐き捨てた。

「……津和様が打ち明けられたのは、夫である左内殿への真心でありましょう」

「土下座までする父上のために、やむなく受けた話であるのに、十万家に身売りしたなぞと散々陰口をたたかれ、そのあげくに不貞な女子を押しつけられた。おれはあのとき初めてこの世を呪《のろ》った。この江戸を潰してやろうと心に誓った。たまたま目指すものが同じであったから、舅《しゅうと》殿に力を貸した」

「これまでのことを、すべて津和様のせいだとおっしゃるのですか……」

朱緒の言葉を、津和への嫉妬《しっと》と思い違えた左内が、あやすように続けた。

「あの女のことを、これ以上思いわずらうことなどないわ。津和はおれがこの手で始末した」

「そんな！」

「舅上にとっても、婿をとる手立てのほかに使い道などない継子《ままこ》だ。そのまま江戸へ捨ておくには、仔細《しさい》を知り過ぎてもいる。夫に対する裏切りだけでも自害して当然、自刃《じじん》をすすめたがきき入れぬのでな、やむなく手にかけた」

朱緒の胸に、怒りと憐《あわ》れみが噴流のように押し寄せた。サクと楽しげに語っていた笑顔にさえも、辛《つら》い影が裏打ちされたような儚《はかな》い佇《たたず》まいの津和だった。血のつながらぬ父に疎《うと》まれ、兄に辱《はずかし》めを受け、夫から一片の情もかけられずに殺された。津和の惨《みじ》めさ、悲しみは、深く朱緒の胸を抉《えぐ》った。朱緒が改めて、柔術の構えをとった。

「津和様の仇《かたき》、討たせていただく」

「何を言いだすのだ、朱緒」

「人として、同じ女として、許すわけには参りませぬ」

ずいと朱緒が、前へ踏み出した。その真剣な表情と、からだ中からみなぎる殺気に、左内がゆっくりと剣を抜いた。

「……本気なのだな。だが、おまえの柔術は、おれには通用せぬぞ」

「もとより承知」

言いざま、朱緒が正面から左内へ向かって突っ込んだ。左内のふるった刀をすり抜け、その懐《ふところ》へとび込んだ。技を掛けるつもりであることを見抜き、左内がからだをひねる。

「私には通用せぬと……ぐっ」

朱緒の刀が、左内の左脇腹《わきばら》を、深々と薙《な》いでいた。

「……居合など、いつの間に……」

地面に膝《ひざ》をついた左内が、苦しそうに朱緒を仰いだ。

「この三年、修行して参りました。左内殿は逆に、鍛錬の暇《いとま》もなかったようにございますな。ずいぶんと、剣が鈍りました」

朱緒がにこりともせずに左内を見下ろした。

遠くの方から馬の蹄《ひづめ》の音が、こちらへ向かって近づいてきた。

「ありゃあ援軍だ。ちきしょう、助かった！　おおい、こっちだ！」

松吉が喜びいさんで呼子を吹いた。これに気づいた侍たちが、にわかに戦意を喪失し、ひとり、またひとりと抵抗をやめる。

夢中で応戦していた辰次郎がようやく息をつき、朱緒のもとへ駆けつけた。朱緒は、脇腹を押さえてうずくまる左内の傍らに突っ立っている。辰次郎は、おそるおそる声をかけた。

「朱緒様……」

ふり向いた朱緒の顔は、泣いても悔いてもいなかった。

「辰次郎、この者に縄を打て！」

ぴしりと命じ、朱緒はその場を立ち去った。

駆けつけた援軍は、みなの期待とは、少々趣きが異なっていた。

「北町奉行、筧末森である。十万保基とその家中の者ども、大人しく縛につけい」

陣笠《じんがさ》に火事羽織の出役姿ではなく、足を隠した長裃《ながかみしも》の裾《すそ》をひらひらさせて、筧因幡守が馬上から高らかに宣した。その後ろには、なぜか竹内ら長崎奉行所の与力同心が、騎馬で従っている。

「どうなってんだい、おやじ、うちの親分はどうしたんで」

竹内の馬に同乗してきた菰八が、面目なさそうに木亮を見て、盆の窪《くぼ》に手をやった。

「十万の逃亡を親分に知らせるために、御城に韋駄天を走らせたんだが、北町復帰を許されて、藤見の宴に同席していた筧様にもれちまったらしい」

「筧様は騎馬で登城しておったらしく、おひとりですぐさま駆けつけられてな、途中で我らに追いついてしまったのだ」と、竹内もため息をつく。

一方のゴメスは、黒鬼丸の馬場のある出島まで、徒歩《かち》で引き返さねばならない。

「黒鬼丸はなにせ、歩くってことができねえ性分だからな。登城なんぞに使えねえのが痛えところだ。いくら脚自慢の黒鬼丸でも、今度ばかりは間に合わなかったというわけだ」

「親分が知ったら、雷や嵐《あらし》じゃすまねえや」

急場に応じ、本来なら徒歩組の竹内ら同心にも騎馬を仕立て、菰八たち小者を同乗させて駆けつけた。そのあげくにこのざまでは、ゴメスが怒り狂うのは目に見えている。

竹内と菰八がげんなりする傍らで、筧が嬉々《きき》として采配《さいはい》をふるう。

「旗本とて構わぬわ。片っ端から引っくくれ。御老中と大目付には、この筧が話をとおす」

　すっかり大人しくなった十万家家臣たちが、出島役人の手により続々と縄をかけられる。

「お奉行、お久しゅうございます」

筧のもとへ駈《か》け寄ったのは、丈吉である。

「おおっ、お主、無事であったか」

「北町へのお戻り、喜ばしい限りでございます」

「お主をはじめ、皆の働きのおかげよ。お主の内偵で龕灯《がんどう》一味はお縄になった。それが儂《わし》の復帰の足掛かりとなったのだ。改めて礼を言うぞ」

　痛み入ります、と丈吉が恐縮する。

「したがお主、何故《なぜ》ここにおる。どうやって島を出た」

「話せば長くなりますが……」

「相分かった。話は役所できく。いまは十万を押さえるが先決。誰か、保基をここに連れて参れ」

　気短に言いわたす筧に、丈吉が苦笑して、辰次郎と目を合わせた。

「お互い、上役のアクが強いと苦労しますね」

　まったくだ、と丈吉が応じた。

「ええい、保基はどこだ。どこにいった」

焦《じ》れた筧が、盛んに馬上から首を巡らせるが、応じる声はあがらない。出島の役人と十万の家臣らで、辺りはごった返している。山の麓《ふもと》を目で辿《たど》っていた朱緒が、あっ、と声をあげた。

「あそこの海岸です！　いま小舟で漕《こ》ぎ出そうとしている！」

　一同の立つ山の中腹から遠くはなれた砂浜に、ふたつの影が見えた。影は波打ちぎわで小舟の舳《へ》先《さき》にとりついて、砂浜から押し出そうとしている。影のひとつが青い灯りを掲げ、円を描くようにまわした。青い紙を貼《は》った提灯《ちょうちん》のようだ。

「まずい、あの小舟で漕ぎ出されたら手が出ねえ」

「だがここからでは、馬で駆けても追いつかぬ」

　菰八の横で竹内が、蛇行する山道と砂浜を目測する。ふいに、役人のあいだから声があがった。

「沖から、何か近づいてくる！　なんだ、あの速さは」

　小さな舟が、尋常ならざる速さで、青い灯りを目指し見る間に迫ってくる。蜂《はち》の羽音のような低い唸《うな》りが次第に大きくなり、松吉が叫んだ。

「エンジン音だ！　あれは江戸のもんじゃねえ！」

「保基を迎えに来たというわけか」

筧がぎりぎりと歯嚙《はが》みしたとき、遠くで太い嘶《いなな》きが響いた。

「あっ、あれは、親分！」

「そうだ、親分だ！」

十万保基のいる砂浜を真《ま》っ直《す》ぐ山側に上った小高い崖《がけ》の上に、黒鬼丸にまたがるゴメスの大きな影があった。黒鬼丸の鼻面《はなづら》が、ゆっくりと海側へ向けられる。

「まさか、あすこから降りるつもりじゃあ」

「鵯越《ひよどりごえ》の逆落《さかお》としじゃあるめえし……無茶だ、頭から転げ落ちちまう」

黒鬼丸の足許《あしもと》から、白茶けた土がむき出しになったきつい勾配《こうばい》が、砂浜まで続いている。十万のもとへ向かうには最短の路《みち》ではあるが、馬で駆け降りるのは無謀な角度である。

だがゴメスは、なんの躊躇《ためら》いもなく、黒鬼丸を崖に乗り入れた。

「うわっ！　やりやがった」

一同から大きなどよめきがもれた。

「あれじゃあ、駆け降りるってより、すべり落ちてるようなもんだ」

黒鬼丸の足許から、もうもうと土埃《つちぼこり》が舞い上がる。いまにも前足ががくりと砕けそうに見えながらも、黒鬼丸の太い四肢が懸命に持ちこたえている。ゴメスは自分と黒鬼丸の背中を張り合わせるようにして、重心を山側にかけているが、手綱はことさら強く引いていない。坂を下りるには、手綱を引き過ぎないのがこつなのだ、と騎馬に達者な与力が言った。

「お、お、こいつぁ、いけるかもしれねえ」

固唾《かたず》を呑《の》んで見守る一同の前で、ついに黒鬼丸の前足が、崖下の砂浜を捉えた。

「やったああ！」

出島の者たちのみならず、十万家の家臣たちからも感嘆の声があがる。

「なんと……」

茫然《ぼうぜん》とした筧が、言葉を失った。

「わかっていただけやしたか。うちの親分は女なんぞじゃねえ、立派な化け物でさあ」

筧の馬脇に立った木亮が、大威張りで胸を反らした。

「しかし、間に合うか」

甚三が目を凝らした。すでに漕ぎ出していた保基の小舟に、短艇《ボート》が接舷《せつげん》した。黒鬼丸が波打ちぎわを越え、勢いを落とさぬまま、まっしぐらに突っ込んでいく。十万保基らしき小太りな影が、短艇に乗り移ったとき、ちょうどその場所を黒鬼丸が走り抜けた。

うわあああ！

叫び声とともに、三人の人影と保基の小舟が、宙に高く舞った。木亮が痛そうに顔をしかめた。

「うへえ、ありゃ、死んだかな」

「死んだな、ありゃ」と甚三が応じる。

「賭《か》けねえか、兄い。死にに一分」

「じゃあおれは、死にに二分だ」

「それじゃあ、賭けにならねえじゃねえかよ」木亮が口を尖《とが》らせる。

舳先をもぎとられた短艇が、水面から尻《しり》を突き出すようにして沈んでいく。短艇が海中に没したとき、まるで勝ちどきをあげるかのように、黒鬼丸が大きく嘶いた。

ゴメスは水面に浮いた三人を、出役の際に愛用している棘《とげ》のついた鉄棒で引っかけ、襟首をつかんでは砂浜に放り投げた。

筧や竹内が馬で駆けつけたとき、ひとりはまだ意識が戻っていなかった。

「此奴《こやつ》は誰だ」

十万保基と同年代の洋装の男を見下ろし、筧が糺《ただ》した。

「先の御家老様にございます」と答えたのは、十万家の若い家臣だった。

砂浜にぺったりと座り込んだその家臣の横では、ずぶ濡《ぬ》れの保基が激しく咳《せ》き込んでいる。

「こいつが外で阿《あ》片《へん》をさばいていた野郎かい」

黒鬼丸から降りたゴメスが、大きな足でその男の頭を乱暴に蹴《け》った。

「お奉行、大事な証人です故《ゆえ》、殺してはいけませぬ」

竹内があわてて止めに入り、頬を打ちながら呼びかけた。家老が目をあけ、口から海水を吐き出した。と、唐突に顔を上げた十万の両目が、ぎらりと光った。砂に足をとられ、ほとんど四《よ》つん這《ば》いの体で竹内を突きとばし、そのまま家老に体当たりした。

「ぐあっ」

家老の口から、短く湿った咆哮《ほうこう》があがった。

「十万、よせ！」

筧が止める暇《いとま》もなく、保基が家老の胸から抜いた脇差を、はだけた着物から見えていた己の腹に突き刺した。これを見届けた家老が、奇妙な笑みを口許に浮かべ、がくりと頭《こうべ》を垂れた。

「これで事の真相を知る者はいなくなる」と、保基が歪《いびつ》な笑みを浮かべた。

「こいつの塒《ねぐら》を外庭番に調べさせりゃ、やくざとの繋《つな》がりくらいすぐにわかるぜ」

「やくざだと……大馬鹿者めが。知恵で鳴らしたおまえでも、所詮《しょせん》、外の蝿《はえ》どもと変わらぬわ」

「つるんでいたのは別口だってのか」

「これだけは言っておく。儂はその筋との繋がりなぞ一度も持ったことはない。議員を辞めさせられたときもそうだった。たまたま学友に組長の息子がいたというだけで、世間はあることないこと書き立ておって」

脂汗《あぶらあせ》を垂らしながらも、保基の呪詛《じゅそ》はやまない。

「あれは誰かの差金だ。儂の人気を面白く思わぬ者が、裏で手をまわしたに違いない。政界財界になんの後ろ盾も持たぬ儂には、何もできなんだ。あのとき身に沁《し》みて思い知った。事を成すには、金と人脈だ。この江戸で、己の政《まつりごと》の力を存分に発揮するつもりでいたものを」

保基が寛を見上げ、血走った目をかっと見開いた。

「二十年がかりで築き上げた地位と名誉を、貴様ごときに邪魔立てされた儂の気持ちがわかるかっ。儂のみならず頼みにしていた倅《せがれ》までも、あのような境遇に追い落としおって」

「儂は己の職務を全《まっと》うしたまでだ」

保基を見返す寛の顔には、ひと筋の揺らぎもない。

「これで勝ったと思うなよ。おまえたちの知らぬところで、すでに口火は切られておる。この江戸はもはや、風前の灯火《ともしび》。国がなくなれば、おまえたちはただの時代遅れの異物に過ぎん」

「どういうことだ、十万保基！」

真っ黒な怨念《おんねん》に満ちた言葉に、さすがの寛も顔色を変えた。保基はにたりと笑い、両手で握っていた脇差《わきざし》の柄《つか》を、横に引いた。

「ぐああっ、い、痛い」

痛みに耐えかねた保基が、砂浜をごろごろと転がり、砂まみれの脇差が腹から抜けた。強烈な血と臓物のにおいが辺りに漂い、潮の香りと混ざり合う。十万家の若い家臣が、思わず鼻と口を覆《おお》った。ゴメスが保基に屈《かが》み込んだ。

「介錯《かいしゃく》なしで切腹しようなんざ甘えんだよ。下手すりゃ、明け方まで苦しむことになるぜ」

保基の目に、怯《おび》えが走った。

「阿片を売った相手を白状すれば、介錯してやらなくもねえ」

だんまりを決め込むつもりか、ゴメスから目を逸《そ》らす。

「ほう、そう来るか。ならば仕方ねえ」

ゴメスが保基の襟首をつかんで持ち上げた。そのままずるずると砂浜を引きずっていき、海水に放り込んだ。傷口が塩水にさらされたとたん、保基の口から鋭い悲鳴が上がった。たまらず仰向けに返したからだを、ゴメスが無理やりうつ伏せる。凄惨《せいさん》な光景に、寛も竹内も気を呑まれている。髷《まげ》をつかんで顔だけを水面から出させ、ゴメスが重ねて問う。

「もう一度訊《き》く。阿片を誰に売った」

「……せ……いじ……」

「……せいじ……、政治家だってのか」

驚いたゴメスが手をゆるめると、どこにそんな力が残っていたものか、保基が海老《えび》のようにはね、仰向けになり息をついた。

「もう良かろう。首を落とすほどの腕はないが、及ばずながら介錯いたす」

筧が刀を抜くと、保基の顔に安堵《あんど》が浮かび、その目から涙が吹きこぼれた。

「馬鹿言ってんじゃねえや。肝心のことをしゃべるまで、楽に死なせてたまるかい」

「しかし馬込、武士の情というものが……」

「そんなもんは糞《くそ》と一緒に便所に放り込め。さあ、言ってもらうぜ保基よ。そいつはどこの誰だ！」

保基が、これ以上はしゃべらぬとでも言うように、両の唇を固く引き結んだ。

ゴメスがやおら、傷口を手で押さえた。保基がびくりとはねる。

「塩水ばかりじゃおめえも飽きらあな。てめえの腸《はらわた》をてめえで拝むってえ趣向はどうだ。なに、腸を引きずり出したところで、寿命はそう変わらねえよ」

恐怖か絶望か、保基の目が空洞のように見開かれ、がくがくとからだが震え出した。

「馬込、やめぬか」

割って入ろうとする筧の腕を、竹内が押さえた。ふり向いた筧を見詰める竹内の真剣な眼差《まなざ》しは、止めても無駄だという諦観《ていかん》ではなく、これが己の主《あるじ》のやり方だと主張しているかに見えた。

ゴメスがずいと、顔を近づけた。

「言え、十万、これは脅しでもなんでもねえ！」

保基の口が、ぽっかりと開いた。ゴメスが耳を寄せる。

「……印西茂樹《いんざいしげき》だと……？　おい、嘘《うそ》じゃねえんだろうな！」

顔色を変えたゴメスが、その胸座《むなぐら》をつかみ揺さぶった。かくんかくんと力なく首をふる保基は、嘘をつく気力など、とうに尽きているようだ。

鼻から息を吐き、ようやくゴメスが手を放した。入れ代わりに筧が駈け寄る。

己をおとしいれた奸物《かんぶつ》であるはずが、保基に向けられた筧の瞳《ひとみ》には、ただ深い憐憫《れんびん》の色があった。筧が傍らにひざまずき、両手で刀を持ち上げると、礼を述べるかのように保基がかすかにうなずいた。筧の刀が、真っ直ぐに保基の心の臓を貫いた。ひとたび大きく痙攣《けいれん》し、保基のからだから力が抜けた。

「このような末期《まつご》では、成仏しろと言うのも酷なことよ」

筧が瞑目《めいもく》し、それまで呆《ほう》けたように座り込んでいた若党が、主の死骸《しがい》に駈け寄った。

竹内がふり向くと、ゴメスはすでに背を向けて、波打ちぎわを後にしていた。

「あっしらが見た、芥子《けし》畑を燃した煙が、狼煙《のろし》になっていたんでやすよ」

松吉が、寛治に向かって身を乗り出す。その横で菰八が、ゆっくりと一服つけはじめた。

「それで保基が、尻に帆掛けて逃げ出したってえわけか」

あの大捕物から半月ばかりが過ぎたこの日、出島で白州が開かれた。松吉は辰次郎とともに証人として、菰八はふたりの付添い人として、白州に連座した。初めて生のお白州を見た松吉は、すっかり舞い上がっている。

「驚いたことに狼煙で動いたのは保基ばかりじゃねえんだ。流人《るにん》島は領内の外れの山の上にあるだろ。江戸領外から見張ってた、先の家老が駆けつけたって寸法で」

「へええ、また手回しのいい。その辺りも、あの保意って倅の差金かい」

寛治が、三つ目の葛饅頭《くずまんじゅう》に手を伸ばした。

「左内ってえ婿《むこ》の話じゃ、どうもそうらしいんで。あの婿も、御薬園役人の須藤八九郎を手にかけたり、サクを襲わせたりと、ずいぶんと暗躍したらしいでやすがね。須藤様に近づいた偽《にせ》医者も、やっぱり十万の差金だったんすよ」

「倅の保意は、燃えた芥子畑の中で自害して果てたそうだ」と菰八が無精髭《ぶしょうひげ》をなでた。

「サクの親父《おやじ》さんと同じところで死ぬなんざ、因果応報って奴《やつ》だよな」

「あんなひでぇ野郎は、本当なら磔《はりつけ》、獄門でぃ。自害できただけまだましよ」

感慨深げな寛治に対し、松吉は不満そうだ。

十万家一族郎党と、左内に加担した大番組番衆の裁きは、目付をはじめとする公儀の役人がつけることになっている。異国が関わる事件だけに調べに手間どり、未だ裁きはついていないが、死罪は確実で、切腹さえ許されぬだろうと言われている。

芥子畑に関わった流人島の顔役たちの裁きは、南北の町方がつける手筈《てはず》になっているが、夏になるまで罪人を引き上げることができぬから、こちらも日延べされていた。

「こんなに頑張ったのに、長崎奉行《うち》で裁けるのが父屋吉田屋と麻衣椰村だけなんて、なんか割に合わねえっすね」

「まあ、こればっかりは仕方ねえや。それに親分は、そんなこたぁ気にしちゃいねえ。開いた箱には興味がねえからな」と菰八が松吉をなだめた。

「吉田屋はどうなったい」

「阿片に関わった主人と番頭、手代のふたりが死罪っすが、あとのもんは咎《とが》めなしになりやした。もっとも吉田屋は闕所《けっしょ》になりやすがね」

「麻衣椰村は」

寛治のこの問いに、松吉が困り果てた顔になる。菰八が代わりに口を開いた。

「その裁きが納得いかねえと、あの馬《ば》鹿《か》がいま奥座敷にいるよ」

やれやれ、と三人がそろってため息をつく。寛治が重そうに腰を上げた。

「どれ、軟膏《なんこう》でも用意しとくかな」

「いっそ、お医者を呼んできたほうが」と松吉もうろたえぎみに立ち上がる。

灰吹きに落とした火が消えるのを見守りながら、菰八は深い笑みを浮かべていた。

三人の予想を裏切らず、辰次郎は奥座敷の襖障子《ふすましょうじ》ごと、庭に蹴りとばされていた。

「……あんな裁きはねえじゃねえか……サクや長老のおかげで、流人島の芥子を見つけることができたのに……」

縁側から這い上ってきた辰次郎は、両の頬が腫《は》れあがり、片目が潰《つぶ》れている。

「それとこれとは話が別だ。連中がご禁制を承知で芥子を作ったなぁ動かしようがねえ。長老どもの命が助かっただけでも、儲《もう》けものと思いやがれ」

「だからって、村人全員島流しなんてあんまりだ」

縁から畳へと、守宮《やもり》のように這いずりながらも、辰次郎は諦《あきら》めない。

「あの流人島は、人が生きていけるような場所じゃねえ。食い物は限られてるし、法も何もねえ生き地獄だ。あんなとこに入ったら、弱い者から死んじまう」

「そいつは流人島だけの話じゃなかろう。弱えもんは強えもんに踏みつけにされるっきゃねえ。いまのおめえみてえにな！」

腹這いの辰次郎を片手で持ち上げ、ゴメスが壁に叩《たた》きつけた。

「お奉行、もうおやめください！」

朱緒が駆け寄ると、辰次郎は両手を踏ん張って、どうにかからだを起こした。

「……ちきしょう、いつまでもやられてばかりだと思ったら大間違いだ」

「辰次郎、おまえももうおよしなさい」

「朱緒様はすっこんでてくれっ。これはおれと親分の勝負だ」

かけられた朱緒の手を、乱暴に払いのける。日頃の辰次郎からは想像もつかぬ、鬼気迫る形相だった。だが、ゴメスは鼻もひっかけない。

「勝負だと。笑わせんじゃねえよ」

「だったら親分、おれが親分から一本でもとったら、麻衣椰の刑を軽くしてくれ」

「すでに言いわたされたお裁きを、違《たが》えることなどできません」

「いいじゃねえか。どうせおめえがおれに一矢《いっし》報いるなんざ、たとえ江戸富士が火ぃ吹いたってありっこねえんだ」

「約束だぞ、親分」

辰次郎が、ゆらりと立ち上がった。

「それにしても、よくやるぜ」

立て膝《ひざ》に腕をあずけ、柱に寄っかかった甚三が、薄笑いを浮かべる。

「うわっ、まあた庭にたたき出された。ああ、ああ、池に頭から突っ込んじまったぜ」

木亮が思わず立ち上がる。奥座敷から鉤《かぎ》の手に曲がった廊下のすみでは、甚三と木亮が観戦を決め込んでいた。ここからなら奥座敷の中までよく見えるのである。

庭に駆け降り、助け起こした朱緒を突きとばし、辰次郎がゴメスの前へとまたからだを引きずっていく。

「ふたりとも、そんなところで見ていないで、辰次郎を止めて下さい」

「心配いりやせんぜ。あれで親分は加減してやすから、少なくとも死ぬことはねえっすよ」

朱緒の頼みに、木亮がのん気に応じる。

「しかし、あれ以上は本当に命にかかわります」

「ま、たしかに、えらくしつっこくなったもんだ」と木亮が、呆《あき》れ半分、感心半分でうなずく。

「朱緒様、あいつの気の済むまでやらしたほうがいい。あれがあいつの取柄なんだ」

甚三が、涼しい顔を朱緒に向けた。

「取柄？　あれがですか」

「出島のお役人でもこの裏金春でも、親分に食ってかかろうなんて度胸のある奴は、あいつ以外にひとりもいやしません」

「なまじ傍にいる分、親分の恐ろしさは身に沁みてやすからね。あれにくらべりゃ、その辺の悪党なんざ屁《へ》みてえなもんで。あ、でも兄いは昔、親分に喧嘩《けんか》売ったことがあるって話でしたね」

「ああ、けちょんけちょんにされちまって、一度で懲《こ》りたがな」

「ふつうの頭がありゃ、誰だってそのくれえ学びますぜ」

「それをあいつは、負けを承知でああして突っかかっていく。それもいつだって、どこかの誰かのためだ。そんな酔狂なこと、ほかの誰にもできやしません」

朱緒があらためて辰次郎をながめた。立っているのもやっとなのだろう、右に左に水母《くらげ》のようにふわふわしながら、それでもゴメスの前に戻っていく。

あまりの粘りに嫌気がさしたものか、ゴメスが辰次郎のからだを両腕で頭上に高く持ち上げて、畳に叩きつけた。ずうん、と低い地響きとともに埃《ほこり》が舞い上がる。

「こいつぁ、勝負あったか」

微動だにしない辰次郎に、廊下から木亮が判定を下した。

「やれやれ、疲れる野郎だ」

ゴメスが肩を鳴らしながら背を向けたとき、辰次郎の右腕が、ぴくりと動いた。手にふれた熊手《くまで》をつかみ、がばっと身を起こす。

「隙《すき》ありっ！」

辰次郎が残った体力をかき集め、とび上がりざま打ちかかった。ぽこん、と間抜けな音がして、ふり向いたゴメスの額に熊手が当たり、ポキリと折れた。

「うおっ、やりやがった！」

甚三と木亮が、思わず歓声をあげた。

次の瞬間、ゴメスの強烈な蹴《け》りを鳩尾《みぞおち》に食らい、辰次郎は三度庭へふっとび、今度こそ動かなくなった。折れた熊手は、ゴメスが背中を掻《か》くために愛用している代物《しろもの》である。打たれた額に手をやりながら熊手をながめるゴメスは、朱緒に投げられたときとそっくり同じに、細い目を瞬《またた》かせていた。

庭に倒れた辰次郎を、甚三と木亮がえっさえっさと寝間へ運び込む。

「なんでえこいつ、笑ったまんま気絶してやがる」

「あのお奉行に、ひと太刀浴びせたことはたしかですからね」

朱緒がやわらかく微笑《ほほえ》んだ。

辰次郎が気がついたとき、すでに辺りは暗くなっていた。

何かが顔にふれる気配があった。片目がどうしても開かず、口を動かそうとすると鋭い痛みが走る。動くほうの目をわずかにあけると、行灯《あんどん》の灯りに浮かぶ朱緒の白い横顔が見えた。その手許《てもと》から、小さな水音がきこえる。はなれた座敷から、酒盛りに興じるみなの笑い声が響き、遠くで按摩《あんま》笛《ぶえ》の音が流れた。朱緒が顔を向ける前に、辰次郎はまた目を閉じた。冷たい手拭《てぬぐい》が当てられるとき、朱緒の優しい手が、額にかすかにふれた。

からだじゅうが痛くて熱っぽいというのに、辰次郎はなんだかとても幸せな気分になって、そのまま狸寝入《たぬきねい》りを決め込んだ。

「ひでえ面《つら》だなあ。それじゃ朱緒様に愛想つかされちまうぜ」

相変わらずの小生意気な口調で、サクが辰次郎の顔を見上げる。

「これでも大分良くなったんだぜ。それにこれは、サクの仇《かたき》をとった名誉の負傷なんだからな」と辰次郎が、腰に手を当ててふんぞり返る。

「あの怪物奉行には、かすり傷さえつかなかったってえじゃねえか」

「当たったのが額だったのがまずかったよ。親分の面《つら》の皮の厚さは並みじゃねえからな」

違いねえ、とサクが笑いころげる。

「親分も言ってくれりゃあいいのによ。流罪ときけば、誰だってあの流人島だと思うじゃねえか」

「じいちゃんたちはわかってたみてえだぞ。父ちゃんから島の話はきいてたからな。あそこに七百人もの村人が入るはずがねえって」

「冷静に考えてみればそうだよな。あんときは頭に血が上ってたからな」

麻衣椰村の流罪とは、村ごとそっくり別の場所に移されることだった。領内西北の山奥にあるその土地は、とある藩が開墾《かいこん》したものの、あまりに不便な場所のため放置されていたものだった。

「土地を見にいった村のもんの話じゃあ、行き来に便が悪いのと、ここより寒いほかは、土地も肥えてきれいな泉もあるそうなんだ。街中育ちのおいらには、ちょいと寂しい場所だけど、故郷の村に似てるって、じいちゃんや年寄はかえって喜んでんだ。来本村ともこう遠くっちゃ、喧嘩の仕様もないことだしな」

流罪といっても、見張りが立つわけでもない。他所《よそ》の土地への移住は許されないが、それ以外なら出入りも自由なのだった。今日が出立《しゅったつ》の日にあたり、立ち会いの出島役人とともに、辰次郎は引越しの手伝いがてら、サクを見送りに来たのである。

「すみません、遅くなってしまって」

朱緒が息をはずませて、ふたりのもとに駆け寄ってきた。胸には白布に包まれた四角い箱を抱いている。それを認めたサクが、まるで初冬の羽虫のように勢いをなくす。

「津和様、こんなになっちまって」

呟《つぶや》いたサクの目に、こんもりと涙が盛り上がった。

「サク、おまえにはご苦労ですが、よろしく頼みますね」

「苦労なものか。津和様の墓は、おれが一生守ってみせらぁ」

袖《そで》でごしごしと涙を拭《ぬぐ》う。朱緒が津和の骨壺《こつつぼ》の入った箱を、サクに手渡した。津和が最期《さいご》に呼んだのはサクの名だった。あれほどひどい仕打ちを受けた父や兄とともに、十万家の菩提寺《ぼだいじ》に埋められるより、サクの傍に葬ってもらうことこそ津和の願いなのではないか。朱緒のこの申し出を、サクは快く引き受けたのだった。

朝四つの鐘がなる頃、ごとごとときしみをあげて、大八車の長い行列が動きはじめた。そのしんがりで、サクが紅葉のような手をふった。

首からさげた白布の箱が、まるでお辞儀をするかのように、サクの胸で静かに揺れた。

辰次郎が寝酒の一升徳利《どっくり》を手に赴くと、奥座敷にゴメスの姿がなかった。

梅雨の到来を思わせる、湿った宵だった。灯りの落ちた人気《ひとけ》のない座敷は、妙に物寂しい風情だ。終日降りしきっていた小糠雨《こぬかあめ》が切れ、雑草の生い茂る庭から、かすかな虫の声がする。

座敷内をきょろきょろとながめ渡した辰次郎は、北の裏庭に向かって縁側に胡座《あぐら》をかく、小山のような姿を見つけた。

声をかけようとして、辰次郎はふと、父親の言葉を思い出した。

父の枕辺《まくらべ》で、松吉の手紙を読みきかせていたときだった。手紙には、ゴメスの乱暴狼《ろう》藉《ぜき》で難儀している裏金春のようすが、面白おかしく書いてあった。気の優しい松吉らしく、ゴメスの不機嫌が片腕であった十助を失ったためだとは、ひと言も書かれていなかったが、父は意外なことを言った。

『たぶん親分さんは、十ちゃんがいなくなって寂しいんだろう』

竹馬の友である十助を、父はそう呼んだ。きいた辰次郎は、ぷっと吹き出した。

『父さんは親分を見たことがないから、そんなことを言うんだよ。あの親分に限って、あり得ねえ。そんな繊細な玉じゃない』

天井にぼんやりと目を当てて、静かな声で辰衛は言ったのだった。

『辰次郎、寂しくない人間など、この世にいないよ』

病が落ち着いているとはいえ、相変わらず頬骨に皮を張りつかせたような顔だった。

『どれほど強そうに見えても、どんなに幸せそうでも、誰も彼もやっぱり寂しいんだ』

薄い背に絶えず死神を貼《は》りつかせているような父の言葉には、虚飾がなかった。

「そういうもんかな」

ゴメスの大きな背をながめて、辰次郎が呟いた。

「何がそういうもんなんだ」

ゴメスがでかい頭をぐるりとまわしてふり向くと、辰次郎の感傷は、ひと息に吹きとんでしまった。

「いや、その、朱緒様がいないと、裏金春が広く見えるなあなんて、さっき言ってたもんで」

朱緒は里帰りを許されて、今晩は雑司《ぞうし》ヶ谷《や》の自邸に泊まることになっていた。

「おれはたまの息抜きができて有難えや。最近すっかり、口うるさい小姑《こじゅうと》みてえになっちまって。あのやんわりとしたたしなめ口調は、昔の十助にそっくりだ」

(粟田様の人選は、間違ってなかったってことか)

徳利をゴメスの脇において、辰次郎は心の内で呟いたが、口では違うことを訊《たず》ねた。

「そういえば、今日親分に日本から便りが届いてましたよね。十さんからですか？」

「いや、あれはおめえの婆《ばあ》さんからだった」

「ええっ、うちのばあちゃんからすか」

「ああ、おめえのことをよろしくとよ。そう言やあ、おめえと婆さんは苗字《みょうじ》が違うんだな」

「佐藤は親父の姓です。母の言いつけで、親が離婚した後も、おれだけは佐藤のままでした。じいちゃんがごねたもんで、母は旧姓の陶器《とうき》に戻りましたけど」

「おめえの母親は、お利保《りほ》って言ったよな。ひょっとして江戸入り前の名は、陶器入保《いりほ》ってんじゃねえか？」

辰次郎は、思わず目を見張った。「そのとおりです」

「やっぱりそうか。陶器ってな珍しい苗字だもんで、婆さんの手紙で思い出したんだ」

「親分は、母を知ってるんすか？」

「いや、会ったこたねえんだ。おめえの母親が江戸入りした後、同じ研究室におれが入った」

辰次郎の母は、日本の大学にいた頃、次世代燃料の研究室にいた。ことに炭に関心があり、それが江戸入りのきっかけだということは、辰次郎もきき知っていた。

「おれが入って半年後くれえか、おめえの母親から研究室宛に便りが来てな。他はあらかた忘れちまったが、『この江戸の民百姓は、学者よりもずっと物知りだ』って一文だけは覚えてる。えらく感心しているようすで、江戸に骨を埋めることにしたと結んであった」

たちまち亡《な》くなった母親の面影が浮かび、辰次郎の鼻の奥がつんとなった。

「おれは一年ほどで別の研究所に移ったが、粟田のじじいから江戸入りを持ちかけられたとき、ちょいとその文《ふみ》を思い出したんだ」

「じゃあ、親分の江戸入りのきっかけって、うちの母の手紙だったんすか」

「それだけじゃねえよ。ちょうどその頃、面倒なことになっててな。何かとわずらわしいことが多かったんで、じじいの話に乗ってみたまでだ」

ゴメスはむっとしたようにそう言い返したが、半ば母親の思い出に浸っていた辰次郎は、感慨深げにため息をついた。

「おれと親分って、案外縁があったんすねえ」

すぐさま一升徳利がとび、咄嗟《とっさ》に受け止めた辰次郎が、その頼りなさにびっくりする。

「もう飲んじまったんすか！」

「寒いこと抜かしてねえで、とっとと代わりを持ってきやがれ」

追い立てられるようにして、徳利を抱えた辰次郎が、あたふたと座敷を出ていく。

盛大なため息をついて、ゴメスは庭のすみの柿《かき》の木に目をやった。

「まったく、結構な荷物を置き土産にしてってくれたもんだな、十助よ」

柿の木に丸いからだをとまらせているのは、黄味を帯びた大きな満月だった。

翌日、めっきり暇になった裏金春の配下たちは、昼日中から玄関脇の座敷でごろごろしていた。

梅雨に降り込められて気合が入らぬ上に、ゴメスも登城し、のんべんだらりを決め込んでいるのである。韋駄天《いだてん》が、ふっと顔を上げた。

「なんか、妙な声がする」

茶をすすっていた菰八が、首をかしげる。「おれにはきこえねえけどな」

「猫みてえな、蛙《かえる》みてえな……」

「あれ、おれもきこえるぞ。猫みてえな……これ、ひょっとして、赤ん坊じゃねえか」

寝転がっていた良太が起き上がり、片手を耳に当てた。

「甚兄いの赤ん坊でも、外に置かれてんじゃねえのかい」

「おれがそんな下手を打つわけねえだろうが」

畳に長くなっていた甚三が、木亮の頭を蹴《け》っとばす。

そのとき、玄関のがらり戸が勢いよくあいた。辰次郎が座敷から首をつきだす。

「なんだ、お春ちゃんか、そんなにあわててどうしたんだ」

お春は土間に下駄をふっとばしながら、廊下に上がり込んだ。

「みんな一大事よ、赤ちゃんよ、赤ちゃん！」

頬を上気させたお春が、息急《いきせ》きって叫んだ。

「ええっ！」

声をあげた一同が、一斉に甚三をふり向く。

「……やっちまった……のか」

半身を起こした甚三の顔が、すうっと青ざめた。菰八が、その肩に手をおく。

「まあ、おめえもそろそろ所帯を持ってもいい歳《とし》だ。なに、育ててみりゃ、子供くれえ可愛《かわい》いもんはねえぞ」と子煩悩《こぼんのう》な菰八は相好をくずす。

「嫌だ、おれは所帯なんぞ絶対《ぜってえ》持たねえ！」

「年貢《ねんぐ》は納めどきが肝心すよ。ここは男らしくいくしかねえでしょう」

木亮がしたり顔で説教すると、寛治が飴玉《あめだま》を口に入れたかのように頬をゆるめた。

「甚兄いの赤ん坊なら、きっと可愛いっすよ」

「うわあっ、やめろ、やめてくれ！」

半狂乱になっている甚三に、お春がきょとんとする。

「甚三さんの赤ん坊って、なんの話？」

「玄関先に甚兄いの赤ん坊が置いてあったんじゃあねえのか」松吉がたしかめると、

「なに言ってんのよ。赤ん坊を産んだのは義姉《ねえ》ちゃんよ」とお春はころころと笑った。

「ええっ！　お駒さんが！」

「そうよ。お午《ひる》前に産気づいてね、一刻《いっとき》ばかりの安産で、元気な男の子が産まれたの」

「そういやあ、このところ一段とふくよかになってきたとは思ってたけど……」

全員が呆気《あっけ》にとられるのも無理はない。お駒は今朝の朝飯どきまでずっと、常と変わらずきりきりと働いていたのである。もともとかなり太目であったため、誰も身籠《みごも》っているとは気づかなかったのだ。

「お店のお客さんに、よけいな気ぃ使わせちゃいけないからって、みんなにも黙ってたのよ」

とりあえず赤ん坊をひと目見ようと、一同がぞろぞろと連れ立って座敷を出ていく。

「ほら、甚兄い、行きますよ」辰次郎が甚三の手を引いた。

畳に腰を落としたまま、未だ青い顔をしていた甚三が、ふらふらと立ち上がった。

「うわあ、小っせえなあ」

「しわしわで猿みてえだあ」

「こんなちっこい手に、ちゃんと爪《つめ》がついてらあ」

飯屋の二階に上がり込んだみなが、口々に歓声をあげる。

大仕事を終えたお駒の横には、亭主の拓一が幸せそうに寄り添っている。

「鼻の丸っこいとこなんざ、おれにそっくりだ」

「いやさ、この耳の形を見ろい、おれとうりふたつだぜ」

喜平と権七は、赤ん坊にべったりと屈《かが》み込み、大騒ぎである。

「名前は決めてあるのかい」と菰八が拓一に訊ねた。

「いや、こいつが女に違えねえって言うもんで、男の子の名前は考えてなかったんだ」

「名前なら、爺《じい》さんのおれがつけてやらあ」権七が名乗りをあげるが、

「なにを言うか、曾爺《ひいじい》さんがつけるもんだろう」と、脇から喜平がかっさらう。

「まあ、どっちでもいいけど、ねえ」

お駒が赤ん坊をのぞき込む。さし出したふっくらとした指を、赤子の小さな手が握りしめた。

お駒の顔に、横広がりの大きな笑顔が広がった。

同じ頃、江戸城は田安右衛門督《うえもんのかみ》の居間に、ゴメスと粟田が居並んでいた。

「印西茂樹というと、大臣を歴任した男ではないか」田安の顎《あご》が、がくりと下がる。

「外庭番の調べでは、残念ながら確たる証《あか》しは出なかったが、十万のもとの家老が印西の手の者と会っていたことだけは裏がとれた。それに、保基と日本のやくざとの繋《つな》がりは、奴《やつ》の言葉どおり、ひとつも浮かんでこなかった」とゴメスが述べた。

「印西は、いまは表舞台から退いているが、発言力は衰えていない。それでも、印西ひとりの思いつきならまだ良いのだが……」と粟田は顔を曇らせる。

「日本の政府が、江戸を潰《つぶ》そうとしているということか」

「……もしかすると、日本ではないかもしれぬのだ」

「どういうことだ」

「印西は外交に長《た》けていてな、国連との結びつきが強いんじゃよ」

「国連……」

呟《つぶや》いたきり、田安が絶句した。

「外庭番には探索を続けさせるが、容易に尻尾《しっぽ》を出すような相手じゃあねえ。とりあえずいまは、相手の出方を待つしかねえだろう」

「ついに、来るべきときが来たのかのう」

田安が悲しそうに呟いた。

気の晴れない面持ちのまま、田安の居間を辞したふたりは、廊下の途中で寛に出会った。

「これは長崎奉行のおふた方、ご機嫌うるわしゅうて結構でござるな」

ふたりとは対極に、寛は真夏のヒマワリさながらに、暑苦しいほど満面の笑みである。

「寛殿も近頃めっきり顔色が良いようす、結構なことじゃな」

ぶすっとしたゴメスの横で、粟田がにこやかに応じた。

「いやあ、毎日倅《せがれ》の顔を見るのがいちばんの良薬でな、日々の疲れなぞ吹きとんでしまいますなあ。お主もいつまでも奉行職になぞついとらんで、子供のひとりでも儲《もう》けたほうが良いぞ。まだ間に合うかも知れぬでな」

高笑いをしながら、寛が廊下を遠ざかる。

「今日は、言い返さんのか」

「馬鹿《ばか》らしくて、いちいち返す気にもなれねえや」

ゴメスがげんなりとする。

「おまえさんが蒔《ま》いた種じゃからな、これも仕方なかろうて」

「じゃあ、寛がとった養子ってなぁ、やっぱり……」

「ああ、寿々《すず》ちゃんにきいて調べてみたんじゃがな」

「相変わらず暇なじじいだ。それと、その呼び方はやめろと言ってるだろうが」

栗田は少しも気にせず、話を続けた。

「表向きは大身旗本家からの養子となっているが、屋敷の門前に捨てられていた赤子を奥方が大層可愛がってな、養子として迎え入れたそうじゃ。寿々ちゃんにしては、なかなか乙なことを」

「薄気味悪いこと言うねえ。敵に塩を送るような真似《まね》、おれがするわけねえだろう」

ゴメスがさも不快そうに、ぶるりと身震いした。

筧が養子にした赤子は、いつかゴメスと朱緒が出島の帰りに出会った、あの身投げしようとしていた女の子供だった。ゴメスは女のからだがそう長くはもたないことを見てとり、赤ん坊を筧の屋敷の前におき、女には養生所へ行くようにと説いたのだ。子供を手放すことを最初は拒んでいた女も、それしか生かす道はないと悟ったものか、ゴメスの勧めに従ったのだった。

「おれは意趣返しのつもりで、ちっと面倒を押しつけてやっただけだ。ちょうど私邸に蟄居《ちっきょ》中の身で、暇そうだったしな。子供、子供とうるさい奴なら、赤子の里親を探すに違いねえとふんだまで。まさかてめえで育てるなんぞ、夢にも思わなかったぜ」

ゴメスが苦りきる。

「その女は、まだ小石川におるのか」

「いや、おれの口ききだと察して、養生所のもんがわざわざ知らせてくれたがな、五日ばかり前に亡くなったとよ。最期《さいご》まで子供の心配をしていたらしい」

そうか、と栗田が城の庭に目を転じた。朝からうっとうしく降り続いていた雨はやんでいた。緑がめっきり濃くなった庭に、雨で丸くふくらんだような白い花が、あざやかに映る。

「来年も、あの花が見れるかのお」

ぽつりと栗田が呟いた。

ゴメスは何も答えなかった。

厚い雲間を射抜くように、数条の光の筋が地に注いだ。陽射《ひざ》しを浴びた満開の白紫陽花《あじさい》が、重たげに頭《こうべ》を垂れた。

ゴメスおまけ劇場　お白州三様

ある日の北町奉行

「これ、伝助、ちゃんときいておるか」

「へえ、お奉行様、ですから、あっしの手《て》癖《くせ》の悪さは、もう病みてえなもんで」

「そういうことではなく、なぜこのような品々を盗んだかと問うておる」

別に理由《わけ》なぞないと、何十回も言った台詞《せりふ》を伝助が力なくくり返す。

麻裃《あさがみしも》の膝《ひざ》をそろえた筧末森《かけいすえもり》が白州に姿を見せてから、すでに一刻《いっとき》は経《た》っていた。咎人《とがにん》の伝助じいさんも、付添の長屋の差配も、すっかり疲れきっている。

「塩豆や瓜《うり》、あるいは草履《ぞうり》の鼻緒、このあたりならわかる。しかし、鉄釘《てつくぎ》ひと箱だの、女ものの古着だの、どうしてこのような品が入り用なのか」

「あのお、このお白州は、あっしが天ぷら屋台から失敬した、海老天《えびてん》一本のためのものじゃ……」

　きつい眼で正面からにらまれて、じいさんが黙りこむ。

「……なにせだいぶ前のことで、いちいち覚えちゃいやせんし……そのう、ふらふらっと……」

「なんだ、その曖昧《あいまい》な物言いは。はっきりと申し述べよ」

　ふたたび口をつぐんだ伝助に代わり、差配がおそるおそる進言する。

「恐れながら、お奉行様、そのあたりの過ぎた盗みについては、お役所の手をわずらわせることなく、それぞれの店と内済がついておりまして……」

　とたんに筧のこめかみに、青筋が浮いた。

「内済すればいいというものではないわ！　だいたい、差配のおまえもたるんでおる。手癖が悪いのひと言で片付けず、ひとつひとつの盗みについて、じっくりと詮議《せんぎ》しておれば……」

　筧の説教がこんこんと続き、伝助も差配もひたすら頭《こうべ》をたれて耐えしのぶ。

「お奉行、次の者も控えておりますので、この辺りで……」

　見かねた同心が、いい加減のところで助け舟を出した。

「仕方がない。この続きは、また日を改めて」

すでに三度目の吟味というのに、いっこうに落着の気配はない。玉砂利に座したふたりが、がっくりと首を落とした。

「差配さん、本当にすまねえ。もう金輪際、決して人様のものに手は出さねえ」

白州から引き出されると、伝助じいさんが涙ぐむ。

「ぜひ、そうしてもらいたいものだが、次に捕まるときは、せめて南町にしておくれ」

鼻をすすりあげた伝助じいさんの横で、差配は大きなため息をついた。

ある日の長崎奉行　その一

「おまえさんが抜け荷したこの機械だがな、これで五両とは、ちと高すぎやしないか」

日本から持ち込まれた品を手に、粟田《あわた》が咎人に問いかける。

「ですがそいつは、秋葉原で仕入れた最新のものですぜ」

「ほう、何か目新しい工夫でも、施されておるのか？」

粟田が、たちまち目を輝かせた。咎人を己の身近において、あれこれと訊《たず》ねながら機械を操作させる。のほほんとした粟田の雰囲気に、緊張していた咎人も、すっかり気を抜いている。

「こいつは立体映像《ホログラム》に加えて、臨場感あふれる音と、さらに、においまでついてるって優れもので」

「音やにおい程度なら、三年も前からあるではないか」

日本で新機種が発売されれば、江戸に入れてひと儲《もう》けしようと企《たくら》む輩《やから》は必ずいる。新しもの好きの性分も手伝って、粟田はこの方面にかけては江戸いちばんの知識を誇る。

「江戸ではネットも繋《つな》がらんから、ソフトは内蔵されているものだけであろう？　こちらも見たところ、ありきたりのものばかりで、これで五両は、やはり法外な値ではないかの」

「あまりにも相場に見合わぬ高値は、騙《かた》りの罪に問われることがある。抜け荷に加え、騙りとなれば、島送りは免れませぬな」

粟田の傍らに座した佐久間《さくま》が、しかつめらしい顔で告げた。たちまち咎人の男が、顔色を変えた。

「冗談じゃねえ。そんな詐欺《さぎ》まがいのことは、これっぽっちも……」

「しかし、これではなあ……せいぜい二両が相場じゃろ」

「御意」

いかめしい顔つきの同心に重々しくうなずかれ、男がさらに青ざめる。

「ち、ちょっと、待ってくれ。こいつにはもうひとつ、仕掛けがあるんだ」

「なんだ、それを早く言わぬか」

相好をくずした粟田が、うきうきと種明かしをせっつく。

「実は、特殊な衛星受信機が内蔵されていてな、これを押すと……限定の裏チャンネルに繋がるんだ」

ほほう、と粟田が目を丸くする。

「なるほど、目玉は色モノというわけか。これはなかなか興味深い」

「へへ、お奉行様も、お好きですねえ。男たるもの、いくつになってもそうこなくっちゃあ」

お追従《ついしょう》をならべた男の舌が、さらになめらかになる。

「そんじょそこらとはモノが違うんで、十八禁どころか二十一禁ですぜ。緊縛からハードコアまで、マニア向けの映像が目白押しです。なんならここで、二、三本、ご披露しますかい？」

「そうさのう……」

「お待ちください。このお白州で、不埒《ふらち》な映し絵はいかがなものかと」

「相変わらず固いのう。どうせ男ばかりなのだから、たまには良いではないか」

脇《わき》から佐久間に止められて、粟田が不服そうに口をとがらせる。

「まあ、後でじっくりお楽しみ下さいな。それよりも、ほら、これで五両はお買い得でしょ？」

「たしかにな、これなら品に見合った値ということで、騙りにはあたらぬな」

詐欺罪を払拭《ふっしょく》できた男の顔に、大きな安堵《あんど》が広がる。とたんに佐久間の渋面が、きつさを増した。

「こんないかがわしきものを江戸に入れるとは、不届き千万。騙りは免れても、その罪は大きい。やはり島流しが妥当であろうな」

「そんなっ！」

「この江戸は、そういうところでな。ま、どこも住めば都というから達者で暮らせ」

粟田に無情に言いわたされて、男が愕然《がくぜん》とする。泣きわめきながら必死で許しを乞《こ》う男が、ずるずると小者に引きずられてゆくと、佐久間が口を開いた。

「で、お奉行、あの者はどのように」

「まあ、此《こ》度《たび》が初めてというし、十日ほどあのままで灸《きゅう》を据えてやれば、あとは敲《たた》きか牢籠《ろうご》めでよかろう。それにしても……」

粟田は、ふふ、と楽しそうに笑った。

「おまえさんの強面《こわもて》は、相変わらず使い勝手がいいのう」

「いえ、私などまだまだ……馬《ま》込《ごめ》様の足許《あしもと》にもおよびません」

むっつりとした顔のまま、壮年の同心は大まじめに答えた。

ある日の長崎奉行　その二

「で、竹内、こいつは何をやらかしたんだ？」

着なれぬ麻裃をがさがさ言わせながら、ゴメスは面倒くさそうに傍らの同心に問うた。

「は、江戸の娘を多数、日本の遊郭に売りとばし、さらに逃げようとした女をひとり刺し殺しました」

「ふうん、殺しか。じゃ、打首獄門な」

「いや、お奉行、短慮はいかがなものかと……」

「そうだな、こんな奴《やつ》の首をさらしてもつまらねえか。なら獄門はとりやめ。死罪でいいや」

「ですから、お奉行、そういうことではなく、吟味方のお調べ書きにあるとおり、この者の申し立てには、いささか腑《ふ》に落ちぬところがございまして……」

さし出された調書にちらりと目を走らせたが、ゴメスはすぐに放り投げた。

「こんな長えもん、いちいち読めるかよ。だいたい、殺しに抜け荷に人身売買なら、立派に死罪がなりたつじゃねえか」

すでに日暮れ間近というのに、裁く罪人は、あと十人は下らない。たまにしか出仕せぬ己の不精を棚上げにして、そのあまりの繁多に、ゴメスははなはだ機嫌がわるい。

「ふん、打首でも獄門でも、好きにしやがれ。おれにはもう、怖いものなぞ何もないんだ」

若い咎人が、啖呵《たんか》を切った。ゴメスを前に、こんな口をきける者などまずめずらしいのだが、男にはなにもかも諦《あきら》めきったような、荒《すさ》んだ気配があった。

「本人もそう言ってるし、これで一件落着と……」

「お奉行、しばらく！　しばらくお待ちくだされ」

竹内があわてて制し、足袋はだしのまま玉砂利に降りて咎人の傍らにひざまずく。

「自棄《やけ》を起こすな。殺しはおまえではなく、仲間の女がやったものだろう？　おまえとは恋仲で、なのにおまえを裏切って、ひとりで江戸から逃げた」

一瞬、悔しそうに唇をかんだが、男はぷいと顔をそむけた。

「すでにこちらの調べで外堀は固めておる。あとはおまえさえ白状してくれれば……」

「おおい、竹内、何をごそごそやってやがる」

「申し訳ございません。お奉行が一服されるあいだだけ、時をお貸しくださいませ」

竹内に目で合図され、心得た小者が、煙草盆《たばこぼん》と湯呑茶碗《ゆのみぢゃわん》をはこぶ。茶碗の中身が茶ではないと知り、ゴメスは少しだけ機嫌をなおした。

「もう、ほっといてくれ。おれぁもう、なんの望みもねえんだよ」

投げやりなようすの男に向きなおり、竹内が低く告げた。

「冗談ではない。我らの労苦を無にするつもりか。これはおまえひとりの勝手では済まされぬ、長崎奉行所の誇りと面子《めんつ》がかかっておるのだ」

なにを大げさな、と鼻で笑った男がぎょっとした。ゴメスの後ろに控えた役人たちが、じっとりと湿った目でこちらをにらみつけているのである。

「よいか、なにせあのお奉行だ。温情の欠片《かけら》もない上に、白州をことのほか面倒がられる。なんとか無慈悲なお裁きは避けたいと、吟味方をはじめ我ら与力同心が、どれほど心をくだいているか」

目の前の若い同心もやはり、最前のおだやかな印象とは様変わりしている。

「ましてや咎人違いなぞ、言語道断」

竹内が、がっと、男の両肩をつかんだ。

「これ以上嘘偽《うそいつわ》りなぞ申してみよ。死罪なぞという手ぬるい刑では済まさぬぞ。拷問《ごうもん》さながらの責め苦がたっぷり百日は続く、とっておきの刑罰を与えてやる」

同心の背中に、怨念《おんねん》じみた黒いものがたしかに見えた。極悪と評判の奉行の配下は、こんなに恐ろしいものかと、若い咎人は喉《のど》の奥で悲鳴をあげた。

「竹内ぃ、まだか」

「はい、お待たせしました。お奉行、この者が、申し上げたき議があるとのことです」

竹内はころりと調子を変えて、さわやかな笑顔でふり返った。

この作品は平成二十一年五月新潮文庫より刊行された『金春屋ゴメス　異人村阿片奇譚』を改題した。

新潮文庫最新刊

八木荘司著

ロシアよ、我が名を記憶せよ

敵国の女性と愛を誓った、帝国海軍少佐がいた！　激闘の果てに残された真実のメッセージ。明治日本の戦争と平和を描く感動作！

白尾　悠著

いまは、空しか見えない

R－18文学賞大賞・読者賞受賞

あなたは、私たちは、全然悪くない――。暴力に歪められた自分の心を取り戻すため闘う少女たちの、希望への疾走を描く連作短編集。

燃え殻著

すべて忘れてしまうから

良いことも悪いことも、僕たちはすべて忘れてしまう。日常を通り過ぎていった愛しい思い出たちを綴る、著者初めてのエッセイ集。

井上ひさし著

下駄の上の卵

敗戦直後の日本。軟式野球ボールを求めて、山形から闇米抱え密かに東京へと向かう少年たちのひと夏の大冒険を描いた、永遠の名作。

西條奈加著

芥子の花

金春屋ゴメス

上質の阿片が海外に出回り、その産地として日本や諸外国からやり玉に挙げられた江戸国。ゴメスは異人が住む麻衣椰《マィャ》村に目をつける。

西條奈加著

金春屋ゴメス

日本ファンタジーノベル大賞受賞

近未来の日本に「江戸国」が出現。入国した辰次郎は「金春屋ゴメス」こと長崎奉行馬込播磨守に命じられて、謎の流行病の正体に迫る。

デザイン　新潮社装幀室

金春屋ゴメス

芥《け》子《し》の花《はな》

新潮文庫　さ－64－32

令和四年八月一日発行

著者　西《さい》條《じょう》奈《な》加《か》

発行者　佐藤隆信

発行所　株式会社新潮社

郵便番号　一六二―八七一一
東京都新宿区矢来町七一
電話　編集部(〇三)三二六六―五四四〇
　　　読者係(〇三)三二六六―五一一一
https://www.shinchosha.co.jp

価格はカバーに表示してあります。

乱丁・落丁本は、ご面倒ですが小社読者係宛ご送付ください。送料小社負担にてお取替えいたします。

印刷・錦明印刷株式会社　製本・錦明印刷株式会社

ISBN978-4-10-180245-9 C0193